Julia sitzt mit ihren Eltern Joel und Helen gerade am Frühstückstisch, als die Neuigkeit über sie hereinbricht: Die Erde dreht sich plötzlich langsamer. Tage und Nächte werden länger. Jegliche Orientierung geht verloren. Auf einmal ist alles anders. Denn auf einmal könnte jede Entscheidung die letzte sein. Als Julias Vater mit dem Gedanken spielt, seine Frau für Julias Klavierlehrerin zu verlassen, die sich nicht von der allgemeinen Panik anstecken lässt. Und Julias Mutter gegen ihre Depressionen ankämpft. Und als Julia sich zum ersten Mal verliebt ...

KAREN THOMPSON WALKER, Anfang dreißig, geboren und aufgewachsen in San Diego, Kalifornien, hat an der UCLA und an der Columbia University studiert. Sie schrieb »Ein Jahr voller Wunder« in den Morgenstunden, bevor sie ihrer Arbeit als Lektorin in einem Verlag nachging. Der Roman erregte enormes Aufsehen, wurde zum New-York-Times-Bestseller und erscheint in 26 Ländern. Karen Thompson Walker lebt mit ihrem Ehemann in Brooklyn, New York.

KAREN
THOMPSON WALKER

Ein Jahr voller Wunder

Roman

*Deutsch von
Astrid Finke*

btb

Die amerikanische Originalausgabe erschien 2012 unter dem Titel »The Age of Miracles« bei Random House, New York.

MIX
Papier aus verantwortungsvollen Quellen
FSC® C083411
FSC
www.fsc.org

Verlagsgruppe Random House FSC® N001967
Das für dieses Buch verwendete FSC®-zertifizierte Papier *Lux Cream* liefert Stora Enso, Finnland.

1. Auflage
Genehmigte Taschenbuchausgabe Mai 2015

Umschlaggestaltung: semper smile München
Umschlagmotiv: © Shutterstock / kstudija/secondcorner/iralu
Druck und Einband: CPI – Clausen & Bosse, Leck
UB · Herstellung: sc
Printed in Germany
ISBN 978-3-442-74556-2

www.btb-verlag.de
www.facebook.com/btbverlag
Besuchen Sie auch unseren LiteraturBlog www.transatlantik.de!

Für meine Eltern

und

für Casey

»Hier in den letzten Minuten, ganz am Ende der Welt
zieht jemand eine Schraube an, dünner als eine Wimper,
ordnet jemand mit schmalen Handgelenken Blumen …«

Noch ein Ende der Welt, James Richardson

1

Wir bemerkten es nicht sofort. Wir konnten es nicht spüren.

Wir nahmen, anfangs, die zusätzliche Zeit nicht wahr, die am glatten Rand jedes Tages anschwoll wie ein Tumor unter der Haut.

Wir waren damals abgelenkt, von Wetter und Krieg. Für die Drehung der Erde interessierten wir uns nicht. Immer noch explodierten Bomben auf den Straßen ferner Länder. Hurrikane zogen vorüber. Der Sommer ging zu Ende. Ein neues Schuljahr begann. Die Uhren tickten wie üblich. Sekunden fädelten sich zu Minuten auf. Minuten wuchsen zu Stunden an. Und nichts deutete darauf hin, dass diese Stunden sich nicht weiterhin zu Tagen ansammelten, jeder von derselben, unveränderlichen, allen Menschen bekannten Länge.

Aber es gab jene, die später behaupten würden, die Katastrophe schon vor uns anderen bemerkt zu haben. Das waren die Nachtarbeiter, die Schichtdienstler, die Regalauffüller und Hafenarbeiter, die Fahrer der Sattelzüge oder die Träger anderer Bürden: die Schlaflosen und die Sorgenschweren und die Kranken. Diese Leute waren daran gewöhnt, auf das Ende der Nacht zu warten. Aus blutunterlaufenen Augen bemerkten einige eine gewisse Beharrlichkeit der Dunkelheit an den der Meldung vorausgehenden Morgen, doch jeder missdeutete sie als die persönliche Sinnestäuschung eines einsamen, verstörten Geistes.

Am sechsten Oktober gingen die Experten an die Öffentlichkeit. Das ist selbstverständlich der Tag, an den wir alle uns erinnern. Es habe eine Veränderung stattgefunden, sagten sie, eine Verlangsamung, und so nannten wir es von da an: *die Verlangsamung*.

»Wir können noch nicht einschätzen, ob diese Tendenz sich fortsetzen wird«, sagte ein schüchterner, bärtiger Wissenschaftler auf einer hastig einberufenen, inzwischen berüchtigten Pressekonferenz. Er räusperte sich und schluckte. Blitzlichter blendeten ihn. Dann kam die Passage, die hinterher so häufig wiederholt wurde, dass die spezielle Sprachmelodie dieses Wissenschaftlers – die Senkungen und die Pausen und der schwache mittelwestliche Akzent – unauflöslich mit der Meldung selbst verknüpft bleiben sollte. Er sprach weiter: »Aber wir befürchten, *dass* sie sich fortsetzen wird.«

Unsere Tage waren über Nacht um sechsundfünfzig Minuten angewachsen.

Zu Anfang standen die Menschen an Straßenecken und beschworen lautstark den Weltuntergang. Seelsorger kamen in die Schule, um mit uns zu sprechen. Ich weiß noch, dass ich Mr Valencia von nebenan dabei beobachtete, Konservendosen und Wasserflaschen in seiner Garage zu stapeln, als bereitete er sich auf eine, wie es mir heute erscheint, viel geringfügigere Katastrophe vor.

Die Supermärkte waren bald leer, die Regale blank wie abgenagte Hühnerknochen.

Die Schnellstraßen waren sofort verstopft. Die Leute hörten die Nachrichten, und sie wollten weg. Familien quetschten sich in Minivans und überquerten Staatengrenzen. Sie huschten in alle Richtungen wie kleine Tiere, die plötzlich von einem Licht erfasst werden.

Aber natürlich konnte man nirgendwo auf der Erde hin.

2

Die Meldung wurde an einem Samstag veröffentlicht.

Bei uns zu Hause zumindest hatte die Veränderung unbemerkt stattgefunden. Wir schliefen noch, als die Sonne an jenem Morgen aufging, und deshalb nahmen wir nichts Ungewöhnliches im Zeitablauf wahr. Diese letzten Stunden, bevor wir von der Verlangsamung erfuhren, sind mir – selbst nach all diesen Jahren – im Gedächtnis erhalten geblieben, als wären sie hinter Glas eingeschlossen.

Meine Freundin Hanna hatte bei mir übernachtet, und wir lagen in Schlafsäcken auf dem Wohnzimmerfußboden, wo wir schon hundert andere Nächte nebeneinander geschlafen hatten. Beim Aufwachen hörten wir das Schnurren von Rasenmähermotoren und das Bellen von Hunden, das leise Quietschen eines Trampolins, auf dem die Zwillinge nebenan sprangen. In einer Stunde trügen wir beide blaue Fußballtrikots – die Haare aus dem Gesicht gebunden, Sonnenmilch aufgetragen, klackernde Stollen auf dem Fliesenboden.

»Ich hatte letzte Nacht einen total seltsamen Traum«, sagte Hanna. Sie lag auf dem Bauch, den Kopf auf einen Ellbogen gestützt, ihre langen blonden Haare klemmten zerzaust hinter den Ohren. Sie hatte eine gewisse dünne Schönheit, die ich auch gern gehabt hätte.

»Du hast immer seltsame Träume«, sagte ich.

Sie zog den Reißverschluss ihres Schlafsacks herunter und setzte sich auf, drückte die Knie an die Brust. An ihrem schmalen Handgelenk klimperte ein Bettelarmband mit vielen Anhängern. Darunter: die Hälfte eines kleinen Messingherzens, dessen andere Hälfte mir gehörte.

»In dem Traum war ich bei mir zu Hause, aber es war nicht unser Haus«, fuhr sie fort. »Ich war bei meiner Mutter, aber sie war nicht meine Mutter. Meine Schwestern waren nicht meine Schwestern.«

»Ich erinnere mich fast nie an meine Träume«, sagte ich und stand dann auf, um die Katzen aus der Garage zu lassen.

Meine Eltern verbrachten den Morgen so, wie sie jeden Morgen verbrachten, sie lasen am Esszimmertisch die Zeitung. Ich sehe sie noch dort sitzen: Meine Mutter in ihrem grünen Bademantel und mit nassen Haaren überflog rasch die Seiten, während mein Vater schweigend und vollständig angezogen alle Artikel in der Reihenfolge las, in der sie abgedruckt waren, und sich die Spalten in seinen dicken Brillengläsern spiegelten.

Mein Vater bewahrte die Zeitung jenes Tages noch lange auf, weggeräumt wie ein Erbstück, ordentlich gefaltet neben der vom Tag meiner Geburt. Die Seiten dieser Samstagsausgabe waren schon gedruckt, bevor die Nachricht gemeldet wurde, und berichten von steigenden Immobilienpreisen in der Stadt, der fortschreitenden Erosion an mehreren Stränden der Gegend und Plänen für eine neue Autobahnüberführung. In jener Woche war ein Surfer von einem Weißen Hai angegriffen worden; Grenzschutzbeamte entdeckten einen fünf Kilometer langen Drogenschmuggel-Tunnel zwei Meter unter der Grenze zwischen den USA und Mexiko; und die Leiche eines lange vermissten Mädchens wurde unter einem Haufen weißer Steine begraben in der weiten, leeren Wüste im Osten gefunden. Die Uhrzeiten von Sonnenaufgang und Sonnenuntergang an diesem Tag stehen in einer Tabelle auf der letzten Seite, Voraussagen, die natürlich nicht eintrafen.

Eine halbe Stunde, bevor wir die Meldung hörten, fuhr meine Mutter Bagels kaufen.

Ich glaube, die Katzen spürten die Veränderung vor uns. Es waren beides Siamkatzen, aber unterschiedliche Züchtungen. Chloe war schläfrig und zart und lieb. Tony war das Gegenteil: ein altes und ängstliches Geschöpf, möglicherweise geistig gestört, ein Kater, der sich das eigene Fell in Büscheln ausriss und im Haus hinterließ wie winzige, über den Teppich treibende Steppenläufer.

In jenen letzten Minuten, während ich Trockenfutter in ihre Schüsseln schüttete, kreiselten die Ohren beider Katzen nervös zum Vorgarten herum. Vielleicht spürten sie es, irgendwie, eine Verschiebung in der Luft. Sie kannten beide das Geräusch des in die Einfahrt biegenden Volvos meiner Mutter, aber später fragte ich mich, ob sie außerdem das ungewöhnlich schnelle Drehen der Reifen hörten, als meine Mutter eilig das Auto parkte, oder die Panik in dem lauten Knirschen der Handbremse, die sie mit einem Ruck anzog.

Bald schon konnte sogar ich die Stimmungslage meiner Mutter am Stampfen ihrer Füße auf der Veranda erkennen, am planlosen Rasseln der Schlüssel an der Tür – sie hatte die inzwischen nur allzu bekannten ersten Berichte auf der Heimfahrt vom Bagelladen im Autoradio gehört.

»Stell sofort den Fernseher an.« Sie war atemlos und verschwitzt. Den Schlüssel hatte sie im Schloss stecken lassen, wo der Bund den ganzen Tag baumeln sollte. »Da passiert etwas Grauenvolles.«

An die Ausdrucksweise meiner Mutter waren wir gewöhnt. Sie schwang große Reden. Sie wetterte. Sie übertrieb und überspitzte. *Grauenvoll* hätte alles heißen können. Es war ein ausgedehntes Netz von einem Begriff, das tausend Möglichkeiten fasste, die meisten davon harmlos: heiße Tage und Verkehrsstaus, undichte Rohre und lange Schlangen. Selbst Zigarettenrauch, wenn er zu dicht heranwehte, konnte *wirklich und wahrhaftig grauenvoll* sein.

Wir reagierten nur langsam. Mein Vater in seinem fadenscheinigen gelben *Padres*-T-Shirt blieb am Tisch sitzen, eine Hand auf der Kaffeetasse, die andere um den Nacken gelegt, und las einen Artikel im Wirtschaftsteil fertig. Ich öffnete die Bagelstüte und ließ das Papier zwischen meinen Fingern knistern. Selbst Hanna kannte meine Mutter gut genug, um einfach mit dem fortzufahren, was sie gerade tat – im untersten Fach des Kühlschranks nach dem Frischkäse zu wühlen.

»Seht ihr euch das an?«, fragte meine Mutter. Taten wir nicht.

Meine Mutter war einmal Schauspielerin gewesen. Ihre alten Werbespots – hauptsächlich für Haarpflegemittel und Küchenprodukte – waren alle in einem niedrigen Stapel staubiger schwarzer Videokassetten begraben, der neben dem Fernseher stand. Mir wurde ständig erzählt, wie schön sie als junge Frau gewesen war, und ich konnte es noch an ihrer ebenmäßigen Gesichtshaut und den hohen Wangenknochen erkennen, aber sie hatte in mittleren Jahren zugenommen. Nun unterrichtete sie einen Schauspielkurs und vier Geschichtskurse an der Highschool. Wir wohnten hundertfünfzig Kilometer von Hollywood entfernt.

Sie stand auf unseren Schlafsäcken, einen halben Meter vor dem Fernseher. Wenn ich jetzt daran denke, stelle ich mir vor, dass sie eine Hand auf den Mund gelegt hatte, wie sie es immer tat, wenn sie sich Sorgen machte, aber damals war mir nur peinlich, dass die schwarzen Gummisohlen ihrer Turnschuhe

Hannas Schlafsack zerknitterten, ein Modell aus zarter Baumwolle, rosa und gepunktet und nicht für die raue Umgebung eines Zeltplatzes, sondern ausschließlich für die dicken, weichen Teppiche beheizter Häuser gedacht.

»Habt ihr mich gehört?« Meine Mutter drehte sich zu uns um. Ich hatte den Mund voller Bagel mit Frischkäse. Ein Sesamsamen hatte sich zwischen meinen Schneidezähnen verklemmt. »Joel!«, schrie sie meinen Vater an. »Im Ernst. Das ist schauderhaft.«

Da blickte mein Vater von der Zeitung auf, hielt aber immer noch den Zeigefinger fest auf die Seite gedrückt, um seine Stelle zu markieren. Woher hätten wir wissen sollen, dass die Mechanismen des Universums das Feuer der Worte meiner Mutter schließlich gerechtfertigt hatten?

3

Wir waren Kalifornier und daher an die Bewegungen der Erde gewöhnt. Uns war klar, dass der Boden erbeben und erschauern konnte. Wir hatten immer Batterien in unseren Taschenlampen und Wasserflaschen in den Schränken. Wir nahmen hin, dass Risse in unseren Bürgersteigen auftauchen konnten. Swimmingpools schwappten manchmal wie Wasserschüsseln über. Wir waren sehr geübt darin, unter Tischplatten zu kriechen, und wir wussten, dass wir uns vor fliegenden Glassplittern zu hüten hatten. Zu Beginn jedes Schuljahrs packten wir eine große Tüte mit unverderblichen Lebensmitteln, für den Fall, dass wir durch das Große Beben in der Schule festsäßen. Aber wir Kalifornier waren auf dieses spezielle Unglück nicht besser vorbereitet als jene, die ihr Heim auf beständigeren Boden gebaut hatten.

Als wir an jenem Morgen endlich begriffen, was los war, rannten Hanna und ich nach draußen, um den Himmel nach Indizien abzusuchen. Doch der Himmel war nur der Himmel – ein normales, wolkenloses Blau. Die Sonne schien unverändert. Eine vertraute Brise wehte vom Meer her, und die Luft roch, wie sie damals immer roch, nach gemähtem Gras und Jelängerjelieber und Chlor. Die Eukalyptusbäume wedelten noch wie Seeanemonen im Wind, und der Krug Sonnentee meiner Mutter sah beinahe dunkel genug zum Trinken aus. In der Ferne hinter unserem Gartenzaun hallte und brummte nach wie vor die Schnellstraße. Die Stromleitungen summten weiter. Hätten wir einen Fußball in die Luft geworfen, hätten wir möglicherweise nicht einmal bemerkt, dass er ein bisschen schneller nach unten fiel, dass er ein bisschen fester auf dem Boden aufschlug als früher. Ich war elf Jahre alt in der Vorstadt. Meine beste Freundin stand neben mir. Ich konnte nicht einen einzigen Gegenstand entdecken, der nicht in Ordnung oder nicht da war, wo er hingehörte.

In der Küche überprüfte meine Mutter schon die Regale auf Lebensnotwendiges, zog Schranktüren auf und inspizierte Schubladen.

»Ich will nur wissen, wo die ganzen Notvorräte sind«, sagte sie. »Wir wissen nicht, was passieren kann.«

»Ich glaube, ich sollte lieber nach Hause gehen«, sagte Hanna, immer noch in ihrem lila Schlafanzug, die Arme um die winzige Taille geschlungen. Sie hatte sich das Haar nicht gekämmt, dabei brauchte es Zuwendung, da es seit der zweiten Klasse nicht mehr geschnitten worden war. Aus irgendeinem Grund hatten alle mormonischen Mädchen lange Haare. Hannas hingen bis zur Taille und liefen unten spitz zu wie eine Flamme.

»Meine Mutter flippt wahrscheinlich auch aus«, sagte sie.

In Hannas Elternhaus wimmelte es von Schwestern, aber in meinem wohnte nur ein Kind, und die Zimmer fühlten sich ohne sie immer zu still an. Ich ließ sie nie gern gehen.

Ich half ihr, den Schlafsack zusammenzurollen. Sie packte ihre Tasche.

Hätte ich gewusst, wie viel Zeit vergehen würde, ehe wir einander wiedersahen, hätte ich mich anders verabschiedet. Aber wir winkten nur, Hanna und ich, und dann fuhr mein Vater sie zurück nach Hause, drei Straßen weiter.

Es gab keine Bilder, die man im Fernsehen zeigen konnte, keine brennenden Gebäude oder eingestürzten Brücken, kein verdrehtes Metall oder versengte Erde, keine Häuser, die von Fundamenten abrutschten. Niemand war verletzt. Niemand war tot. Es war, zu Anfang, eine ziemlich unsichtbare Katastrophe.

Ich glaube, das erklärt, warum ich zuerst keine Angst empfand, sondern Nervenkitzel. Es war ein wenig aufregend – ein plötzlicher Funke inmitten des Alltäglichen, der Schimmer des Unerwarteten.

Aber meine Mutter war zu Tode erschrocken.

»Wie konnte das passieren?«, fragte sie.

Unentwegt steckte sie sich eine Spange ins Haar und zog sie wieder heraus. Es war dunkel und schön, zum Teil dank einer tiefbraunen Färbung.

»Vielleicht war es ein Meteor?«, sagte ich. In Naturkunde hatten wir das Universum durchgenommen, und ich hatte die Anordnung der Planeten auswendig gelernt. Ich kannte die Namen sämtlicher Dinge, die im All herumschwebten. Es gab Kometen und schwarze Löcher und Haufen von riesigen Gesteinsbrocken. »Oder vielleicht eine Atombombe?«

»Das war keine Atombombe«, sagte mein Vater. Die Muskeln an seinem Kiefer spannten sich an, während er dem Geschehen auf dem Bildschirm folgte. Er stand mit verschränkten Armen und breitbeinig da. Hinsetzen wollte er sich nicht.

»Bis zu einem gewissen Grad können wir uns anpassen«, sagte ein Wissenschaftler im Fernsehen gerade. Man hatte ihm ein winziges Mikrofon an den Kragen gesteckt, und ein Nachrichtensprecher bohrte nach den dunkleren Möglichkeiten. »Aber falls die Erdrotation sich weiter verlangsamt – und das ist jetzt reine Spekulation –, würde ich sagen, dass wir mit radikalen Wetterveränderungen zu rechnen haben. Wir würden

Erdbeben und Tsunamis erleben. Möglicherweise sterben massenhaft Pflanzen- und Tierarten aus. Die Meere könnten sich nach und nach Richtung Pole verschieben.«

Hinter uns raschelten unsere Lamellenvorhänge in der Brise, und in der Ferne surrte ein Hubschrauber, das Knattern der Rotorblätter wehte durch die Fliegengitter ins Haus.

»Aber was um alles in der Welt kann so etwas verursachen?«, fragte meine Mutter.

»Helen«, sagte mein Vater. »Ich weiß auch nicht mehr als du.«

Wir alle vergaßen das Fußballspiel an diesem Tag. Mein Trikot würde den ganzen Tag gefaltet in einer Schublade bleiben. Meine Schienbeinschützer lagen unbenutzt unten in meinem Kleiderschrank.

Später hörte ich, dass nur Michaela zum Spiel auftauchte, wie üblich zu spät, die Stollenschuhe in der Hand, die langen Haare offen, so dass ihr die roten Locken in und aus dem Mund flogen, als sie auf Socken den Hügel hinauf zum Platz rannte – nur um festzustellen, dass kein einziges Mädchen sich aufwärmte, kein einziges blaues Trikot im Wind flatterte, kein einziger geflochtener Zopf hüpfte, weder Eltern noch Trainer auf dem Rasen standen. Keine Mütter mit Sonnenkappen schlürften Eistee, keine Väter in Flipflops stapften am Spielfeldrand auf und ab. Der obere Parkplatz, musste sie in dem Moment bemerkt haben, war leer. Nur die Netze waren noch da und blähten sich lautlos in den Toren, als einziger Beweis, dass jemals auf diesem Platz Fußball gespielt worden war.

»Und du kennst ja meine Mutter«, erzählte Michaela mir Tage später in der Mittagspause, in Nachahmung der sexyeren Siebtklässlerinnen an eine Mauer gelehnt. »Bis ich wieder unten auf den Parkplatz kam, war sie weg.«

Michaelas Mutter war die jüngste Mutter. Selbst die glamourösesten der anderen Mütter waren damals mindestens fünfunddreißig, und meine war schon vierzig geworden. Michaelas hingegen war erst achtundzwanzig, was ihre Tochter zwar abstritt, wir alle jedoch für wahr hielten. Ihre Mutter hatte immer einen anderen Freund an ihrer Seite. Ihre glatte Haut und ihr straffer Körper, die hohen Brüste und schlanken Oberschenkel bildeten zusammen die Quelle von etwas Beschämendem, was wir, wenn auch nur schwach, wahrnahmen. Michaela war das einzige Kind, das ich kannte, das in einer Mietwohnung lebte, und von einem Vater war nie die Rede.

Michaelas junge Mutter hatte die Nachrichten einfach verschlafen.

»Du hast nichts darüber im Fernsehen gehört?«, fragte ich Michaela später in der Woche.

»Wir haben kein Kabel, schon vergessen? Ich mach das Ding überhaupt nie an.«

»Und was ist mit dem Autoradio?«

»Kaputt«, sagte sie.

Schon an normalen Tagen war Michaela ständig darauf angewiesen, mitgenommen zu werden. An jenem ersten Tag der Verlangsamung saß Michaela auf dem Fußballplatz fest und kämpfte eine Weile mit einer uralten, nicht mehr funktionierenden und von ihrem Schöpfer längst vergessenen Telefonzelle – wir anderen besaßen alle Handys –, bis schließlich der Trainer auftauchte, um eventuell dennoch Erschienenen mitzuteilen, dass das Spiel abgesagt oder zumindest doch verschoben sei, und Michaela nach Hause fuhr.

Um die Mittagszeit an jenem ersten Tag hatten die Sender keine neuen Informationen mehr. Trotzdem berichteten sie einfach weiter, käuten dieselben kleinen Nachrichtenbrocken wieder und wieder. Es war egal, wir waren gefesselt.

Ich verbrachte den gesamten Tag nur wenige Meter vor dem Fernseher auf dem Teppich sitzend gemeinsam mit meinen Eltern. Ich weiß noch genau, wie es sich anfühlte, diese seltsamen Stunden zu durchleben. Es war ein beinahe körperliches Bedürfnis: zu erfahren, was auch immer es zu erfahren gab.

In regelmäßigen Abständen machte meine Mutter einen Rundgang durchs Haus, überprüfte eine nach der anderen die Armaturen, begutachtete Farbe und Klarheit des Wassers.

»Mit dem Wasser wird nichts passieren, Liebling«, sagte mein Vater. »Es ist ja kein Erdbeben.«

Er hielt die Brille in der Hand und putzte die Gläser mit dem Saum seines T-Shirts sauber, als wäre unser Problem lediglich eines der Sicht. Ohne Brille wirkten seine Augen auf mich immer zusammengekniffen und zu klein.

»Du tust, als wäre das alles nichts Besonderes«, sagte sie.

Das war eine Zeit, als die Meinungsverschiedenheiten meiner Eltern noch klein waren.

Mein Vater hielt seine Brille ins Licht und setzte sie dann bedächtig auf die Nase.

»Sag mir, was ich deiner Meinung nach tun soll, Helen«, sagte er. »Und ich tue es.«

Mein Vater war Arzt. Er glaubte an Probleme und Lösungen, Diagnose und Behandlung. Sorgen waren in seinem Verständnis Zeitverschwendung.

»Die Menschen sind in Panik«, sagte meine Mutter. »Was ist mit den ganzen Leuten, die für die Wasserversorgung und das Stromnetz zuständig sind? Was ist mit der Lebensmittelversorgung? Was, wenn sie ihre Posten verlassen?«

»Wir können nichts anderes tun, als die Sache auszusitzen«, sagte er.

»Na, das ist ja ein guter Plan«, sagte sie. »Ein ganz hervorragender Plan.«

Sie eilte hinaus in die Küche, ihre nackten Füße klatschten auf die Fliesen. Ich hörte das Klicken und Quietschen der Hausbar, das Klirren von Eiswürfeln in einem Glas.

»Bestimmt kommt alles wieder in Ordnung.« Ich war plötzlich von einem Drang erfasst, etwas Fröhliches zu sagen, er stieg in meiner Kehle hoch wie ein Husten. »Bestimmt wird alles wieder gut.«

Schon strömten die Spinner und die Genies aus der Wildnis, setzten sich in Talkshows und wedelten mit den wissenschaftlichen Abhandlungen, deren Veröffentlichung die etablierten Zeitschriften abgelehnt hatten. Diese einsamen Wölfe behaupteten, das Unglück kommen gesehen zu haben.

Meine Mutter kehrte mit einem Whisky in der Hand zur Couch zurück.

Vom unteren Bildschirmrand brüllte uns eine Frage in roten Blockbuchstaben an. Diese Frage lautete: *Ist das Ende nah?*

»Ach, komm«, sagte mein Vater. »Das ist doch reine Sensationsgier. Was erzählen sie denn auf den öffentlichen Sendern?« Die Frage löste sich in der Luft auf. Niemand schaltete um. Dann warf er mir einen Blick zu und sagte zu meiner Mutter: »Ich finde nicht, dass sie das sehen sollte. Julia, willst du ein bisschen Fußball spielen?«

»Nein, danke.« Ich wollte keine einzige Meldung verpassen.

Ich hatte mir das Sweatshirt über die Knie gezogen. Tony lag neben mir auf dem Teppich, seine Pfoten waren ausgestreckt, sein Atem ging keuchend. Er war so knochig, dass man die einzelnen Wirbel erkennen konnte. Chloe versteckte sich unter der Couch.

»Komm, wir gehen mal ein Weilchen raus.«

Er wühlte meinen Fußball aus dem Flurschrank und quetschte ihn zwischen den Händen.

»Fühlt sich ein bisschen weich an«, sagte er.

Er handhabte die Pumpe wie eines seiner medizinischen Geräte, führte die Nadel mit der Präzision und Sorgfalt eines Chirurgen in die Öffnung ein und pumpte dann methodisch, wie bei einem Beatmungsgerät, wartete immer, bis der letzte Luftschwall in den Ball gedrungen war, ehe er den nächsten hineindrückte.

Widerstrebend band ich mir die Schuhe zu, und dann gingen wir nach draußen.

Eine Zeitlang schossen wir schweigend hin und her. Ich konnte immer noch die Nachrichtensprecher drinnen plappern hören. Ihre Stimmen vermischten sich mit dem dumpfen Geräusch von Fuß auf Ball.

Die Nachbargärten waren verlassen. Schaukeln standen still wie Ruinen. Das Trampolin der Zwillinge hatte aufgehört zu quietschen. Meine Gedanken schweiften ab. Ich wollte zurück ins Haus.

»Der war schön«, sagte mein Vater. »Sehr treffsicher.«

Aber er verstand nicht viel von Fußball. Er trat mit der falschen Stelle am Fuß. Den nächsten traf ich zu fest, und der Ball verschwand im Jelängerjelieber in der hinteren Ecke unseres Gartens. Daraufhin hörten wir auf zu spielen.

»Bei dir ist alles okay, oder?«, fragte er.

Große Vögel zogen ihre Kreise am Himmel. Das waren keine Vorstadtvögel. Es waren Falken und Adler und Krähen, deren mächtige Flügel von den wilderen Landschaften zeugten, die es östlich von hier immer noch gab. Sie schossen von Baum zu Baum, ihre Rufe übertönten das Gezwitscher unserer üblichen Gartenvögel.

Ich wusste, dass Tiere Gefahr oft witterten, wo Menschen nichts bemerkten, und in den Minuten oder Stunden vor einem Tsunami oder einem Waldbrand immer schon lange vor den Menschen begriffen, dass sie fliehen müssen. Ich hatte gehört, dass Elefanten manchmal ihre Ketten zerrissen und höhere Lagen aufsuchten. Schlangen krochen zuweilen kilometerweit.

»Glaubst du, die Vögel wissen Bescheid?«, fragte ich. Die Muskeln in meinem Hals verspannten sich, als ich sie beobachtete.

Mein Vater betrachtete ihre Silhouetten eingehend, sagte aber nichts. Ein Falke landete in der Krone unserer Kiefer, schlug mit den Flügeln und hob dann wieder ab, nach Westen Richtung Küste.

Aus dem Haus rief meine Mutter durch die Fliegengittertür: »Jetzt sagen sie, es könnte sich irgendwie auf die Schwerkraft auswirken.«

»Wir kommen gleich«, sagte mein Vater.

Er drückte fest meine Schulter, dann legte er den Kopf in den Nacken wie ein Bauer, der Ausschau nach Regen hält. »Bitte denk daran, wie schlau die Menschen sind«, sagte er. »Überleg mal, was sie alles erfunden haben. Raumschiffe, Computer, künstliche Herzen. Wir lösen Probleme, weißt du? Die großen Probleme lösen wir immer. Wirklich.«

Danach gingen wir hinein, durch die Terrassentür und auf den Fliesenboden, und mein Vater bestand darauf, dass wir uns die Füße auf der Matte abtraten – als könnte es uns einen sicheren Übergang garantieren, uns an unsere Rituale zu erinnern –, bevor wir zurück ins Wohnzimmer zu meiner Mutter traten. Doch obwohl die Welt im Moment noch intakt war, spürte ich, während er sprach und während wir liefen, dass alles um mich herum bald aus den Fugen geraten würde.

In den folgenden Stunden warteten wir und machten uns Sorgen. Wir überlegten und grübelten und mutmaßten. Wir lernten neue Worte und neue Verfahren von den Wissenschaftlern und Politikern, die über den Fernsehbildschirm und das Internet durch unser Wohnzimmer marschierten. Wir belauerten den Weg der Sonne über den Himmel wie noch nie zuvor. Meine Mutter trank Scotch auf Eis. Mein Vater tigerte auf und ab. Ich versuchte, Hanna anzurufen, aber es hob niemand ab. An jenem Samstag verlief die Zeit anders. Der Vormittag kam einem schon vor wie gestern. Als wir schließlich darauf warteten, dass die Sonne langsam hinter den Hügeln im Westen unterginge, hatte ich das Gefühl, mehrere Tage wären in der Haut dieses einen vergangen, als hätte sich der Tag um viel mehr als eine einzige, kleine Stunde aufgebläht.

Am späten Nachmittag stieg mein Vater die Treppe zum Schlafzimmer meiner Eltern hoch und kehrte verwandelt in Hemd und dunklen Socken zurück. Lederschuhe schaukelten an zwei seiner Finger.

»Willst du weg?«, fragte meine Mutter.

»Ich hab um sechs Dienst, schon vergessen?«

Mein Vater verdiente sein Geld damit, Kinder auf die Welt zu holen, und er war auf Hochrisikogeburten spezialisiert. Oft hatte er Bereitschaftsdienst und manchmal die Nachtschicht in der Klinik. Er arbeitete häufig am Wochenende.

»Geh nicht«, sagte meine Mutter. »Nicht heute.«

Ich weiß noch, dass ich hoffte, sie könnte ihn zum Bleiben überreden, aber er band sich weiter die Schuhe zu. Die Schlingen seiner Schleifen wollte er immer genau gleich groß haben.

»Sie werden Verständnis haben, wenn du nicht kommst«, sagte meine Mutter. »Da draußen herrscht Chaos, bei dem Verkehr und der Panik und allem.«

Einige Patientinnen meines Vaters hatten Monate im Krankenhaus verbracht, um nur ihre Babys so lange im Bauch zu behalten, bis sie stark genug waren, die Welt zu überleben.

»Ach, Helen«, sagte er. »Du weißt doch, dass ich nicht bleiben kann.«

Er stand auf und klopfte seine Taschen ab. Ich hörte das gedämpfte Klimpern von Schlüsseln.

»Wir brauchen dich hier«, sagte meine Mutter. Sie lehnte den Kopf mit der Seite an die Brust meines Vaters – er war gute dreißig Zentimeter größer. »Wir möchten wirklich nicht, dass du gehst, stimmt's, Julia?«

Ich wollte auch, dass er blieb, aber ich war eine Expertin in Diplomatie geworden, wie es nur ein Einzelkind kann.

»Ich wünschte, er müsste nicht weg«, sagte ich vorsichtig. »Aber wenn es eben nicht anders *geht.*«

Da wandte sich meine Mutter von mir ab und sagte etwas leiser: »Bitte. Wir wissen nicht mal, was eigentlich los ist.«

»Komm schon, Helen.« Er strich ihr übers Haar. »Sei nicht so theatralisch. Bis morgen früh wird nichts passieren. Ich wette, die ganze Sache löst sich sowieso in Wohlgefallen auf.«

»Wie denn?«, fragte sie. »Wie stellst du dir das vor?«

Er küsste sie auf die Wange und winkte mir aus dem Flur zu. Dann ging er hinaus und zog die Tür zu. Bald hörten wir sein Auto in der Auffahrt anspringen.

Meine Mutter ließ sich neben mir auf die Couch fallen. »Wenigstens *du* lässt mich nicht im Stich«, sagte sie. »Dann müssen wir uns eben umeinander kümmern.«

In dem Moment wäre ich gern zu Hanna geflüchtet, aber ich wusste, es würde meine Mutter aufregen, wenn ich ginge.

Von draußen plätscherten Kinderstimmen ins Wohnzimmer. Durch die Vorhänge sah ich die Familie Kaplan über den Bürgersteig laufen. Samstag war ihr Sabbat, was bedeutete, sie fuhren den ganzen Tag nicht Auto. Inzwischen waren sie zu sechst: Mr und Mrs Kaplan, Jacob, Beth, Aaron und das Kleine im Sportwagen. Die Kinder gingen auf die jüdische Tagesschule im Norden, und sie kleideten sich überwiegend schwarz, auf eine Art, die mich an die Figuren in alten Filmen erinnerte, ein Geflatter langer Röcke und schwarzer Hosen. Beth Kaplan war in meinem Alter, doch ich kannte sie nicht gut. Sie blieb für sich. Sie trug ein langärmliges Oberteil und einen langen, rechteckigen schwarzen Rock, aber schicke rote Lacklederschuhe. Ich dachte mir, die Fußbekleidung sei ihre einzige Möglichkeit, zu glänzen. Als sie an unserem Haus vorbeizogen – das kleinste Kind pflückte Löwenzahn am Rande unseres Rasens –, fiel mir ein, dass sie vielleicht noch gar nichts von der Verlangsamung wussten.

Viel später hörte ich von Jacob, dass ich Recht gehabt hatte: Erst bei Sonnenuntergang, als ihr Sabbat vorüber war und ihre Religion ihnen wieder das Anknipsen von Lichtschaltern und das Fernsehen gestattete, erfuhren die Kaplans, dass diese Welt sich von der unterschied, in die sie geboren worden waren. Wenn man keine Nachrichten hörte, sah die Landschaft unverändert aus. Später traf das natürlich nicht mehr zu, aber vorläufig, an diesem ersten Tag, schien die Erde noch sie selbst zu sein.

Wir wohnten in einer Sackgasse einer Siedlung von gleichförmigen Häusern, die in den 1970ern auf jeweils eintausend Quadratmeter großen Grundstücken mit verputzten Außenmauern und Asbest in Decken und Wänden gebaut worden waren. In jedem Vorgarten krümmte sich ein Olivenbaum, falls er nicht herausgerissen und durch einen angesagteren, durstigeren Baum ersetzt worden war. Die Gärten in unserer Straße waren gepflegt, aber nicht übertrieben. Gänseblümchen und Löwenzahn wuchsen über das lichte Gras verteilt. Rosa Bougainvilleen schmiegten sich an die Seiten fast aller Häuser, schwankten und schimmerten im Wind.

Auf Satellitenkarten dieser Zeit sieht unsere Reihe von Sackgassen ordentlich und parallel aus, jede mit einer dicken Ausbuchtung am Ende, wie zehn an einer Schnur hängende Thermometer. Sie gehörten zu einem Netz bescheidener Straßen, die in die weniger teure, dem Meer abgewandte Seite eines Hügels nahe der Küste gegraben worden waren.

Unsere Vormittage damals waren hell. Die Küchen lagen nach Osten. Sonne strömte durch die Fenster herein, während Kaffeemaschinen gluckerten und Duschen prasselten, während ich mir die Zähne putzte oder ein Outfit für die Schule aussuchte. Unsere Nachmittage waren schattig und kühl, weil die Sonne jeden Abend eine volle Stunde, ehe sie auf der anderen Seite ins Meer rutschte, hinter den schöneren Häusern oben auf dem Hügel verschwand. An diesem Tag warteten wir mit neuer Spannung auf den Sonnenuntergang.

»Ich glaube, sie hat sich ein bisschen bewegt.« Ich blinzelte. »Ich meine, sie geht eindeutig unter.«

Überall in der Straße fuhren elektrische Garagentore auf ihren Schienen hoch. Kombis und Geländewagen kamen heraus, voll beladen mit Kindern und Koffern und Hunden. Einige Nachbarn standen mit verschränkten Armen in Grüppchen zusammen auf ihrem Rasen. Alle beobachteten den Himmel, als warteten sie auf ein Feuerwerk.

»Schau nicht direkt in die Sonne«, sagte meine Mutter, die neben mir auf der Veranda saß. »Sonst machst du dir die Augen kaputt.«

Sie zupfte eine Packung AA-Batterien auf, die sie in einer Schublade gefunden hatte. Neben ihr lagen drei Taschenlampen auf dem Beton, ein kleines Lichtarsenal. Die Sonne hing weiterhin hoch am Himmel, aber meine Mutter war jetzt schon panisch wegen der Aussicht auf eine besonders lange Nacht.

Am Ende der Straße entdeckte ich meine alte Freundin

Gabby, die allein auf ihrem Dach saß. Seit ihre Eltern sie in eine Privatschule in der Nachbarstadt gesteckt hatten, sah ich sie kaum noch. Wie üblich war sie ganz in Schwarz gekleidet. Ihre gefärbten schwarzen Haare stachen vom Himmel ab.

»Warum hat sie sich die so gefärbt?«, fragte meine Mutter, die Gabby ebenfalls entdeckte.

»Weiß ich nicht.« Nicht sichtbar aus dieser Entfernung waren die jeweils drei Ohrringe, die an beiden Ohren hingen. »Sie hatte wohl einfach Lust dazu.«

Ein tragbares Radio plapperte und brummte neben uns. Mit jeder Stunde gewannen wir mehr Minuten. Man stritt sich bereits um den Weizenpunkt – ich weiß bis heute nicht, ob das ein jahrzehntelang in den Glossaren von Fachbüchern vergrabener Begriff war oder ob er an jenem Tag geprägt wurde, als neue Antwort auf eine neue Frage: Wie lange können die wichtigsten Getreidearten ohne Sonnenlicht überleben?

Meine Mutter knipste die Taschenlampen an und aus, eine nach der anderen testete sie in ihrer hohlen Hand. Sie schüttelte die alten Batterien aus den Griffen und legte neue ein, als würde sie Pistolen laden.

»Ich weiß nicht, warum dein Vater mich nicht zurückgerufen hat«, sagte sie.

Sie hatte das schnurlose Telefon mit auf die Veranda genommen, wo es schweigend neben ihr lag. Immer wieder trank sie schnelle, lautlose Schlucke von ihrem Scotch. Ich erinnere mich an sie, wie sie damals war, an das Klirren der Eiswürfel im Glas, das seitlich herabtropfende Wasser, das sich überschneidende Ringe auf dem Beton hinterließ.

Natürlich geriet nicht jeder in Panik. Sylvia, meine Klavierlehrerin, die gegenüber wohnte, arbeitete weiter in ihrem Garten, als wäre überhaupt nichts passiert. Ich sah ihr zu, wie sie ruhig auf der Erde kniete, eine glänzende Schere in der Hand. Später machte sie einen gemächlichen Spaziergang um den Block, ihre Clogs klapperten auf dem Bürgersteig, die roten Haare lösten sich aus einem hastig geflochtenen Zopf.

»Hallo Julia«, sagte sie, als sie vor unserem Garten ankam. Meine Mutter lächelte sie an, sagte aber ihren Namen nicht. Sie waren ungefähr im selben Alter, aber Sylvia wirkte immer noch irgendwie mädchenhaft und meine Mutter nicht.

»Sie machen keinen besorgten Eindruck«, sagte meine Mutter.

»Que sera, sera«, meinte Sylvia. Ihre Worte waren ein langer Seufzer. »Sage ich immer. Es kommt, wie es kommt.«

Ich mochte Sylvia, wusste aber, dass meine Mutter sie nicht mochte. Sylvia war kühl und zart, und sie roch nach Lotion. Ihre Arme waren schlaksig wie Eukalyptusbäume und oft mit klobigem Türkisschmuck bereift, den sie zu Beginn meiner Klavierstunden abnahm, um enger mit den Tasten kommunizieren zu können. Sie spielte immer barfuß.

»Oder vielleicht denke ich auch nicht klar«, sagte Sylvia. »Ich bin mitten in einer Reinigung.«

»Was ist eine Reinigung?«, fragte ich.

»Fasten«, sagte Sylvia.

Sie beugte sich zu mir vor, um es zu erklären, und ich hörte meine Mutter die Taschenlampen hinter ihren Rücken schieben. Ich glaube, ihre Angst war ihr plötzlich peinlich.

»Kein Essen, kein Alkohol, nur Wasser. Drei Tage lang. Deine Mutter hat das sicher auch schon mal gemacht.«

Meine Mutter schüttelte den Kopf. »Ich nicht«, sagte sie.

Ich war mir des Whiskys bewusst, der neben meiner Mutter auf dem Boden schwitzte. Einen Moment lang wurde nichts weiter gesagt.

»Wie dem auch sei«, sagte Sylvia schon halb im Gehen.

»Lass dich davon nicht vom Üben abhalten, Julia. Bis Mittwoch.«

Die kommenden Nachmittage würde Sylvia damit verbringen, in einem Sonnenhut Rosen zu beschneiden und beiläufig Unkraut zu zupfen.

»Weißt du, es ist ungesund, so dünn zu sein«, sagte meine Mutter, nachdem Sylvia zurück an ihre Gartenarbeit gegangen war. (Meine Mutter besaß einen ganzen Schrank voller Kleider, die ihr eine Größe zu klein waren und alle in Plastik verpackt auf den Tag warteten, an dem sie die fünf Kilo abgenommen hätte, über die sie seit Jahren jammerte.) »Man kann ja ihre Knochen sehen«, sagte meine Mutter. Und es stimmte: Man sah sie.

»Schau mal«, sagte ich. »Die Straßenlaternen sind angegangen.«

Sie wurden über eine Zeitschaltuhr gesteuert, die bei Abenddämmerung auslösen sollte. Doch die Sonne schien weiter.

Ich stellte mir Menschen auf der anderen Seite der Erde vor, in China und in Indien, die sich jetzt gerade in die Dunkelheit kauerten und warteten, wie wir – aber auf das Morgengrauen.

Noch mehr Minuten vergingen.

»Er sollte uns wenigstens Bescheid geben, dass er sicher angekommen ist«, sagte meine Mutter. Sie wählte erneut, lauschte, legte das Telefon weg.

Ich hatte meinen Vater ein Mal zur Arbeit begleitet. Es war nicht viel passiert, während ich dort war. Schwangere Frauen sahen fern und aßen im Bett Knabberzeug. Mein Vater stellte Fragen und überprüfte Krankenakten. Ehemänner liefen herum.

»Hatte ich ihn nicht gebeten anzurufen?«, sagte sie.

»Er hat wahrscheinlich einfach viel zu tun«, sagte ich.

In einiger Entfernung sah ich, dass Tom und Carlotta, das ältere Paar, das am Ende der Straße wohnte, ebenfalls draußen saßen, er in einem verblassten Batik-T-Shirt und Jeans, sie in

Birkenstocks und mit einem langen, grauen, geflochtenen Zopf über der Schulter. Allerdings waren sie um diese Uhrzeit immer dort draußen, die Liegestühle in die Einfahrt gestellt, Margaritas und Zigaretten in den Händen. Hinter ihnen stand das Garagentor offen, so dass Toms Modelleisenbahngleise freilagen wie Gedärme. Damals waren die meisten Häuser in unserer Straße schon umgebaut oder zumindest renoviert, waren frisch aufpoliert worden wie alte Zähne, aber Toms und Carlottas Haus blieb unverändert, und ich wusste, weil ich ihnen schon mal Pfadfinderkekse verkauft hatte, dass bei ihnen immer noch der originale dunkelrote Teppichboden lag.

Jetzt winkte Tom mir mit einem Glas in der Hand zu. Ich kannte ihn nicht gut, aber er war immer freundlich zu mir. Ich winkte zurück.

Es war Oktober, fühlte sich aber an wie Juli: Die Luft war Sommerluft, der Himmel ein Sommerhimmel, es war immer noch hell bis nach sieben Uhr.

»Ich hoffe, die Telefone funktionieren«, sagte meine Mutter. »Aber das müssen sie doch, oder?«

In der Zeit seit jenem Abend habe ich viele Angewohnheiten meiner Mutter angenommen, das beharrliche Kreisen um ein einziges Thema, ihr Unvermögen, mit Ungewissheit umzugehen; aber wie ihre breiten Hüften und die hohen Wangenknochen sollten diese Eigenschaften noch einige Jahre in mir schlummern. An dem Abend konnte ich damit nichts anfangen.

»Beruhige dich einfach«, sagte ich. »Ja, Mama?«

Endlich klingelte das Telefon doch noch. Meine Mutter hob hastig ab. Ich sah ihr an, dass sie von der Stimme am anderen Ende enttäuscht war. Sie reichte den Hörer an mich weiter.

Es war nicht mein Vater. Es war Hanna.

Ich stand auf, lief mit dem Telefon am Ohr aufs Gras und blinzelte in die Sonne.

»Ich kann jetzt nicht richtig reden«, sagte Hanna. »Aber ich wollte dir sagen, dass wir wegfahren.«

Im Hintergrund hallten die Stimmen von Hannas Schwestern. Ich stellte sie mir in dem Zimmer vor, das sie sich mit ihnen teilte, die gelb gestreiften Vorhänge, die ihre Mutter genäht hatte, die vielen Stofftiere auf ihrem Bett, die auf der Kommode verstreuten Haarspangen.

»Wo fahrt ihr hin?«, fragte ich.

»Utah«, antwortete Hannah.

Sie klang ängstlich.

»Wann kommt ihr zurück?«

»Gar nicht«, sagte sie.

Ich spürte einen Anfall von Panik. Wir hatten in diesem Jahr so viel Zeit miteinander verbracht, dass uns die Lehrer schon manchmal mit dem Namen der anderen ansprachen.

Wie ich später erfahren sollte, versammelten sich nach dem Beginn der Verlangsamung tausende von Mormonen in Salt Lake City. Hanna hatte mir einmal erzählt, die Kirche habe eine bestimmte Quadratmeile in Utah als die exakte Position für die nächste Wiederkehr Jesu auf die Erde ermittelt. Dort unterhalte sie einen riesigen Getreidespeicher, um die Mormonen während der Endzeit zu ernähren. »Eigentlich darf ich dir das nicht erzählen, weil du nicht in unserer Kirche bist«, hatte sie gesagt. »Aber es stimmt.«

Die Religion meiner eigenen Familie war ein blutleerer Ableger des Luthertums – wir hüteten keine Geheimnisse, und wir hegten keine klare Vorstellung vom Weltuntergang.

»Bist du noch dran?«, fragte Hanna.

Das Sprechen fiel schwer. Eine Minute lang stand ich nur auf dem Rasen und bemühte mich, nicht zu weinen.

»Du ziehst also für immer weg?«, sagte ich schließlich.

Im Hintergrund hörte ich Hannas Mutter ihren Namen rufen.

»Ich muss los«, sagte Hanna. »Ich ruf dich wieder an.«

Sie legte auf.

»Was hat sie gesagt?«, fragte meine Mutter von der Veranda.

Ein fester Kloß hatte sich in meinem Hals gebildet.

»Nichts«, sagte ich.

»Nichts?«

Tränen schossen mir in die Augen. Meine Mutter sah sie nicht.

»Ich möchte wissen, warum dein Vater uns nicht angerufen hat«, sagte meine Mutter. »Glaubst du, sein Handy ist leer?«

»Mein Gott, Mama«, sagte ich. »Du machst alles noch schlimmer.«

Sie verstummte und sah mich an.

»Sei nicht so neunmalklug«, blaffte sie. »Und sag nicht Gott.«

Ein leichtes statisches Rauschen störte den Radioempfang, und meine Mutter drehte am Knopf, bis es aufhörte. Ein Experte aus Harvard sprach: »Wenn das anhält«, sagte er, »wäre das katastrophal für jede Art von Nutzpflanze, für die Nahrungsmittelversorgung der gesamten Welt.«

Wir saßen einen Moment lang schweigend da.

Dann hörten wir aus dem Haus plötzlich einen gedämpften Knall, das feuchte Aufklatschen von etwas Weichem auf Glas.

Wir schraken beide auf.

»Was war das?«, fragte sie.

Das Unvorstellbare war vorgestellt, das Unglaubliche geglaubt worden. Nun kam es mir vor, als lauerten überall Gefahren. Drohungen krochen aus jeder Ritze.

»Es klang nicht gut«, sagte ich.

Wir liefen schnell ins Haus. Wir hatten nichts aufgeräumt, und die Küche sah aus wie ein Schlachtfeld. Mein Bagel vom Morgen lang halb gegessen auf einem Teller, genau wo ich ihn acht Stunden vorher hingelegt hatte, der Frischkäse war an den Rändern eingetrocknet. Ein Jogurtbecher war von den Katzen umgekippt und sauber ausgeleckt worden. Jemand hatte die Milch draußen stehen gelassen. Da erst merkte ich auch, dass Hanna ihr Fußball-Sweatshirt auf einem Stuhl vergessen hatte.

Wie sich herausstellte, stammte das Geräusch von einem Vogel. Ein Blauhäher war gegen ein Küchenfenster geprallt und auf die Terrasse gestürzt, sein schmales Genick war offensichtlich gebrochen, die Flügel asymmetrisch um den Körper ausgebreitet.

»Vielleicht ist er nur benommen«, sagte meine Mutter.

Wir standen vor der Scheibe.

»Glaube ich nicht«, sagte ich.

Die Verlangsamung, das fanden wir bald heraus, hatte sich auf die Schwerkraft ausgewirkt. Hinterher übte die Erde ein bisschen mehr Macht aus. Die Wahrscheinlichkeit, dass sich bewegende Körper in Bewegung blieben, war gesunken. Wir alle und alles waren ein bisschen anfälliger für die Anziehungskraft des Bodens. Und möglicherweise war es diese Änderung der physikalischen Verhältnisse gewesen, die jenen Vogel genau gegen das flache Glas unserer Fensterscheibe gelenkt hatte.

»Vielleicht sollten wir ihn wegräumen«, sagte ich.

»Ich möchte nicht, dass du ihn anfasst. Papa wird sich darum kümmern.«

Und so ließen wir den Vogel einfach liegen. Die Katzen behielten wir die ganze Nacht drinnen.

Die Küche ließen wir auch, wie sie war. Wir hatten sie erst vor kurzem renoviert, und man roch noch die Farbe, aber dieser chemische Duft vermischte sich mit einem Hauch von saurer Milch. Meine Mutter goss sich ein frisches Glas ein: Zwei neue Eiswürfel knackten und hüpften unter einem Strom von funkelndem Scotch. Ich hatte sie noch nie so viel an einem einzigen Tag trinken sehen.

Sie ging wieder Richtung Veranda.

»Komm mit«, sagte sie. Aber ich hatte keine Lust mehr, bei ihr zu sein.

Stattdessen ging ich in mein Zimmer und legte mich eine Weile flach aufs Bett.

Zwanzig Minuten später rutschte die Sonne schließlich doch noch hinter den Hügel, endlich der Beweis dafür, dass die Erde sich, egal wie langsam, weiterhin drehte.

Der Wind drehte über Nacht und wurde stark, blies nun aus der Wüste statt vom Meer her. Er heulte und kreischte. Draußen schwankten und wogten die Eukalyptusbäume, und die Sterne glitzerten an einem wolkenlosen Himmel – es war ein leerer, gewitterloser Wind.

Irgendwann hörte ich das Knarren von Schranktüren in der Küche, das leise Quietschen von Scharnieren. Ich erkannte das Schlurfen der Hausschuhe meiner Mutter, das Öffnen eines Tablettenröhrchens und dann ein sich langsam am Spülbecken füllendes Glas Wasser.

Ich wünschte, mein Vater wäre zu Hause. Ich versuchte, ihn mir im Krankenhaus vorzustellen. Vielleicht wurden genau in diesem Augenblick Kinder in seine Hände geboren. Ich überlegte, was es wohl bedeuten würde, ausgerechnet in dieser Nacht auf die Welt zu kommen.

Bald erloschen die Straßenlaternen und saugten den schwachen Schein aus meinem Zimmer. Das hätte die Morgendämmerung ankündigen sollen, doch die Siedlung blieb in Dunkelheit getaucht. Für mich war es eine neue Art von Dunkelheit, ein dichtes ländliches Schwarz, das man in Städten und Vorstädten noch nie gesehen hatte.

Ich ging aus dem Zimmer und lief im Dunklen zum Schlafzimmer meiner Eltern. Durch den Spalt unter der Tür sah ich das blassblaue Licht des Fernsehers auf den Flurteppich sickern.

»Kannst du auch nicht schlafen?«, fragte meine Mutter, als ich die Tür aufmachte. Sie sah in ihrem alten weißen Nachthemd zerknautscht und erschöpft aus. Kränze von feinen Fältchen breiteten sich fächerförmig von ihren Augenwinkeln aus.

Ich stieg zu ihr ins Bett. »Was ist das für ein Wind?«, fragte ich.

Wir sprachen leise, als schliefe jemand in der Nähe. Der Fernseher lief ohne Ton.

»Das ist nur ein Santa Ana.« Sie rieb mir den Rücken. »Es ist doch jetzt die Jahreszeit dafür. Im Herbst ist das immer so, weißt du noch? Das zumindest ist normal.«

»Wie spät ist es?«, fragte ich.

»Viertel vor acht.«

»Es müsste Morgen sein.«

»Ist es auch«, sagte sie. Aber der Himmel blieb dunkel. Es war kein Anzeichen von Dämmerung auszumachen.

Die Katzen in der Garage waren ruhelos. Ich hörte ein Kratzen an der Tür und Tonys anhaltendes, verunsichertes Maunzen. Er war vom grauen Star fast blind, aber sogar er merkte ganz offensichtlich, dass etwas nicht stimmte.

»Hat Papa angerufen?«, fragte ich.

Meine Mutter nickte. »Er übernimmt noch eine Schicht, weil nicht alle erschienen sind.«

Lange Zeit blieben wir stumm sitzen, während der Wind um uns herumwehte. Das Licht des Fernsehers flackerte auf den weißen Wänden.

»Wenn er nach Hause kommt, lass ihn sich ausruhen, ja?«, sagte meine Mutter. »Er hatte eine sehr schwere Nacht.«

»Was ist passiert?«

Sie biss sich auf die Lippe und hielt die Augen auf den Fernseher gerichtet.

»Eine Frau ist gestorben.«

»Gestorben?«

Noch nie hatte ich gehört, dass so etwas unter der Aufsicht meines Vaters geschehen war. Bei der Entbindung zu sterben schien mir ein Tod der Pionierzeit, heutzutage so unmöglich wie Kinderlähmung oder die Pest, ausgerottet durch unsere ausgeklügelten Monitore und Maschinen, unsere sauberen Hände und starken Seifen, unsere Medikamente und Behandlungsmethoden und unser umfangreiches Wissen.

»Und Papa glaubt, es wäre nicht passiert, wenn sie mit voller Belegschaft gearbeitet hätten. Sie waren einfach zu knapp besetzt.«

»Was ist mit dem Kind?«, fragte ich.

»Weiß ich nicht.« Sie hatte Tränen in den Augen.

Aus unerfindlichem Grund fing ich genau in diesem Moment und nicht schon früher an, wirklich Angst zu haben. Ich drehte mich im Bett meiner Eltern um, und der erdige Duft des Rasierwassers meines Vaters stieg aus dem Laken hoch. Ich wollte ihn zu Hause haben.

Im Fernsehen stand eine Reporterin irgendwo in einer Wüste, hinter ihr färbte sich der Himmel rosa. Sie verfolgten den Sonnenaufgang wie ein Unwetter – die Sonne hatte den östlichen Rand Nevadas erreicht, aber in Kalifornien war noch nichts zu erkennen.

Später würde ich diese ersten Tage als den Zeitpunkt betrachten, an dem wir als Spezies feststellten, dass wir uns um die falschen Dinge gesorgt hatten: das Ozonloch, das Abschmelzen der Polkappen, Westnilfieber und Schweinegrippe und Killerbienen. Aber vermutlich ist das, wovor man Angst hat, nie das, was letztendlich eintritt. Die echten Katastrophen sind immer anders – ungeahnt, unvorhergesehen, unbekannt.

4

Endlich klang die Nacht ab, wie ein Fieber. Sonntagmorgen: Der Himmel leuchtete in einem zarten Blau.

Unser Garten war vom Sturm mit Kiefernnadeln übersät. Zwei eingetopfte Ringelblumen waren umgekippt, die Erde rieselte aus den Kübeln. Der Sonnenschirm und die Gartenstühle lagen über die Terrasse verstreut. Unsere Eukalyptusbäume standen schief und windzerzaust. Der tote Blauhäher lag unverändert da.

In der Ferne stieg eine Rauchfahne vom Horizont auf und schwebte mit dem Wind rasch westwärts. Mir fiel ein, dass es auch die Zeit der Waldbrände war.

Ein Nachrichtenhubschrauber umschwirrte die Rauchwolke wie eine Fliege, und es war beruhigend, dass wenigstens ein Team damit beauftragt worden war, über dieses völlig normale Unglück zu berichten.

Nach dem Frühstück versuchte ich erneut, Hanna anzurufen, aber es tutete und tutete nur. Ich wusste, dass es für sie anders war: Hannas Leben mit ihren Schwestern war laut, das Haus ein Labyrinth von Stockbetten und gemeinsamen Badezimmern, wo die Waschmaschine ununterbrochen lief, um die Kleiderhaufen zu bewältigen, die sich jeden Abend im Wäschekorb türmten. Zwei Kombis waren nötig, um ihre Familie fortzubringen.

In unserem Haus konnte ich die Fußböden knarzen hören.

Als mein Vater am späten Nachmittag aus der Klinik kam, hatte sich der Wind gelegt und Nebel wälzte sich tief von der Küste heran und verdeckte den langsamen Lauf unserer Sonne über den Himmel.

»Ich hatte den ganzen Heimweg das Licht an«, sagte mein Vater. »Bei dem Nebel konnte ich keine zwei Meter weit sehen.«

Er sah erschöpft aus, aber ich war erleichtert, ihn in unserer Küche stehen zu sehen.

Er aß ein halbes Sandwich im Stehen. Danach räumte er das Geschirr vom Vortag weg und wischte die Arbeitsplatte mit einem Schwamm ab. Er goss die Orchideen meiner Mutter und wusch sich dann sehr lange am Spülbecken die Hände.

»Du solltest ein bisschen schlafen«, sagte meine Mutter. Sie hatte sich in denselben grauen Pulli gewickelt, den sie am Tag vorher getragen hatte.

»Ich bin zu aufgedreht«, sagte er.

»Dann leg dich wenigstens hin.«

Er sah aus dem Fenster und betrachtete die Terrasse. Er zeigte auf den toten Vogel.

»Wann ist das passiert?«

»Gestern Abend«, sagte ich.

Er nickte und zog die Schublade auf, in der er einen Vorrat an OP-Handschuhen für den Haushalt aufbewahrte. Wir gingen zusammen nach draußen.

»Was für ein Jammer.« Er hockte sich neben den Vogel.

Ein Ameisentrupp hatte den Kadaver entdeckt und marschierte jetzt vom Terrassenrand aus hin und her, kletterte tief in die Federn hinein und tauchte mit winzigen Stückchen Vogel auf dem Rücken wieder auf.

Mein Vater schlug eine weiße Mülltüte aus, bis sie auseinanderging und sich aufblähte.

»Vielleicht lag es daran, dass sich die Schwerkraft verändert hat«, sagte ich.

»Ach, ich weiß nicht. Die Vögel hatten schon immer Probleme mit unseren Fenstern. Sie können nicht besonders gut sehen.«

Er streifte sich Handschuhe über beide Hände. Eine Wolke von Gummistaub wehte von den Bündchen auf. Ich konnte den Latex bis zu mir riechen.

Er legte eine Hand um den Brustkorb des Vogels, die Flügel sackten ab wie Äste, als er ihn hochhob. Zwei schwarze Augen in der Größe von Pfefferkörnern verharrten regungslos in seinem Kopf. Ein paar verirrte Ameisen rannten hektisch über das Handgelenk meines Vaters.

»Tut mir leid, was bei dir in der Arbeit passiert ist«, sagte ich.

»Was meinst du damit?«, fragte mein Vater. Er ließ den Vogel aus der Hand in die Tüte gleiten. Es gab ein leises Klatschen, das in der Plastiktüte widerhallte. Mein Vater blies sich über das Handgelenk, um die Ameisen loszuwerden.

»Es ist doch eine Frau gestorben?«, fragte ich.

»Was?«

Er sah mich überrascht an. Da begriff ich, dass es ein Fehler war, das anzusprechen.

Erst schwieg mein Vater. Ich spürte meine Wangen heiß und rot werden. Er hob mit zwei Fingern wie mit einer Pinzette die letzte Feder von der Terrasse auf und steckte sie in die Tüte. Dann rieb er sich mit dem Rücken eines abgewinkelten Handgelenks über die Stirn.

»Nein, mein Schätzchen«, sagte er. »Niemand ist gestorben.«

Das war die erste Lüge, die ich je von meinem Vater gehört hatte – oder zumindest das erste Mal, dass ich wusste, er log.

Aber es würde nicht die letzte bleiben. Und auch nicht die kühnste.

Auf der Terrasse, wo der Vogel gelegen hatte, sausten hunderte von Ameisen im Kreis herum und suchten nach ihrem verlorenen Festmahl.

Mein Vater zog die Schnur der Mülltüte zu und verknotete sie fest.

»Du und deine Mutter macht euch sowieso schon genug Sorgen«, sagte er. »Ich hab euch doch gesagt, dass über Nacht nichts passieren würde, und siehst du? Es ist auch nichts passiert.«

Wir brachten die Tüte zu den Mülltonnen auf der anderen Seite des Hauses. Die dunkle Silhouette des Vogels zeichnete sich durch das weiße Plastik ab, der Körper krümmte sich zusammen, als die Tüte im Takt der schnellen Schritte meines Vaters schwang.

Hinterher zog er den Gartenschlauch auf die Terrasse und spritzte die Ameisen und das Blut weg, doch auf dem Fenster würde noch wochenlang ein Fettfleck sichtbar bleiben, wie eine Bremsspur nach einem Autounfall.

Schließlich ging er nach oben, um zu schlafen, und meine Mutter ging mit.

Ich saß lange allein im Wohnzimmer und sah fern, während meine Eltern hinter der geschlossenen Tür ihres Schlafzimmers miteinander murmelten. Ich hörte meine Mutter eine Frage stellen. Mein Vater erhob die Stimme: »Was soll das denn heißen?«, schimpfte er.

Ich stellte den Fernseher leiser und horchte angestrengt.

»Natürlich war ich in der Arbeit«, sagte er. »Wo zum Teufel soll ich denn sonst sein?«

Wir lebten unter einer neuen Schwerkraft, deren Veränderung zu schwach war, um sie bewusst wahrzunehmen, doch unsere Körper waren ihrer Gewalt bereits unterworfen. In den folgenden Wochen, als die Tage sich immer weiter ausdehnten, stellten Quarterbacks fest, dass die Bälle nicht mehr so flogen wie vorher, Baseballspieler konnten keine Homeruns mehr schlagen. Mir fiel es zunehmend schwer, einen Fußball über den Platz zu schießen. Piloten mussten sich das Fliegen neu beibringen. Jeder fallende Gegenstand fiel schneller zu Boden.

Heute kommt es mir vor, als hätte die Verlangsamung noch andere, zu Anfang weniger sichtbare, aber tiefere Veränderungen ausgelöst. Sie störte gewisse unauffälligere Flugbahnen: den Kurs von Freundschaften, zum Beispiel, die Pfade zur und fort von der Liebe. Aber wie kann ich behaupten, dass der Verlauf meiner Kindheit nicht schon lange vor der Verlangsamung festgelegt war? Vielleicht war meine Jugend nur eine ganz normale Jugend, der Schmerz ein wenig bemerkenswerter Schmerz. Zufälle gibt es sehr wohl: das Zusammentreffen von zwei oder mehr scheinbar miteinander verknüpften Ereignissen ohne Kausalbeziehung. Vielleicht hatte alles, was mir und meiner Familie passierte, überhaupt nichts mit der Verlangsamung zu tun. Möglich wäre das, denke ich. Aber ich bezweifle es. Ich bezweifle es stark.

5

Mit jeder Stunde strömten mehr neue Minuten herein. Zwei Tage waren vergangen. Jetzt war es Montag. Es gab keine neuen Nachrichten.

Ich hatte gehofft, die Schule fiele aus – wie alle Kinder. Doch sie wurde nur verschoben. Ein hastig ausgearbeiteter Plan verlegte den Unterrichtsbeginn um neunzig Minuten nach hinten, das war ungefähr der Zeitraum, um den wir mittlerweile zurücklagen.

Wir waren von der Regierung gebeten worden, ganz normal weiterzumachen. Später stimmte das natürlich nicht mehr, aber vorerst standen unsere Politiker vor Mikrofonen, in dunklen Anzügen und roten Krawatten, Anstecker mit der amerikanischen Flagge an marineblauen Revers glänzend. Hauptsächlich sprachen sie über Wirtschaftliches: Gehen Sie zur Arbeit, geben Sie Geld aus, lassen Sie Ihre Ersparnisse auf der Bank.

»Die erzählen uns definitiv nicht alles«, sagte Trevor Watkins an jenem Montagmorgen an der Bushaltestelle. Mehr als die Hälfte der Kinder, die dort normalerweise warteten, waren zu Hause geblieben oder hatten mit ihren Familien die Stadt verlassen.

Ich vermisste Hanna wie einen amputierten Körperteil.

»Es ist genau wie bei der Area 51.« Trevor kaute auf den ausgefransten schwarzen Riemen seines Rucksacks. »Nie sagen sie der Öffentlichkeit die Wahrheit.«

Damals war unser Leben leicht. Wir waren Mädchen in Sandalen und Sommerkleidchen, Jungs in Surfshorts und T-Shirts. Wir wuchsen in einem Rentnertraum auf – 330 Sonnentage im Jahr – und deshalb feierten wir, wenn es mal regnete. Und wie schlechtes Wetter rief auch eine Katastrophe in uns allen beklommene Erregung und Elan hervor.

Von der anderen Seite des Platzes ertönte das Echo eines Skateboards, das auf dem Bordstein auftrifft. Ich wusste ohne hinzusehen, wer das war, aber ich wollte hinsehen: Seth Moreno – groß und still und immer allein – stieg jetzt sorgsam von seinem Skateboard auf die Erde, seine dunklen Haare fielen ihm dabei in die Augen. Ich hatte noch nicht viel mit Seth Moreno gesprochen, obwohl ich in Mathe hinter ihm saß. Im Laufe der Zeit hatte ich eine Methode, ihn zu beobachten, perfektioniert, die nicht aussah, als würde ich ihn beobachten.

»Verlasst euch drauf«, fuhr Trevor fort. Trevor war dünn und hatte keine Freunde, und sein riesiger grüner Rucksack war so schwer, dass er sich nach vorn beugen musste wie ein alter Mann, um das Gleichgewicht zu halten. »Die Regierung weiß um einiges mehr, als sie sagt.«

»Halt die Klappe«, sagte Daryl. Daryl war der Neue, der Schlimme, der Junge, der jeden Tag während der vierten Stunde zur Schulkrankenschwester ging, um eine Dosis Ritalin zu schlucken. Er war der Junge, den wir alle zu meiden versuchten. »Niemand hört dir zu, Trevor.«

Die Bushaltestelle war das harte Pflaster, auf dem unsere Schultage begannen, wo Gemeinheiten ausgeteilt und Geheimnisse verraten oder verbreitet wurden. Wir standen, wo wir immer standen, auf demselben Flecken Erde neben demselben leeren Grundstück, die Morgensonne stand ungefähr im selben Winkel. Unsere Uhren waren nutzlos, aber das Licht fühlte sich richtig an.

»Im Ernst, Leute«, sagte Trevor. »Das ist der Weltuntergang.«

»Wenn der Bus nicht in zwei Minuten auftaucht«, sagte Daryl, »bin ich weg.«

Daryl lehnte lässig an dem Maschendrahtzaun, der ein leeres Grundstück umgab. Jahre vorher war das Haus, das einmal dort gestanden hatte, zusammen mit einem Teil des Kalksteinhangs in den Canyon gerutscht. Unten konnte man immer noch Reste davon finden, Holzsplitter im Gebüsch, Fliesenscherben in der Erde. Aber sonst war nicht viel übrig. Die rissige Auffahrt führte nirgendwohin. Unkraut wuchs, wo einst der Rasen gewesen war. Gelbe Schilder warnten vor der Brüchigkeit des Steilhangs.

»Ich sag euch, wie es ablaufen wird«, meinte Trevor. »Zuerst sterben die Pflanzen. Und dann sterben alle Tiere. Und dann die Menschen.«

Aber in diesem Moment waren meine Ängste unmittelbarer: Ohne Hanna fühlte ich mich dort am Bordstein unbehaglich. Schon an normalen Tagen war die Bushaltestelle ohne Freundin kein guter Ort. Hier herrschten die Raufbolde. Kein Aufpasser passte auf.

Ich beschloss, mich neben Michaela zu stellen, weil wir in der Grundschule befreundet gewesen waren, aber diese Bande waren dünn geworden.

»Hallo Julia«, sagte sie, als sie mich sah. »Du bist doch klug, glaubst du, dieses Erddings könnte mir irgendwie die Haare versauen?« Sie band ihren Pferdeschwanz neu. Er war dick und lockig und rot. »Weil die heute echt verrückt spielen.«

Sie sah aus, als wollte sie zum Strand, in Minirock und

knappem T-Shirt. Pailletten-Flipflops klemmten an ihren Füßen. Meine Mutter hätte mich niemals in der Schule Flipflops tragen lassen.

»Weiß ich nicht.« Ich bedauerte mein praktisches Outfit, weiße Stoffturnschuhe mit Doppelschleife zu schlichter Jeans. »Vielleicht.«

In diesen Tagen glänzte fortwährend Lipgloss auf Michaelas Lippen. Ihre Hüften wiegten sich fortwährend. Bei jedem Fußballtraining floss Wimperntusche über ihre Wangen, und sie erzählte von ganzen Scharen von Jungs – es war schwer, den Überblick über ihre ganzen Jasons und Brians und Brads zu behalten. Wie konnte ich ihr gegenüber meine eigene bescheidene Sehnsucht eingestehen? Wie konnte ich ihr erklären, dass ich seit Monaten hoffte, mit nur einem Jungen zu sprechen, der genau in diesem Moment mit uns an der Bushaltestelle wartete und sein Skateboard auf der anderen Seite des Platzes langsam hin und her rollte? Seth Moreno: wie ein Blinklicht in meinem Kopf.

»Jetzt mal ohne Witz«, sagte Michaela und hielt die struppige Spitze ihres Pferdeschwanzes hoch. »Sieh dir das Gekräusel an.«

Ein fruchtiger Shampooduft wehte aus ihrem Haar, wenn sie sich bewegte.

»Aua.« Michaela schnellte herum, als wäre sie von einer Biene gestochen worden. Da stand Daryl und ließ ihren BH-Träger schnalzen. »Lass das, Daryl.«

Der BH stützte nicht viel. Michaela war so flach wie ich. Aber sie trug ihn trotzdem, ein gewagtes Symbol der Dinge, die da kommen würden. Diese beiden, durch die weiße Baumwolle ihres ärmellosen Tops sichtbaren leeren Körbchen enthielten zumindest die Möglichkeit von Brüsten, wenn schon keine echten, und ich vermute, allein die Erwartung, allein die Vorstellung, der bloße Traum von einem weiblichen Körper reichte aus, um die Jungen anzulocken.

»Ich meine es ernst«, sagte sie, als Daryl noch einmal am Träger zog. Ich hörte das schnelle Aufklatschen des Gummibands auf ihrer Haut. »Du nervst mich.«

In einigem Abstand beobachtete ich Seth Moreno, der einen Stein über den Maschendrahtzaun in den Canyon warf. Ich hatte das Gefühl, Seth interessierte sich für wichtige Dinge. Seine Traurigkeit war immer offensichtlich. Sie lag im wütenden Schwung seines Handgelenks, als er den Stein losließ. Sie lag in der müden Drehung seines Kopfes. Sie lag in der Art, wie er in den Himmel blinzelte, aber trotzdem den Blick nicht abwandte.

Seth kannte sich mit Katastrophen schon aus: Seine Mutter war krank, und sie war bereits eine ganze Zeitlang krank. Ich hatte sie ein oder zwei Mal mit ihm in der Drogerie gesehen, ein rotes Tuch um den Kopf gewickelt, wo früher ihre Haare gewesen waren, die dünnen Beine in ein Paar klobige Gesundheitsschuhe gesteckt. Brustkrebs: Sie litt seit Jahren darunter, schon immer, schien es, aber ich hatte gehört, dass sie nun wirklich im Sterben lag.

Plötzlich spürte ich ein festes Kneifen durch den Rücken meines T-Shirts. Ich drehte mich um. Daryl stand hinter mir. Er lachte ein gemeines Lachen.

»Igitt!«, sagte er und wandte sich den anderen Kindern zu. »Julia hat nicht mal einen BH an!«

Meine Wangen wurden heiß.

Hanna hätte gewusst, was zu tun war. Sie war die Anführerin von uns beiden, die Sprecherin, der Boss. Sie konnte gemein sein, wenn es nötig war. Vielleicht war sie durch ihre Schwestern geschult. Sie hätte in dem Augenblick eingegriffen und genau das Richtige zu Daryl gesagt.

Doch an jenem Tag war ich auf mich gestellt, und ich war nicht daran gewöhnt, gehänselt zu werden.

Ein paar Monate vorher war ich mit meiner Mutter durch die Unterwäscheabteilung eines Kaufhauses gelaufen. Eine Verkäuferin hatte gefragt, ob wir uns Mädchen-BHs ansehen möchten. Meine Mutter sah die Frau an, als hätte sie von Sex geredet. Ich starrte nur auf den Kaufhausfußboden. »Oh«, sagte meine Mutter. »Wohl kaum.«

Jetzt betrachtete Daryl mich. Er hatte extrem weiße Haut und eine sehr spitze, sehr sommersprossige Nase. Ich spürte die Blicke der anderen Kinder auf meinem Gesicht, sie wurden von Grausamkeit angezogen wie Fliegen von frischem Fleisch.

Ich sehnte das Geräusch des rettenden Schulbusses herbei, hörte aber nichts – nur das schwache Murmeln von Insekten, die emsig zwischen den Blumen im Canyon unterwegs waren, und das dumpfe Scheppern von Seths Skateboard, das wieder und wieder gegen den Bordstein stieß. Die Leitungen summten über uns wie immer, das Fließen des Stroms war von der Verlangsamung nicht unterbrochen worden. Später sollte ich erfahren, dass unsere ganzen Maschinen wahrscheinlich noch eine Weile weiterlaufen würden, selbst wenn alle Menschen fort wären.

Eine Lüge bildete sich in meinem Mund. Sie kullerte heraus wie ein abgebrochener Zahn. »Hab ich *doch*«, sagte ich.

Ein silberfarbener Minivan bog um die Ecke, fuhr weiter und war weg.

»Ach ja?«, sagte Daryl. »Dann zeig mal.«

Alle außer Seth beobachteten uns jetzt. Die älteren Jungs, die Achtklässler, hatten ihre Schubswettkämpfe eingestellt, um zu verfolgen, was passieren würde. Sogar Trevor hatte aufgehört zu reden. Diane sah auch zu, während sie mit zwei Fingern das silberne Kreuz rieb, das immer um ihren pummeligen Hals hing. Die Gilbert-Zwillinge starrten stumm wie immer. Ich nahm auch Seth wahr, den Einzigen, der sich abseits hielt. Ich hoffte, er hätte nicht bemerkt, was geschah. Er stand jetzt mit dem Rücken zu uns auf seinem Skateboard, die Räder knirschten auf der Erde, während er auf der anderen Seite des Platzes langsam hin und her rollte.

»Wenn du einen BH anhast«, sagte Daryl und beugte sich zu mir. »Dann beweis es.«

Ich nestelte an meiner Kette. An zarten Goldgliedern hing ein winziges Nugget, ausgegraben sechzig Jahre früher von den Händen meines Großvaters, als er in den Minen Alaskas arbeitete. Es war das einzige seiner Erinnerungsstücke, das mir etwas bedeutete.

»Lass sie in Ruhe«, sagte Michaela endlich, aber ihre Stimme war zu dünn und kam zu spät.

Was ich bis dahin über dieses Leben begriffen hatte, war, dass es die Drangsalierer und die Drangsalierten gab, die Jäger und die Gejagten, die Starken und die Stärkeren und die Schwachen, und bisher hatte ich noch nie zu irgendeiner Gruppe gezählt – ich gehörte zum Rest, ein stilles Mädchen mit durchschnittlichem Gesicht, einfach nur eine von vielen unter den Harmlosen und Unbedrängten. Aber plötzlich schien sich dieses Gleichgewicht verschoben zu haben. Ein böser Gedanke schwirrte durch meinen Kopf: Ich hatte in dieser Position nichts verloren; es hätte eines der hässlicheren Mädchen treffen müssen, Diane oder Teresa oder Jill. Oder Rachel. Wo war Rachel? Sie war die Streberhafteste von uns. Aber auch sie war von ihrer Mutter zu Hause behalten worden, um sich bereitzumachen und zu beten – sie waren Zeugen Jehovas und überzeugt, dies wäre das Ende aller Tage.

Da so viele Kinder an der Bushaltestelle fehlten, verschoben sich sämtliche Hierarchien.

Ein weiteres Auto glitt um die Ecke. Dieses Mal war es

mein Vater in dem grünen Kombi, auf dem Weg zur Arbeit. Er winkte mir im Vorbeifahren zu. Ich wollte nicht, dass er mich so sah, obwohl er in dieser unscheinbaren Szene kein Anzeichen von Problemen hätte erkennen können.

»Entweder zeigst du ihn«, sagte Daryl. »Oder ich mach das für dich.«

Wie seitdem umfangreich dokumentiert wurde, schoss in den Tagen und Wochen nach dem Beginn der Verlangsamung die Anzahl von Morden und anderen Gewaltverbrechen in die Höhe. Es lag etwas in der Atmosphäre. Es war, als hätte die Verlangsamung auch unsere Urteilskraft verlangsamt, unsere Hemmungen beseitigt. Aber ich hatte immer das Gefühl, sie hätte eigentlich den gegenteiligen Effekt haben müssen. Eines stimmt auf jeden Fall: Nach der Verlangsamung erforderte jede Handlung etwas mehr Kraft als früher. Die physikalischen Gegebenheiten hatten sich geändert. Nehmen wir zum Beispiel den leicht erhöhten Widerstand einer Hand auf einem Messer oder eines Fingers an einem Abzug. Von da an hatten wir alle etwas mehr Zeit, zu entscheiden, was wir *nicht* tun sollten. Und wer weiß, wie schnell Bedenken sich fortbewegen können? Wer hat je die exakte Geschwindigkeit von Reue gemessen? Doch die neue Schwerkraft reichte nicht aus, um den Sog gewisser anderer, mächtigerer, weniger bekannter Kräfte zu überwinden – kein Gesetz der Physik kann Begierde erklären.

Ich hörte den Bus um die Ecke auf uns zurumpeln, die Bremsen quietschten, der Motor knatterte. In dem Moment packte Daryl den vorderen Saum meines T-Shirts und zog ihn nach oben. Ich drehte mich von ihm weg, doch ich war zu langsam. In der Bewegung bemerkte ich Seth mit schlenkernden langen Armen in unsere Richtung laufen, gerade rechtzeitig, um meine nackte Brust zu sehen.

Das ist meine nächste Erinnerung: das Weiß des T-Shirts über meinem Gesicht, der Schwall feuchter Luft auf meinem bloßen Brustbein und meinen bloßen Rippen, auf der gesamten glatten Fläche meiner Brust. Das aufgeregte Kreischen der anderen Kinder. Daryl hielt mich einige lange Sekunden so fest, während ich mich wand und schlängelte; beide waren wir in einem perversen Tanz gefangen. Ich spürte die kalte Luft auf der Haut, das Einschneiden meiner Kette im Nacken.

Endlich ließ Daryl mein T-Shirt los.

»Lügnerin«, sagte er. »Ich wusste, dass du keinen BH anhast.«

Der Bus hielt am Bordstein und brummte dort im Leerlauf. Der süßliche Geruch von Diesel erfüllte die Luft. Ich hatte weiche Knie und blinzelte Tränen zurück.

»Mein Gott, Daryl«, sagte Seth und schubste ihn an der Schulter. »Was soll der Scheiß?«

Monate später würde Michaelas Mutter ein Sterndiagramm vor uns ausbreiten und mir erklären, dass die Verlangsamung die Tierkreiszeichen jedes Menschen verschoben habe. Schicksale hatten sich verändert. Persönlichkeiten sich umgeformt. Die Pechvögel hatten nun Glück. Die Glückspilze weniger. Unser Leben – so lange schon in den Sternen geschrieben stehend – war an einem Tag umgeschrieben worden.

»Keine Angst«, flüsterte Michaela, als wir die Stufen hinauf in den Bus stiegen. »Niemand hat was gesehen.«

Aber ich wusste, dass man so etwas sagte, wenn genau das Gegenteil der Fall war: Jeder hatte alles gesehen.

Seth kam als Letzter in den Bus. Er lächelte ein schwaches Lächeln, als er an mir vorbeiging, und steuerte wie üblich auf die hinteren Reihen zu. Was ich in seinem Gesicht sah, war beunruhigender als das, was ich in Daryls gelesen hatte. In Seths dunklen Augen und seinen dicken, zusammengekniffenen Lippen entdeckte ich etwas anderes, etwas Schlimmeres: Ich sah Mitleid.

Ich spielte mit dem Gedanken, auf der Stelle aus dem Bus zu rennen, aber es war zu spät. Die Türen schlossen sich.

»Ich wette, sie schicken schon den Präsidenten und die schlausten Wissenschaftler zur Weltraumstation, damit sie in Sicherheit sind«, sagte Trevor auf dem vordersten Platz, als wäre sein Theorienstrom nie unterbrochen worden. Ausnahmsweise war ich froh, dass er redete.

Der Bus ruckelte vom Bürgersteig weg. Der Fahrer, ein dicker Mann mit einem breiten schwarzen Gürtel, wirkte verstört und fahrig. Andauernd schielte er durch die Windschutzscheibe zur Sonne hinauf.

Ich tastete nach meiner Kette, und da erst bemerkte ich, dass sie weg war, das winzige Nugget meines Großvaters lag irgendwo auf der Erde.

»Meine Kette.« Ich wandte mich Michaela zu. »Wo ist meine Kette?«

Aber Michaela hörte mich nicht. Sie war bereits in ein Gespräch auf ihrem Handy vertieft.

»Ich sag es euch«, erzählte Trevor. »Das ist Armageddon.«

Vorher hatte es mich nicht groß gekümmert, aber an jenem Tag kam es schlagartig ans Licht: Hanna war meine einzige echte Freundin in der Schule. Ich brauchte sie.

In der Schule wurden wir angewiesen, die Glocke nicht zu beachten, da das gesamte, jetzt irrige, Klingelsystem von der Zeit abgekoppelt war.

Ohne den Anstoß der Morgenglocke wurden wir ziellos und unpräzise. Kinder ließen sich in diese oder jene Richtung treiben wie ein sich verschiebender Vogelschwarm. Die Masse war wilder als sonst, schwieriger zu hüten. Wir waren laut und überdreht. Ich versteckte mich am Rande der Gruppe, während Lehrer vergeblich versuchten, uns zu bändigen. Ihre dünnen Stimmen wurden vom Meer unserer eigenen übertönt.

Dies war die Mittelschule, Jahre voller Wunder, die Phase, in der Kinder zehn Zentimeter im Laufe eines Sommers wuchsen, in der Brüste aus dem Nichts erblühten, in der Stimmen brachen und absackten. Unsere ersten Makel traten zutage, wurden aber korrigiert. Eine verschwommene Sicht konnte unbemerkt durch die Zauberkunst der Kontaktlinse ausgebessert werden. Schiefe Zähne wurden mit Spangen gerade gezurrt. Pickelige Haut konnte chemisch gereinigt werden. Manche Mädchen wurden schön. Einige Jungs wurden groß. Ich wusste, dass ich immer noch wie ein Kind aussah.

Inzwischen war der Nebel weggebrannt und hatte einen hellen, klaren Himmel zurückgelassen. Im Wind flatterten Flaggen am Fahnenmast der Schule.

Durch die vorderen Reihen der Kinder waberte ein starkes Gerücht. Dieselben Kanäle hatten davor die Neuigkeiten der verbotenen Erkundungen von Drew Costellos Fingern und der Akrobatik von Amanda Cohens Zunge, des in Steven Galletas Rucksack gefundenen Gefrierbeutels voller Marihuana und – etwas später dann – die Einzelheiten über Steven Galletas Alltag im Erziehungscamp von Mount Cuyamaca verbreitet. Inmitten dieses üblichen Bodensatzes trieb jetzt noch eine andere Art von Gemunkel, dessen Quellen ähnlich zweifelhaft waren: Im Jahre 1562 hatte ein Wissenschaftler namens Nostradamus vorausgesagt, dass die Welt an genau diesem Tag untergehen würde.

»Ist das nicht gruselig?«, fragte Michaela und stupste mich mit der Schulter an.

Ich wollte flüchten. Ich wollte mich in der Menge verkriechen, aber ich hatte Angst, von Michaelas Seite zu weichen.

»Wahrscheinlich war der so was wie ein Medium oder so«, sagte sie.

Man konnte immer noch die Dehnungsstreifen auf meinem T-Shirt von dem Zwischenfall an der Bushaltestelle erkennen.

»Hey.« Sie sah sich um. »Wo ist eigentlich Hanna?«

»In Utah«, sagte ich. Ich bekam die Worte kaum heraus. »Ihre ganze Familie ist sofort losgefahren.«

Ich stellte mir Dutzende von Cousins vor, die in der Wüste von Utah in rund um einen riesigen Getreidespeicher stehenden Autos schliefen.

»Ach du Schande«, sagte Michaela. »Für immer, oder was?«

»Ich glaube schon.«

»Komisch«, sagte sie.

Dann bat Michaela mich, meine Geschichtshausaufgabe abschreiben zu dürfen.

»Ich habe nicht gedacht, dass wir heute Schule hätten. Deshalb hab ich sie nicht gemacht.«

Aber ich wusste, dass Michaela schon früher in diesem Jahr das Hausaufgabenmachen eingestellt hatte. Sie entwickelte gerade andere Fähigkeiten. Es gab viel über die Pflege von Haut und Haar zu lernen. Es gab eine richtige Art, eine Zigarette zu halten. Mädchen wussten nicht von Geburt an, wie man jemandem einen runterholte. Ich gab ihr meine Hausaufgaben, wann immer sie fragte.

In Naturkunde bastelten wir neue Sonnenuhren statt derer, die wir in der ersten Schulwoche gebaut hatten. Ich war froh, in einem Klassenzimmer voller Kinder zu sitzen, von denen keines an der Bushaltestellte gewesen war.

»Anpassung ist ein notwendiger Teil der Natur«, sagte Mr Jensen, nachdem er die neuen Gradeinteilungen ausgeteilt hatte. Beim Sprechen verschränkte er unablässig die Hände und löste sie wieder. »Das alles ist vollkommen natürlich.«

Wir mühten uns damit ab, Zahnstocher in nasse Tonklumpen zu stecken. Der Trick war, den Zahnstocher in exakt dem richtigen Winkel einzusetzen. Es war jetzt schon klar, dass die meisten unserer Sonnenuhren eine nutzlose, schlampige Zeit anzeigen würden.

»Denkt an die Dinosaurier«, fuhr er fort. »Sie sind ausgestorben, weil sie sich nicht an eine veränderte Umwelt anpassen konnten.«

Mr Jensen hatte einen Pferdeschwanz und einen Bart. Er trug viel Batik. Er fuhr mit dem Fahrrad zur Schule, und es ging das Gerücht, er koche sich seine Mahlzeiten auf den Bunsenbrennern hinten im Klassenzimmer und schlafe in einem Schlafsack unter dem Lehrerpult. Jeden Tag trug er Wanderschuhe im Unterricht. Er sah aus, als könnte er monatelang nur mit einem Kompass und einem Taschenmesser und einer Feldflasche in der Wüste leben.

»Aber natürlich«, ergänzte er und faltete die Hände, »sind wir ganz anders als die Dinosaurier.« Ich merkte, dass er hoffte, er würde uns keine Angst einjagen, aber das war ja der springende Punkt: Wir Kinder fürchteten uns nicht so sehr, wie wir sollten. Wir waren zu jung, um Angst zu haben, zu versunken in unsere Miniaturwelten, zu überzeugt von unserer eigenen Dauerhaftigkeit.

Konkurrierende Gerüchte behaupteten, Mr Jensen sei in Wirklichkeit Millionär, oder er habe etwas Wichtiges für die NASA erfunden und unterrichte jetzt nur noch aus Freude am Unterrichten. Er war mein Lieblingslehrer in jenem Jahr, und ich wusste, dass er mich auch mochte.

An diesem Tag stellte er eine Frage-und-Antwort-Box auf, damit wir uns anonym erkundigen konnten, was vor sich ging.

»Es gibt keine dummen Fragen«, sagte er, während er unsere Zettel mit der umfunktionierten Kleenex-Schachtel einsammelte.

Es war dieselbe Schachtel, die wir an dem Tag benutzt hatten, als die Mädchen von den Jungs getrennt wurden und die Schulkrankenschwester kam, um uns Mädchen auf unsere Zukunft vorzubereiten. »Etwas ganze Besonderes wird mit euch passieren«, hatte sie langsam gesagt, wie eine Wahrsagerin, die aus der Hand liest. »Es leitet sich aus dem lateinischen Wort für Monat ab, weil es einmal im Monat vorkommen wird, genau wie der Mondzyklus.« Nur Tammy Smith und Michelle O'Connor waren abseits geblieben und wissend auf ihren Stühlen herumgerutscht, weil ihre Körper bereits im Einklang mit dem Mond waren.

Nun griff Mr Jensen in die Schachtel und zog eine Frage. Mit großer Sorgfalt klappte er das Stück Papier auf. »Stimmt es«, las er, »dass ein Wissenschaftler vorausgesagt hat, dass die Welt heute untergeht?«

»Nostradamus war nicht unbedingt ein Wissenschaftler«, sagte Mr Jensen. Offenkundig hatte er das Gerede gehört, das in den Fluren die Runde machte. »Ihr alle wisst, dass niemand die Zukunft vorhersagen kann. Kein Mensch kann sagen, was morgen passieren wird, und erst recht nicht in fünfhundert Jahren.«

Die Schulglocke ertönte. Aber wir blieben alle auf unseren Hockern sitzen. Der Mittagsgong stimmte mit unserem Ablauf nicht mehr überein.

Draußen blieb der Himmel hell. Sonnenlicht strömte durch die Fenster herein, fing sich in den Reihen von sauberen Messbechern und Reagenzgläsern, die im Regal wie Weingläser funkelten.

Mr Jensen zog eine weitere Frage aus der Schachtel: Jemand

wollte wissen, ob die Verlangsamung von Umweltverschmutzung herrühren könne.

Diese Frage schien ihn zu bedrücken.

»Wir wissen noch nicht, warum das geschieht«, sagte Mr Jensen.

Er nahm seine Brille ab und rieb sich mit dem Handrücken die Stirn. Dann blieb er neben dem Aquarium stehen, das seit September leer war, als das Filtersystem unvermittelt ausgefallen war. Es war an einem Wochenende passiert. Montagmorgen hatten wir fünf Fische wie Blätter auf der Oberfläche treibend gefunden. Man konnte das Blut unter den Schuppen auf ihren kleinen Körpern sehen. Das Wasser sah für unsere Augen immer noch klar aus, aber für Fische war es giftig geworden.

»Der Mensch hat diesem Planeten großen Schaden zugefügt«, sagte Mr Jensen, während wir uns wieder der Arbeit an unseren Sonnenuhren zuwandten. »Menschen sind schuld an der globalen Erwärmung und der Zerstörung der Ozonschicht und dem Aussterben tausender Pflanzen und Tierarten. Aber es ist noch zu früh, um zu beurteilen, ob wir auch diese Veränderung verursacht haben.«

Vor dem Ende der Stunde aktualisierte Mr Jensen unsere Sonnensystemwand, auf der das Weltall ordentlich von sechs Metern schwarzem Tonpapier und neun Tonpapierplaneten dargestellt war. Außerdem gab es auf unserer Karte eine Sonne und einen Alufolienmond. Über die Ecken verstreut steckten bunte Pinnwandnadeln, die für all die noch nicht entdeckten Planeten standen. Angeblich gab es tausende davon dort oben. Millionen vielleicht sogar. Es erstaunt mich heute noch, wie wenig wir über das Universum wussten.

Auf dem Schild über der Erde notierte Mr Jensen statt *24 Stunden* nun *25:37*, aber er schrieb die neue Zahl nur auf ein Post-it, so dass wir sie erneut aktualisieren konnten, falls nötig.

Die Klassenräume waren den ganzen Tag halb leer oder, je nach Auffassung, halb voll. Dutzende von Pulten blieben unbenutzt, Anwesenheitslisten weitgehend ungeprüft. Es war, als wären bestimmte Kinder tatsächlich von der Erde hoch in den Himmel gesaugt worden, wie manche Christen erwarteten, und hätten uns andere zurückgelassen, uns Kinder von Wissenschaftlern und Atheisten und den einfach weniger Frommen.

Unsere Lehrer versuchten, uns davon abzuhalten, während des Unterrichts die Nachrichten zu verfolgen, aber ein Kind hatte ein Radio, und wir alle besaßen Handys.

Überall auf der Welt brachen bereits die ersten Fälle von Schwerkraftkrankheit aus. Hunderte von Menschen litten unter Symptomen wie Schwindel, Schwächeanfällen und Erschöpfung. In Sport drückten sich ein paar Kinder darum, die übliche Meile zu laufen, indem sie sich die Bäuche hielten und über Übelkeit und mysteriöse Schmerzen klagten. »Ich kann nichts dafür«, sagten sie. »Es ist die Krankheit.«

Die Lehrer taten, als machten sie sich keine Sorgen. Aber in der Mittagspause sahen sie sich alle im Lehrerzimmer die Nachrichten an. Wir konnten ihre Mienen dabei beobachten, die müden Augen, die gerunzelten Stirnen, die nackte Furcht im Gesicht.

Seth Moreno sah ich erst wieder in der fünften Stunde. Wir hatten Mathe zusammen. Er war auf den Platz genau vor meinem gesetzt worden, und ich freute mich jeden Tag darauf, ihm nahe zu sein. Ich kannte alles an diesem Hinterkopf – den Wirbel seiner Haare, die Form seines Ohrs, den geraden, kantigen Kiefer. Ich mochte, dass er sogar am späten Nachmittag noch nach Seife roch.

Wir redeten nie miteinander. Ich hatte noch nicht einmal seinen Namen laut ausgesprochen, nicht einmal Hanna gegenüber. »Ach, komm«, hatte sie oft in der Dunkelheit unseres Wohnzimmers geflüstert, wenn wir beide tief in unsere Schlafsäcke gekuschelt waren. »Da *muss* doch jemand sein.« Aber ich schüttelte immer den Kopf und log. »Nein«, flüsterte ich zurück. »Niemand.«

Wochenlang hatte ich gehofft, Seth würde in meine Richtung schauen, aber nicht heute. Er hatte an der Bushaltestelle zu viel gesehen.

Mrs Pinsky versuchte, die Verlangsamung zum Unterrichtsthema zu machen. Auf die Tafel hatte sie mit Kreide die tägliche Mathe-Denksportaufgabe geschrieben: *Die Dauer eines Tages hat sich innerhalb von zwei Tagen um 90 Minuten verlängert. Wir lang wäre ein Tag auf der Erde bei einer gleichmäßigen Zunahme in zwei Tagen? Und wie lang in drei Tagen? In einer Woche?*

»Müssen wir das machen?«, maulte Adam Jacobson, der auf seinem Stuhl lümmelte. Er stellte diese Frage jedes Mal.

»Das Einzige, was ihr im Leben müsst, ist sterben«, sagte Mrs Pinsky. Das war eine ihrer Lieblingsredensarten. »Alles andere könnt ihr euch aussuchen.«

Mrs Pinsky war morbid und einschüchternd. Wenn ein Kind in ihrer Stunde Schluckauf bekam, rief sie es zu sich ans Pult. Bis man vorne im Raum ankam, war der Schluckauf immer weg – die Methode funktionierte genauso zuverlässig wie jeder andere jähe Schreck.

»Schreibt nicht nur das Ergebnis auf, sondern auch den Weg dahin«, sagte sie, während sie zwischen den Pulten auf und ab lief. Die Falten ihres orangefarbenen Kleides streiften die Chrombeine unserer Stühle. »Und nicht raten. Benutzt eure Algebra.«

Die Wände ihres Klassenzimmers waren mit aufmunternden

Postern gepflastert: *Sag niemals nie, Erwarte das Unerwartete, Das Unmögliche ist möglich.*

Mrs Pinsky rief einige von uns an die Tafel, um unsere Lösungen aufzuschreiben. Seth und ich waren unter den Auserwählten, und wir standen Seite an Seite, während wir unsere Rechnungen aus den Heften an die Tafel übertrugen. Ich weiß noch, dass mir sein zum Schreiben hochgereckter rechter Arm neben mir bewusst war und dass seine Zahlen sich nach rechts und nach unten neigten, als seine Kreide über die Tafel kratzte. Der feste braune Teppich fühlte sich unter meinen Füßen abgetreten an. Dreißig Jahrgänge von Sechstklässlern hatten an ebendieser Stelle ihre Aufgaben ausgerechnet.

Seth klopfte zwei Schwämme gegeneinander. Der Staub brachte ihn zum Niesen. Selbst sein Niesen war liebenswert. Er hatte wundervolle Hände. Man konnte die Kraft in seinen Handgelenken sehen, in den Adern und den Sehnen, die seine Handrücken durchzogen. Seths Mutter lag zu Hause im Sterben. Aber Seth war hier und wurde mit jedem Tag stärker.

Als ich meine Lösung noch einmal überprüfte, fiel mir auf, dass Seths falsch war, und ich empfand einen stechenden Beschützerinstinkt für ihn. Ich wollte sie verbessern oder etwas sagen, aber er hatte seine Kreide schon auf die Ablage gelegt und ging zurück zu seinem Platz.

Durch das offene Fenster hörten wir das Kreischen eines Feuerwehrautos, das irgendwohin raste. Einen Augenblick später fuhr ein zweites in die gleiche Richtung los. Aber das waren die normalen Geräusche unserer Schultage. Auf der gegenüberliegenden Straßenseite befand sich eine Feuerwache. Den ganzen Tag heulten Sirenen. Anfangs hatte mich das gestört, all diese Notfälle von Fremden, aber ich hatte mich daran gewöhnt. Das ging uns allen so.

Der Wandel in der Luft war zuerst kaum wahrnehmbar: ein

Verblassen. Es war das Gefühl, das man bekam, wenn sich eine Wolke vor die Sonne schob.

»Da draußen passiert was Komisches«, sagte Trevor von hinten. Er hatte mit einem Metallkompass gespielt, ließ ihn aber nun mit einem Klirren auf das Pult fallen. »Irgendwas echt Komisches.«

»Wenn du etwas zu sagen hast, Trevor, dann melde dich bitte vernünftig«, sagte Mrs Pinsky. Sie bereitete gerade den Rest der Stunde auf einer Folie vor. Eine kühlere Brise war aufgekommen. Ich hörte das Quietschen ihres Stifts auf dem Plastik, das Summen des Overheadprojektors. Sie verwendete lieber die alte Technik statt der Computer, die alle anderen Lehrer mittlerweile benutzten.

»Ach du Scheiße«, sagte Adam Jacobson, dessen Pult dem Fenster am nächsten stand. »Du große Kacke.«

»Reiß dich zusammen, Adam«, sagte Mrs Pinsky.

Auch in den benachbarten Klassenzimmern wurden jetzt Stimmen laut.

»Seht euch das mal an«, sagte Adam. »Es wird dunkel.«

Sämtliche Fenster lagen auf einer Seite des Raums, und wir alle rannten jetzt auf diese Seite wie Gegenstände, die über das Deck eines Schiffs mit Schlagseite rutschen. Über die Köpfe der größeren Kinder konnte ich nicht viel sehen, aber ich bemerkte das sich verändernde Licht. Eine seltsame Düsterkeit zog heran wie ein Gewitter, doch das war kein Gewitter. Der Himmel war wolkenlos. Der Himmel war klar.

Der Rest passierte schnell – in dreißig Sekunden.

»Geht auf eure Plätze zurück«, befahl Mrs Pinsky. Aber niemand gehorchte. »Ich sagte, geht auf eure Plätze.«

Dann trat sie hinaus, um selbst zu sehen, was los war. Als sie zurück ins Klassenzimmer kam, schaltete sie auf Notfallmodus.

»Also gut«, sagte sie. »Gut. Ruhe bewahren. Bleibt alle ganz ruhig.«

Sie schnappte sich die Pfeife und das Megaphon, den Generalschlüssel und das Walkie-Talkie. Das war die Ausrüstung für Brandschutzübungen und Erdbebenübungen und Übungen für den Fall, dass ein Amokläufer an unserer Schule das Feuer eröffnete.

Sämtliche Farben des Spektrums waren zu einigen düsteren Grautönen zusammengefallen. Im Klassenzimmer herrschte jetzt Fahlheit. Es war das Licht der letzten winzigen Momente eines Tages, der schmale Zeitkeil unmittelbar nachdem die Sonne untergegangen ist, aber bevor man eine Lampe anknipst. Ein plötzlicher Sonnenuntergang – in Hochgeschwindigkeit. Es war 13:25 Uhr.

Kinder kamen aus den Zimmern, zuerst tröpfelnd, dann in Strömen.

Jemand umfasste mein Handgelenk. Ich blickte auf. Fassungslos stellte ich fest, dass es Seth war, seine scharfen Gesichtszüge sahen in dem Zwielicht noch schöner aus.

»Komm mit«, sagte er. Das Gefühl seiner Handfläche auf meiner Haut war wie ein Stromschlag. Mein Magen flatterte: Selbst in dem Augenblick bemerkte ich sie, die schwitzige Wärme seiner Hand von meinem Arm.

Zusammen stürmten wir nach draußen.

»Kommt zurück«, sagte Mrs Pinsky, aber niemand hörte auf sie. Sie wiederholte es, dieses Mal durch das Megaphon. Nicht ein einziges Kind drehte sich zu ihr um. Wir rannten in alle Richtungen, die meisten von uns den grasbewachsenen Hügel hinter dem Schulgelände hinauf.

Innerhalb weniger Sekunden war es so dunkel wie in der Abenddämmerung und wurde noch dunkler. Der Himmel nahm ein brackiges Abendblau an. Ein orangefarbenes Glühen umgab den gesamten Horizont.

Seth und ich warfen uns ins Gras, wir ahnten, dass es sicherer war, flach zu liegen.

»Vielleicht war es das«, sagte er. Ich glaubte, eine freudige Erregung in seiner Stimme gehört zu haben.

Überall um uns herum schrien Kinder. Ich hörte jemanden schluchzen. Fotohandys klickten und flimmerten in der Schwärze. Wir konnten die Sterne am Himmel sehen.

Auf der Straße neben dem Schulgelände hatten etliche Autos angehalten. Fahrer standen auf dem Asphalt, Wagentüren waren aufgeklappt wie Flügel, Scheinwerfer brannten in der Dunkelheit. Aller Augen waren auf den Himmel gerichtet. Ein kühler Nachtwind wehte nun über die Wiese.

Am Fuße des Hügels brüllte Mr Jensen aus der Tür des Labors. Er winkte. Ich konnte ihn durch das Geschrei der Menge nicht verstehen, aber ich sah, dass er außer sich war. Wenn selbst Mr Jensen in Panik geriet, wie sollten wir übrigen dann ruhig bleiben?

Seth tastete nach meiner Hand, unsere Finger verflochten sich. Ich hatte noch nie so mit einem Jungen Händchen gehalten. Ich bekam fast keine Luft.

Mein Handy brummte in meiner Tasche. Ich hoffte, es wäre vielleicht Hanna, aber als ich sah, dass es meine Mutter war, ließ ich es klingeln.

»Was, wenn wir jetzt und hier sterben?«, flüsterte Seth. Er klang ernst. Ängstlich wirkte er nicht.

Während die Sekunden verstrichen, wurden wir alle stiller, zum Schweigen gebracht von der Dunkelheit und der kalten Luft. Mir wurde bewusst, dass dutzende von Hunden bellten und in ihren Gärten heulten. Minuten vergingen. Die Temperatur sank immer weiter.

Ein unbestimmtes Gebet rutschte mir aus dem Mund: *Bitte, bitte lass uns das überstehen.*

An jenem Tag unterschieden wir uns kein bisschen von unseren Vorfahren, wir hatten Todesangst vor unserem eigenen weiten Himmel.

Heute wissen wir, dass die Dunkelheit vier Minuten und siebenundzwanzig Sekunden dauerte, aber sie schien sich viel länger auszudehnen. Die Zeit verstrich anders in jenen ersten Tagen. Wären die Aufzeichnungen nicht – hunderte von Menschen filmten das Ereignis –, würde ich nach wie vor schwören, dass mindestens eine Stunde verging, bevor wieder der erste Lichtschimmer am Himmel auftauchte.

»Schau mal«, hörte ich Seth sagen. »Schau. Schau.«

Ein Hauch von Helligkeit breitete sich über unseren Köpfen aus, ein Sonnensplitter kehrte zu uns zurück wie durch ein Wunder. Jetzt konnten wir ihren ganzen Umriss erkennen, einen dünnen Lichtkreis mit einer blendenden Ausbuchtung auf einer Seite, wie ein Diamant auf einem Ring.

Mr Jensen hastete durch die Menge. Als er uns erreichte, verstanden wir endlich, was er gerufen hatte.

»Hört mir zu«, sagte er. »Das ist nur eine Sonnenfinsternis. Ganz harmlos. Es ist nur der Schatten des Mondes, der vor der Sonne vorbeizieht.«

Wie wir in den folgenden Stunden erfahren würden, hatte Mr Jensen Recht: Eine totale Sonnenfinsternis war für die Mitte des Pazifiks erwartet worden. Sie hätte eigentlich nur von Schiffsdecks und von einer Handvoll dünn besiedelter Inseln aus sichtbar sein sollen. Doch die Verlangsamung hatte die Koordinaten aller kommenden Sonnenfinsternisse verschoben – früher hatte man sie alle vorausberechnet, jede einzelne auf die Minute und das Jahrzehnt erfasst. Diese hatte uns überrascht. Die Finsternis erschien über einem breiten Streifen der westlichen Vereinigten Staaten.

Erleichterung durchströmte meinen ganzen Körper. Alles war gut. Und ich lag auf einer Wiese bei Seth Moreno.

Seth schien enttäuscht.

»Das ist alles?«, fragte er. »Es war nur eine Sonnenfinsternis?«

Wir blieben zusammen auf dem Hügel und beobachteten die Rückkehr der Sonne. Nebeneinander blinzelten wir, mit dem Rücken auf dem Gras. Ich war ihm so nah, dass ich die Haare auf seinem Unterarm erkennen konnte.

»Wünschst du dir manchmal, du könntest ein Held sein?«, sagte er.

»Wie meinst du das?«

»Eines Tages möchte ich jemandem das Leben retten.«

Ich dachte an seine Mutter. Mein Vater hatte mir einmal erklärt, was genau Krebs war, dass er fast nie aufgab, dass man jede einzelne Zelle davon abtöten musste. Und man konnte nie vollkommen sicher sein, gewonnen zu haben. Er konnte immer zurückkommen. Und meistens war es auch so.

»Ich möchte vielleicht Ärztin werden«, steuerte ich bei. Das stimmte nur halb. Ich wusste nicht, ob ich tun könnte, was mein Vater tat. Ich wusste nicht, ob ich das ganze Blut und die Traurigkeit aushalten würde.

»Immer, wenn ich in einer Bank bin«, sagte Seth, »hoffe ich irgendwie, dass ein Räuber mit einer Waffe reinkommt und dass ich derjenige bin, der ihn überwältigt und alle anderen rettet.«

Eine Zeitlang, und aus der Ferne, hatte es den Anschein gehabt, als würde Seths Mutter nicht an ihrer Krankheit sterben. Im Jahr zuvor hatte sie noch Brownies für den Kuchenbasar gebacken und Geld für Mrs Sandersons Weihnachtsgeschenk gesammelt. Sie war so aktiv geblieben, dass es aussah, als wäre ihr Krebs einfach nur ein Merkmal, mit dem sie lebte, wie Übergewicht oder graue Haare.

Die Farbe kehrte in den Himmel zurück, langsam aber sicher, wie das Gesicht eines Menschen sich nach einer Ohnmacht erholt.

»Ich gehe zu den Army Rangers, wenn ich groß bin«, sagte er. »Das ist die Elitetruppe der Armee.«

»Cool«, sagte ich.

Leute stiegen wieder in ihre Autos. Hupen wurden gedrückt. Hunde bellten weiter. Manche Kinder liefen zurück in ihre Klassenzimmer. Andere gingen einfach weg, vom Schulgelände herunter und in die Welt hinein, zu zappelig, um irgendwelche Regeln oder Programme zu befolgen.

Seth und ich blieben auf dem Hügel liegen. Ein Schweigen dehnte sich zwischen uns, aber es war ein unverkrampftes Schweigen. Wir waren einander ähnlich, dachte ich, von der stillen, nachdenklichen Sorte.

Ich beobachtete ihn dabei, wie er den Himmel beobachtete. Eine leicht aussehende Federwolke glitt von Westen heran, die erste und einzige Wolke des Tages. Ich wollte etwas Wichtiges und Wahres sagen.

»Das mit deiner Mutter tut mir sehr leid«, sagte ich.

»Was?« Er drehte mir das Gesicht zu. Er wirkte entgeistert.

Plötzlich war es schwer, ihm in die Augen zu sehen. Also ließ ich es. Ich blickte einfach wieder hinauf in den Himmel.

»Es tut mir nur leid, dass sie krank ist«, sagte ich. »Das muss wirklich schlimm sein.«

Seth setzte sich auf und wischte sich die Handflächen an der Jeans ab.

»Was zum Teufel weißt du schon davon?«, sagte er.

Jetzt stand er auf. Die Sonne war beinahe wieder voll, und sie war zu hell, um sie anzusehen – sein Gesicht war im Licht schwer zu erkennen.

»Du weißt gar nichts über meine Mutter.« Seine Stimme

brach. »Sprich nicht von ihr. Sprich nie über meine Mutter. Sprich nie wieder von ihr.«

Ich spürte jedes Wort als einzelnen Stich.

Ich wollte mich entschuldigen, aber ich war zu benommen. Seth ging bereits weg, lief schnell vom Schulgelände und hinaus in die Welt. Ich sah ihm nach, als er die Straße überquerte; er wirkte wütend und draufgängerisch, wich den Autos aus, entfernte sich weiter und weiter von mir.

Inzwischen hatte der Himmel wieder sein normales Nachmittags-Gesicht angenommen, sein kühnstes, blaustes Blau. Ich setzte mich auf und bemerkte, dass ich allein auf dem Hügel war.

Langsam ging ich zurück zum Matheunterricht. Unterwegs begegnete ich Michaela. Sie lief mit einer Gruppe älterer Kinder, die ich nicht kannte, zum Tor des Schulgeländes.

»Wir gehen zum Strand«, sagte sie zu mir.

»Was ist mit der nächsten Stunde?«, fragte ich. Sobald diese Worte meinen Mund verlassen hatten, bereute ich sie.

Michaela lachte.

»Mein Gott, Julia«, sagte sie. »Hast du schon mal irgendwas Verbotenes in deinem Leben getan?«

An diesem Nachmittag wurde das Fußballtraining abgesagt. Meine Mutter holte mich von der Schule ab. Sie kochte vor Wut.

»Warum bist du nicht ans Telefon gegangen?«

Ich stieg auf den Beifahrersitz und knallte die Tür zu, sodass die ausgelassenen Stimmen aus den Schulbussen mit einem Schlag verstummten.

»Es war nur eine Sonnenfinsternis.« Ich schnallte mich an und lehnte mich zurück, während meine Mutter losfuhr.

»Du hättest drangehen müssen«, sagte sie. »Du hättest mich zurückrufen müssen.«

Die Klimaanlage dröhnte. Meldungen über die Sonnenfinsternis drangen aus dem Autoradio.

»Hörst du mir überhaupt zu?«, fragte meine Mutter mit lauter werdender Stimme, während wir in einer stockenden Wagenschlange darauf warteten, dass die Schülerlotsen uns aus dem Parkplatz winkten.

Ich beobachtete einen Schwarm Kinder durch die Windschutzscheibe. Sie wirkten plötzlich weit weg dort draußen auf dem Schulhof. Ich strich mit dem Finger über das Glas. Diese Kinder, begriff ich unvermittelt, waren nicht meine Freunde. Keins von ihnen.

»Hanna ist nach Utah gezogen«, sagte ich. Zu diesem Zeitpunkt wusste ich das bereits seit zwei Tagen, aber meiner Mutter gegenüber erwähnte ich es zum ersten Mal.

Sie drehte sich zu mir um. Ihre Miene wurde weicher. Ein roter Mercedes quetschte sich an unserem Wagen vorbei.

»Sie ist umgezogen?«

Ich nickte.

»Ach, Julia.« Sie drückte meine Schulter. »Wirklich? Bist du sicher, dass es auf Dauer ist?«

»So hat sie es gesagt.«

Wir fuhren Richtung Schnellstraße. Ich konnte spüren, dass meine Mutter mir beim Fahren Blicke zuwarf. Sie stellte das Radio leiser.

»Das tut mir leid«, sagte sie. »Wahrscheinlich kommen sie zurück.«

»Glaube ich nicht.«

»Im Moment haben die Leute Angst. Weißt du? Sie denken nicht klar.«

Als wir nach Hause kamen, entdeckten wir, dass die Mülltonnen, die mein Vater am Morgen an den Bordstein gerollt hatte, immer noch überquollen. Der Müllmann war nicht zum

Abholen aufgetaucht, aber die Ameisen und Fliegen waren emsig. Der Vogel lag immer noch dort drinnen. Wir zogen die Tonnen zurück in den Garten und luden die Einkäufe aus dem Auto. Meine Mutter hatte mehrere Kartons Konservendosen gekauft, sechs Kanister Trinkwasser. Sie befürchtete, dass Engpässe bevorstanden – und sie war nicht die Einzige, die das glaubte.

An jenem Abend behauptete mein Vater, er habe sofort begriffen, dass die Sonnenfinsternis nichts weiter als eine Sonnenfinsternis war.

»Willst du mir etwa erzählen, dass du keine Sekunde lang Angst hattest?«, fragte meine Mutter.

»Eigentlich nicht.« Er band sich die Schuhe auf der Treppe auf. »Ich wusste, was es war.«

Die Abendnachrichten wurden von der Geschichte beherrscht und berichteten über eine Handvoll Sonnenfinsternisbegeisterte, die vor dem Einsetzen der Verlangsamung auf eine abgelegene Pazifikinsel gereist waren, eines der wenigen Fleckchen festen Boden, von dem aus man annahm, das Schauspiel erleben zu können. Diese Leute hatten teure Kameraausrüstungen in ihrem Gepäck gehabt, Spezialfilter für das Fotografieren von schwindenden Sonnen. Aber ihre Geräte blieben unbenutzt in den gepolsterten Koffern. Ihre Spezialfilter waren überflüssig, ihre Schutzbrillen steckten zusammengefaltet in Brusttaschen – die Sonnenfinsternis traf stattdessen die Westküste.

Am Abend verliefen die Baseball-Playoffs ohne Unterbrechung – im Angesicht der Ungewissheit weiterzuspielen schien das einzig Amerikanische. Aber das Spiel an jenem Abend war schrecklich. Es war mühsamer denn je, der Schwerkraft zu trotzen. Niemand war an die physikalischen Gegebenheiten gewöhnt. Sieben Werfer wurden aufgestellt. Niemand traf. Mit jeder neuen Stunde wurde jedes Stückchen Materie auf der Erde stärker und stärker von der Schwerkraft gefesselt.

Auch der Börsenmarkt unterlag dem Anschein nach diesem Abwärtssog, denn er war auf ein Rekordtief gefallen. Der Ölpreis hingegen schnellte nach oben.

Als ich an jenem Abend ins Bett ging – wobei ich mir alle Mühe gab, den Schultag aus meinem Gedächtnis zu löschen –, hatten wir weitere dreißig Minuten hinzugewonnen. Alle Fernsehsender hatten mittlerweile ununterbrochene Laufzeilen eingeblendet, die statt Aktienkursen die wachsende Dauer eines Tages auf der Erde meldeten: 26 Stunden, 7 Minuten, Tendenz steigend.

6

Die Tage vergingen. Immer mehr Menschen verließen unsere Vorstadt. Sie flohen dahin, wo sie herkamen, und das hier war Kalifornien – fast jeder war von irgendwoher zugewandert. Aber meine Familie blieb. Wir stammten von hier. Wir waren zu Hause.

Am dritten Tag fuhren meine Mutter und ich nach der Schule zu meinem Großvater.

»Er sagt, es geht ihm gut«, erzählte meine Mutter im Wagen. »Aber ich möchte mich vergewissern.«

Er war der Vater meines Vaters, aber es war meine Mutter, die sich die meisten Sorgen um ihn machte. Ich hatte inzwischen auch etwas Angst um ihn – er lebte ganz allein draußen im Osten.

Unterwegs hielten wir an einer Tankstelle und sahen eine lange Reihe von Autos, die vor den Zapfsäulen warteten. Dutzende von Minivans und SUVs bildeten eine Schlange, die sich über den Parkplatz hinaus und um die nächste Straßenecke wand.

»Du liebe Güte«, sagte meine Mutter. »Das sieht ja aus wie in einem Kriegsgebiet.«

Eine Frau in einem geblümten rosa Kleid eilte zwischen den Autos herum und klemmte orangefarbene Flugblätter unter Wischerblätter, während die Passagiere nicht hinsahen: *Das Ende ist da! Bereut und rettet euch!*

Ich wich ihrem Blick aus, als sie vorbeikam, so gehetzt und so überzeugt, aber sie suchte meinen, blieb an meinem Fenster stehen und rief durch die Scheibe: »›Zur selben Zeit, spricht Gott der Herr, will ich die Sonne am Mittag untergehen und das Land am hellen Tage finster werden lassen.‹«

Meine Mutter verriegelte die Türen.

»Ist das aus der Bibel?«, fragte ich.

»Das weiß ich nicht mehr.«

Wir schoben uns ein Stückchen vorwärts. Ich hatte vor uns neunzehn Wagen in der Benzinschlange gezählt.

»Wo wollen die alle hin?«, fragte meine Mutter. Sie rieb sich die Stirn und stieß die Luft aus. »Wohin kann man denn fahren?«

Mein Großvater wohnte mitten in einer Luxussiedlung. Sein altes Haus war ein Bollwerk gegen die neuen. Sobald wir die Schnellstraße verlassen hatten, fuhren wir durch ein Netz von frischen schwarzen Straßen, die an jeder Ecke von einem schimmernden weißen Zebrastreifen durchschnitten wurden. Die Stoppschilder waren neu. Die Holperschwellen waren neu. Alles hier war neu. Bordsteine behielten scharfe, unabgestoßene Kanten. Hydranten blieben glänzend und rostfrei. Junge Bäume säumten in gleichmäßigen Abständen die Bürgersteige – und die Bürgersteige blitzten buchstäblich. Alle Häuser hatten Rasen wie dichte Haarschöpfe.

Inmitten dieser ganzen Neuheit hielt sich hartnäckig das staubige Grundstück meines Großvaters, unsichtbar wie ein Fleck dunkle Materie: Seine Existenz bemerkte man, weil die Straßen einen Bogen darum machten, aber man konnte es von außen nicht sehen. Man spürte es nur. Der Bauunternehmer der umliegenden Siedlung hatte dichte Kiefern auf allen Seiten um den Garten meines Großvaters pflanzen lassen, damit die Nachbarn sein Haus nicht ansehen mussten.

Nun fuhren wir durch das offene Holztor, wo der glatte Asphalt unter unseren Reifen in groben Kies überging und die sorgfältig angelegten Grünflächen der Neubausiedlung der natürlichen Landschaft dieser Gegend wichen: rau und trocken, karg und braun und reizlos. Mein Vater war zu einer Zeit auf diesem Land aufgewachsen, als es hier Hühner und Pferde gab. Aber das letzte Pferd war längst gestorben, und jetzt stand der Stall da wie ein Relikt aus einer versunkenen Epoche. Die hölzernen Zaunpfosten und Querbalken verblichen in der Sonne. Im Hühnerstall gab es keine Hühner mehr. Mein Großvater war sechsundachtzig Jahre alt. All seine alten Freunde waren tot. Seine Frau war tot. Er war verbittert über seine eigene Langlebigkeit.

»Du solltest hoffen, dass du meine Gene nicht geerbt hast, Julia«, sagte er oft zu mir. »Es ist ein Fluch, zu lange zu leben.« Ich mochte an ihm, dass er immer genau das sagte, was er dachte.

Jahre vorher hatte das Bauunternehmen versucht, den Grund meines Großvaters zu kaufen. Doch der weigerte sich. »Verdammt noch mal«, sagte er. »In dem Boden liegen Sachen begraben.« Ich wusste mit Sicherheit, dass mindestens zwei Katzen draußen hinter dem Holzstapel bestattet waren, und ich vermutete, er hatte noch gewisse andere Wertgegenstände im Laufe der Jahre dort vergraben. Das Bauunternehmen führte seine Pläne einfach ohne ihn aus, legte um ihn herum Straßen und Fundamente an, errichtete Häuser und Straßenschilder zu allen Seiten seines Grundstücks. Das neue Viertel stieg um das Land meines Großvaters herum an wie Flutwasser um eine Anhöhe.

Meine Mutter und ich gingen ohne zu klopfen in die Küche. Wenn man sich in diesem Haus bewegte, klapperten die Regale leise, auf jeder Oberfläche wackelte Krimskrams. Mein Großvater saß in einem roten Sweatshirt am Tisch, vor sich die Zeitung und eine Lupe.

»Hallo Gene«, sagte meine Mutter jetzt. »Wie geht's dir?«

»Ich hab dir am Telefon schon gesagt, dass es mir gut geht«, sagte er ohne aufzublicken. »Chip war hier.«

Chip war ein Nachbar, ein Teenager, der ihm im Haus half. Chip trug jeden Tag schwarze T-Shirts und schwarze Jeans, und ein Lippenring war an dem leichten Hängen seiner Unterlippe schuld. Die beiden waren ein ungleiches Paar, aber ich glaube, Chip hasste die Siedlung genauso wie mein Großvater, obwohl er mit seinen Eltern in einem der neuen Häuser wohnte.

»Das ist sowieso Quatsch«, sagte mein Großvater.

»Was ist Quatsch?«, fragte meine Mutter.

»Das ist doch nur ein Trick, um uns vom Mittleren Osten abzulenken.«

Er hatte unglaublich hellblaue Augen, wie die meines Vaters, nur noch heller, und sie schienen mit dem Alter noch mehr zu verblassen, wie Stoff, der zu lange in der Sonne liegt. Hin und wieder fielen ihm ein paar weiße Strähnen auf die Stirn.

»Ach komm schon, Gene. Wie sollte jemand das alles fälschen?«

»Ich mein ja nur, woher weißt du, dass es stimmt? Hast du nachgemessen? Die können doch heutzutage alles machen.«

»Gene …«

»Wart's nur ab. Die haben sich da was zurechtgebastelt. Sie pfuschen an den Uhren rum, oder was weiß ich. Ich sage ja bloß, ich glaub es nicht. Keine Sekunde lang.«

Das Handy meiner Mutter klingelte, und ich merkte an ihrer Stimme, dass mein Vater dran war. Sie ging hinaus, um mit ihm zu reden. Ich setzte mich an den Tisch – es war derselbe Tisch, an dem mein Großvater und ich früher stundenlang Schwarzer Peter gespielt hatten, aber seine Augen waren zu schlecht geworden, um die Karten erkennen zu können. Mir fehlte, wie es damals gewesen war.

»Na, Julia«, sagte mein Großvater. »Siehst du hier irgendwas, das du haben möchtest?«

Er deutete mit einer ausladenden Geste auf die Regale mit antikem Glas, die Reihen von verwitterten hundert Jahre alten Colaflaschen, das silberne Teeservice meiner Großmutter, ihre Sammlung von Fingerhüten und winzigen Silberlöffeln, die Zinn- und Porzellanfigürchen, die sie in einem anderen, besseren Jahrzehnt auf Spitzendeckchen aufgestellt hatte.

»Ich kann nichts davon mitnehmen, weißt du«, fuhr er fort. »Such dir lieber jetzt aus, was du haben willst, denn wenn ich tot bin, wird Ruth versuchen, sich alles unter den Nagel zu reißen.«

Ruth war die jüngere Schwester meiner Großmutter. Sie lebte an der Ostküste.

»Nein, danke, Opa«, sagte ich. Ich hoffte, er würde nicht bemerken, dass ich meine abhandengekommene Goldnuggetkette nicht trug. »Du solltest deine Sachen behalten.«

Vor der Arthritis war er jeden Morgen mit einem Metalldetektor an den Strand gegangen und hatte in den Dünen nach Münzen und Schätzen gesucht. Aber inzwischen wollte er unbedingt seine Sachen abgeben, als fesselte ihn das Gewicht seiner Besitztümer an diese Welt, und indem er sie verschenkte, könnte er die Stricke zerschneiden.

Nun stand er auf und schlurfte zum Schrank, um sich eine weitere Tasse Kaffee zu holen. Einen Moment lang blieb er am Fenster stehen. Meine Mutter lief dort draußen auf und ab, gestikulierte beim Telefonieren. Der Wind blies ihre Haare alle auf eine Seite, und sie strich sie sich ständig aus dem Gesicht.

»Hab ich dir je erzählt, dass ich mal gesehen habe, wie einer da in dem Garten umgekommen ist?«

»Ich glaube nicht«, sagte ich.

»Der war nicht älter als siebzehn.« Er schüttelte den Kopf. »Ein Pferd ist einfach über ihn drübergetrampelt.«

»Das ist schrecklich«, sagte ich.

»Das kann man wohl sagen.«

Mein Großvater nickte leicht, wie um den Gedanken zu unterstreichen. Er hatte ein enormes Gedächtnis für Furchtbarkeiten. Irgendwo weiter hinten im Haus hörte ich einen Wasserhahn tropfen.

»Das Ganze erinnert mich an damals, als ich in Alaska gearbeitet habe«, sagte er. Alaska war eins seiner Lieblingsthemen. »Im Sommer hatten wir den ganzen Tag und die ganze Nacht Sonne. Um zwei Uhr morgens schien die Sonne. Sie ging nie unter. Wochenlang nicht. Und dann im Winter war es zwei oder drei Monate durchgehend den ganzen Tag stockdunkel.«

Er verstummte. Ich bemerkte eine Satellitenschüssel, die in der Nähe auf einem Dach wackelte, gerade eben sichtbar durch die Kiefern. Ich roch einen Hauch von Qualm in der Luft.

»Diese ganze Sache ist Quatsch, glaub mir das«, sagte er. »Ich komm nur noch nicht dahinter.«

»Meinst du wirklich?«

Er sah mich mit ernstem und ruhigem Blick an.

»Wusstest du, dass die Regierung der Vereinigten Staaten 1958 ein geheimes Atomtestprogramm genau hier in diesem County gestartet hat? Sie haben die Auswirkungen von nuklearen Materialien auf normale Menschen untersucht«, sagte er. »Sie haben Uran ins Wasser getan und dann die Krebsraten überwacht. Hast du das schon mal gehört?«

Ich schüttelte den Kopf. Irgendwo in seinem Garten lag ein verlassener unterirdischer Schutzbunker. Mein Großvater hatte ihn selbst in den Sechzigern gebaut.

»Natürlich nicht«, sagte er. »So haben die es gern. Genauso haben die es gern.«

Ein Windstoß pfiff hinten ums Haus und trug eine Papiertüte am Fenster vorbei.

»Sind deine Mutter und dein Vater mit dir in der Kirche gewesen?«, fragte er.

»Wir gehen manchmal.«

»Ihr solltet jede Woche gehen.« Er nahm ein Paar winzige, von einer Haut aus angelaufenem Silber überzogene Stiefel in die Hand. »Möchtest du die?«

»Nicht unbedingt«, sagte ich.

»Das waren meine Schuhe, als ich vier Jahre alt war. Willst du denn gar nichts von den Sachen hier?«

Ich hörte die Anstrengung seiner Lungen, das Geräusch der durch sich verengende Atemwege pfeifenden Luft.

»Warte mal kurz. Ich weiß, was dir gefallen würde.« Er zeigte auf einen niedrigen Schrank auf der anderen Seite der Küche und sagte, ich solle mich auf den Boden knien.

»Und jetzt greif ganz tief rein«, forderte er mich auf. »Spürst du das?«

»Was?« Ich steckte bis zur Schulter in dem Schrank. Das Linoleum drückte sein Paisleymuster in meine Kniescheiben. Ich wünschte, ich könnte aufhören zu suchen, aber ich wollte ihn nicht enttäuschen.

»Das ist eine doppelte Rückwand, merkst du?«, sagte er. »Schieb sie nach rechts.«

Im Haus meines Großvaters war in einer Müslischachtel nie Müsli; Suppendosen enthielten praktisch immer eine Substanz, die wertvoller als Suppe war. Kein Wunder, dass er so stark an unsichtbare Mächte glaubte. Hinter der doppelten Rückwand des Schranks stand eine Reihe Kaffeedosen, so alt, dass ich die Etiketten nicht erkannte.

»Die Folgers-Dose«, sagte er. »Gib sie mir.«

Er zerrte am Deckel und krümmte sich. Er schien schwächer als sonst.

»Lass mich das machen«, sagte ich.

In meinen Händen ging der Deckel leicht ab, doch ich versuchte – ihm zuliebe – es aussehen zu lassen, als wäre es schwerer. Die Dose war vollgestopft mit mehreren Schichten zerknüllter Zeitung. Ganz unten befand sich eine kleine silberne Schachtel, in der auf einem Bett aus steifem Samt eine angelaufene goldene Taschenuhr lag. Die Kette schlängelte sich hinter dem Zifferblatt herum.

»Die hat mal meinem Vater gehört«, sagte er. »Du kannst sie aufziehen, und dann zeigt sie die Zeit an. Die hält ewig. Die Zahnräder sind Qualitätsarbeit. So haben sie früher die Sachen gemacht, gute Qualität, weißt du? Ich wette, du hast überhaupt noch nie was gesehen, was so gut gemacht ist wie die da.«

Ich wollte die Uhr nicht. Sie käme nur zu dem Haufen anderer Gegenstände, die mein Großvater mir geschenkt hatte, alle uralt und fremd: nie in Umlauf gewesene Gedenksilberdollars in Plastikhüllen, vier Paar der alten Ohrklipps meiner Großmutter, gerahmte Landkarten unserer Stadt, wie sie vor einhundert Jahren ausgesehen hatte. Aber er bestand darauf, und ich konnte ihm nicht gestehen, dass ich das einzige Erbstück verloren hatte, das ich wirklich liebte: Ich hatte die Erde an der Bushaltestelle nach meiner Nuggetkette abgesucht, sie aber nirgendwo finden können.

»Danke«, sagte ich, die Uhr in der Hand haltend. »Die ist hübsch.«

»Noch hübscher wäre sie, wenn du sie polierst.« Er rubbelte mit dem Ärmel seines Sweatshirts über das Zifferblatt. »Pass gut drauf auf, Julia.«

Die Fliegengittertür knallte, und meine Mutter kam in die

Küche. Sie bemerkte die Taschenuhr in meiner Hand. »Ach, Gene, verschenk doch nicht deine ganzen Sachen.«

»Lass sie sie behalten«, sagte er. »Ich kann sie ja nicht mitnehmen.«

»Du gehst doch nirgendwohin«, sagte sie.

Er winkte ab.

»Und nimm das hier auch«, flüsterte mein Großvater mir zu, als wir gingen. Er gab mir einen Zehndollarschein. Ein schnelles Lächeln huschte über sein Gesicht, ein seltener und kostbarer Anblick. Ich konnte den Rand seines künstlichen Gebisses auf dem Zahnfleisch sehen.

»Mach was Schönes damit«, sagte er.

Ich quetschte seine Hand und nickte.

»Und Julia«, sagte er. »Glaub nicht alles, was du hörst, ja? Du bist ein kluges Mädchen. Du kannst zwischen den Zeilen lesen.«

Auf dem Rückweg fuhren wir den Weg, den wir immer als die Panoramastrecke bezeichneten, kleinere Landstraßen mit weniger Verkehr. Wir hörten Nachrichten im Radio. Reporter aus der ganzen Welt beschrieben die Reaktionen vor Ort. Aus Südamerika kamen weitere Berichte über Schwerkraftkrankheit. Die Gesundheitsbehörde stellte Nachforschungen an.

»Großer Gott«, sagte meine Mutter. »Sag Bescheid, wenn dir nicht gut ist.«

»Diese Krankheit scheint sich auf manche Menschen stärker auszuwirken als auf andere«, sagte ein Regierungsbeamter. Ich bildete mir ein, mir wäre schwindlig, während ich zuhörte. »Der Name dieser Krankheit ist Paranoia.«

In unserem eigenen Land trafen laut Radio Scharen von wiedergeborenen Christen ihre letzten Vorbereitungen, in der Hoffnung, sie könnten jeden Augenblick aus ihren Betten gerufen werden und nur leere Häuser und zerknüllte Kleidung zurücklassen, wo einst ihre Körper gewesen waren.

»Ich kapier das nicht«, sagte ich. »Warum sollten die Kleider nicht mit einem kommen?«

»Keine Ahnung, Schätzchen«, sagte meine Mutter. »Du weißt, dass wir nicht an so was glauben.«

Wir waren eine andere Art von Christen, die ruhige, vernünftige Art, eine Sorte, der die Erwähnung von Wundern peinlich war.

Jetzt interviewten sie einen Fernsehprediger im Radio: »Die Zeichen der Offenbarung sind seit Jahren da«, sagte er. »Seit der Wiederherstellung Israels wussten wir, dass sie kommt.«

Als die Straße eine Kurve machte, konnte ich einen Streifen schimmerndes Meer durch eine Lücke in den Hügeln vor uns sehen. Mittlerweile waren sämtliche direkt am Strand gelegenen Häuser evakuiert worden – niemand wusste, wie sich die Gezeiten entwickeln würden.

Draußen flitzten Wohnviertel an den Fenstern vorbei, die Häuser und die Grundstücke wurden immer kleiner, je näher wir der Küste kamen. In Meernähe war das Land so wertvoll, dass manche Häuser über die Ränder von Canyons hingen, auf einer Seite abgestützt von riesigen Pfählen.

Wir hielten an einem Stoppschild, und während meine Mutter den Kopf von rechts nach links drehte, um zu sehen, ob die Straße frei war, bemerkte ich die schmale graue Linie, die manchmal durch ihre Haare verlief, wo der Ansatz sich durch die dunkle Färbung zeigte. Sie war mit fünfunddreißig grau geworden, und ich sah es nie gern, dieses früheste Anzeichen ihres körperlichen Verfalls.

In dem Moment spürte ich eine Welle der Einsamkeit. Vielleicht zum ersten Mal kam mir der Gedanke, als der Wagen mit einem Ruck anfuhr, dass ich, wenn meiner Familie irgendetwas zustieße, ganz allein auf der Welt wäre.

Wir kamen am Festplatz vorbei. Der Jahrmarkt war für die kommende Woche angekündigt. Hanna und ich hatten vorgehabt, am Eröffnungstag hinzugehen, aber daraus würde nichts.

Normalerweise arbeiteten die Bauarbeiter jeden Tag ohne Pause, um die Fahrgeschäfte in Gang zu bekommen. Aber ich sah aus dem Auto, dass die Vorbereitungen eingestellt worden waren. Ich dachte mir, die Arbeiter und die Schausteller seien ebenfalls in ihre Heimatstädte geflohen – jeder wollte bei seiner Familie sein. Nun standen die Achterbahnen halb aufgebaut, bunte Skelette im Wind. Die unfertige Wasserrutsche bot einen Selbstmordsprung. Auch das Riesenrad war nur zum Teil aufgestellt: eine einsame rote Gondel baumelte an einer einzelnen Speiche wie die letzte Frucht des Sommers oder das einzig verbliebene Herbstblatt.

7

Eine Zeit lang fühlten sich die Tage immer noch wie Tage an. Die Sonne ging auf, und sie ging auch unter. Auf Dunkelheit folgte Licht. Ich erinnere mich an das kühle Anschwellen des Vormittags, das bedächtige Brennen des Nachmittags, die Schwerfälligkeit der Dämmerung. Das Zwielicht dehnte sich stundenlang aus, bis es endlich in Nacht überging. Die Zeit schlich träge vorbei, wurde im Verstreichen langsamer und langsamer.

Mit jedem neuen Morgen kamen wir weiter aus dem Tritt. Die Erde drehte sich weiter, und die Uhren tickten weiter, aber sie hatten nicht mehr das gleiche Tempo. Innerhalb einer Woche fiel Mitternacht nicht mehr unbedingt auf eine dunkle Nachtstunde. Die Uhren konnten mitten am Tag auf neun Uhr stehen. Der Mittag landete manchmal im Sonnenuntergang.

Es waren chaotische, improvisierte Tage.

Jeden Morgen verkündeten die offiziellen Stellen die über Nacht gewonnenen Minuten, wie Regentropfen, die in Töpfen aufgefangen werden. Die Mengen schwankten wild, und wir wussten nie, womit wir zu rechnen hatten. Unser Schulbeginn wurde jeden Tag bei Sonnenaufgang festgelegt – er war immer unterschiedlich, und ich erinnere mich daran, morgens mit meiner Mutter die Nachrichten im Lokalsender verfolgt und abgewartet zu haben, für welche Zeit sie sich entscheiden würden.

Immer mehr Kinder hörten auf, zur Schule zu gehen.

Zusätzliche Stunden entsprangen aus den Ritzen zwischen den Arbeiterschichten. Flugzeuge blieben tagelang am Boden, und Züge wurden auf den Gleisen gestoppt, bis neue Verbindungsabläufe entworfen und umgesetzt werden konnten. Fahrpläne mussten jeden Tag weggeworfen und neu erdacht werden.

Wir arrangierten uns. Wir passten uns an. Wir behalfen uns.

Meine Mutter füllte unsere Schränke langsam mit Notvorräten. Sie häufte sie nach und nach an, eine steigende Flut von Kondensmilch und Konservenerbsen, Trockenfrüchten und Marmelade, vier Dutzend Dosensuppen. Inzwischen kam sie nie ohne ein Päckchen Batterien unter dem Arm oder eine Schachtel Kerzen oder weitere in Plastik oder Alu verschweißte Trockennahrung nach Hause – das Unverderbliche, das Unendliche, das niemals Verfallende.

Unterdessen trainierte mein Fußballteam wie üblich, und die Schauspielschüler meiner Mutter probten weiterhin ihre Macbeth-Inszenierung. Im ganzen Land wurden solche Veranstaltungen überwiegend wie vorgesehen abgehalten. Die Shows *mussten* weitergehen. Wir klammerten uns an alles, was vorher geplant worden war. Etwas abzusagen schien unmoralisch oder hätte bedeuten können, dass wir aufgegeben oder die Hoffnung verloren hatten.

Neue Minuten tauchten überall auf. In jenen Tagen war die Zeit schwerer zu vergeuden. Das Tempo des Lebens verlangsamte sich.

Manche sagen, die Verlangsamung habe uns noch auf tausend andere, unbestätigte Arten beeinflusst, von der Lebenserwartung einer Glühbirne bis hin zu der Geschwindigkeit, mit der Eis schmilzt und Wasser kocht und menschliche Zellen sich vermehren und menschliche Zellen absterben. Manche sagen, dass unsere Körper in den Tagen unmittelbar nach dem Einsetzen der Verlangsamung weniger schnell alterten, dass die Sterbenden länger zum Sterben, die Kinder länger zum Geborenwerden brauchten. Es gibt tatsächlich Hinweise darauf, dass die Menstruationszyklen sich in jenen ersten zwei Wochen minimal ausdehnten. Aber zum größten Teil gehörten diese Vorgänge ins Reich der Anekdoten, nicht der Wissenschaft. Physiker würden einem sogar erklären, dass wenn überhaupt das Gegenteil der Fall hätte sein müssen: Derjenige, der im fahrenden Zug sitzt, erlebt die Zeit langsamer – und nicht umgekehrt. Soweit ich es beurteilen konnte, wuchs das Gras noch wie immer, schimmelte das Brot in unserem Brotkasten im normalen Tempo und reiften die Äpfel an Mr Valencias Apfelbaum nebenan wie jeden Herbst und fielen dann auf den Boden und verfaulten in der Wiese mit, dem Anschein nach, herkömmlicher Geschwindigkeit.

Und die ganze Zeit tickten die Uhren weiter. Armbanduhren schlugen unbeirrt schwache Schläge. Die antiken Standuhren meines Großvaters läuteten ihr uraltes Läuten. In allen Städten Amerikas erklangen die Kirchenglocken zu jeder vollen Stunde.

Eine Woche verging, dann zwei. Jedes Mal, wenn bei uns das Telefon klingelte, hoffte ich, es wäre Hanna. Sie hatte immer noch nicht angerufen.

Der Strom neuer Minuten floss weiter. Unsere Tage dauerten schon bald an die dreißig Stunden.

Wie kurios uns die alte 24-Stunden-Uhr allmählich vorkam, wie unmöglich klar umrissen mit ihren Zwillingsabschnitten von je zwölf, so akkurat wie Walnussschalen. Wie hatten wir, fragten wir uns, an solche viel zu einfachen Dinge glauben können?

8

In der zweiten Woche nach dem Beginn der Verlangsamung geschah etwas mit den Vögeln.

Man fand Tauben, die mit hängenden Flügeln und über den Asphalt schleifenden Federn auf dem Bürgersteig herumkrochen. Spatzen stürzten auf Wiesen. Gänseschwärme legten große Entfernungen zu Fuß zurück. An den Stränden wurden Möwenkadaver angeschwemmt. Tote Tiere lagen auf unseren Straßen und unseren Dächern, auf unseren Tennisplätzen und Fußballfeldern. Die Vögel des Himmels fielen auf die Erde. Es passierte auf der ganzen Welt.

Eigentlich sollte man das Ordnungsamt anrufen, wenn man einen fand, aber mein Vater weigerte sich. Es seien zu viele, sagte er, deshalb warfen wir sie einfach weg, wie den ersten damals von unserer Terrasse.

An diese Vögel erinnere ich mich so gut wie an alles andere aus dieser Zeit: an die verwesenden Federn und die Rosinenaugen, an die Flüssigkeiten, die Flecken auf unseren Straßen hinterließen.

Sylvia, meine Klavierlehrerin, hielt Finken. Sie waren klein und dick, und sie wohnten in einem glockenförmigen Metallkäfig in einer Ecke des Wohnzimmers. Dort verbrachte ich jeden Mittwochnachmittag eine halbe Stunde, in der ich Klavierspielen lernte – ziemlich erfolglos. Und dort saß, nur Minuten nach mir, auch Seth Moreno; sein Unterricht folgte immer unmittelbar auf meinen, seine Finger streiften dieselben Tasten wie meine, seine Füße drückten dieselben Pedale, die meine Füße erst so kurz zuvor gedrückt hatten. Oft schwebte die Vorstellung von ihm über meiner gesamten Stunde. Aber an diesem Tag waren es die Finken, die mich ablenkten: Ich horchte bei jedem Geräusch, das sie machten, auf Anzeichen der Krankheit.

»Du hast nicht geübt, oder?«, fragte Sylvia. Ich hatte mich langsam, stockend an *Für Elise* versucht.

Sylvia saß mit mir auf der glänzend schwarzen Bank, ihre schmalen, nackten Füße standen neben den Messingpedalen. Sie trug ein weißes Leinenkleid und um den Hals eine Kette aus großen Holzperlen. Ich mochte ihr Aussehen. Sie war zwei Arten von Lehrerin; sie unterrichtete auch Yoga im Jugendzentrum.

»Ein bisschen schon«, sagte ich.

So begannen meine Stunden immer. Hätte ich gewusst, dass ich nicht mehr oft auf dieser Bank sitzen würde, hätte ich mir vielleicht etwas mehr Mühe gegeben.

»Wie willst du jemals besser werden, wenn du nicht übst?«

Einer von Sylvias Finken schrie in dem Käfig in der Ecke auf. Sie sangen weniger, als sie kreischten, jedes Zwitschern klang wie das jähe Quietschen eines rostigen Scharniers.

Anfangs zögerten die Behörden, das Sterben der Vögel in Zusammenhang mit der Verlangsamung zu bringen. Es gebe keine Beweise, hieß es, dass die beiden Phänomene miteinander zu tun hätten. Experten verwiesen stattdessen auf die gängigeren Ursachen, wie zum Beispiel Krankheiten: Vogelgrippe, eine weltweite Pandemie. Aber die Tests auf sämtliche bekannten Erreger waren negativ ausgefallen.

Natürlich brauchten wir, das Volk, keine weiteren Beweise. Wir glaubten nicht an Scheinkorrelationen. Reinen Zufall lehnten wir ab. Wir wussten, dass die Vögel wegen der Verlangsamung starben, aber genau wie die Verlangsamung selbst konnte niemand erklären, warum.

»Du solltest jetzt erst recht viel üben«, sagte Sylvia, während sie ihre Handfläche sanft auf meinen Rücken drückte, um ihn gerade zu machen. Meine Haltung zerfloss im Verlauf der Unterrichtsstunde immer. »Die Kunst blüht in Zeiten der Ungewissheit.«

Die Idee mit den Klavierstunden hatte meine Mutter gehabt. Ich mochte das Instrument nicht sonderlich, aber ich mochte Sylvia und ich mochte ihr Haus, das zwar das gleiche Modell wie unseres, für mich aber im Inneren nicht wiederzuerkennen war. Statt Teppichen erstreckten sich Holzfußböden in den Räumen. Grüne Zimmerpflanzen gediehen in jedem Winkel. Sylvia hielt nichts von Chemikalien oder Klimaanlagen. Ihr Haus roch nach Tee und Vogelfutter und Räucherstäbchen.

»Ich spiele es einmal durch«, sagte Sylvia. »Und du machst bitte die Augen zu und merkst dir, wie es klingen soll.«

Sie stellte das Metronom auf ein bestimmtes Tempo, und ein gleichmäßiger Fluss von Ticktacks setzte ein.

Sie begann zu spielen.

Ich versuchte zuzuhören, konnte mich aber nicht konzentrieren: Ich machte mir Sorgen um die Finken. Sie wirkten stiller als sonst, und sie sahen etwas weniger dick aus. Beide waren nach musikalischen Fachausdrücken benannt, und der, der Forte hieß, schien auf seiner Stange zu schwanken, die verhornten orangefarbenen Krallen unsicher und wackelig. Der Kleinere, Adagio, hockte auf der Zeitung auf dem Käfigboden.

Weltuntergangspropheten deuteten das Vogelsterben als einen weiteren Vorboten des Untergangs. Am selben Morgen hatte ich einen korpulenten Fernsehprediger darüber in einer Talkshow reden hören. In seinem Verständnis handelte es sich bei dieser Vogelseuche um eine Warnung Gottes, und es war nur eine Frage der Zeit, wann die Krankheit auf Menschen übergreifen würde.

»Deine Augen sind offen«, sagte Sylvia. Sie war immer aufrichtig überrascht, wenn ich sie enttäuschte. Das machte einen Teil ihres Charmes aus.

»Entschuldigung«, sagte ich.

Sie ertappte mich dabei, den Vogelkäfig zu beäugen.

»Keine Angst«, sagte sie. »Haustiere befällt es nicht, nur wilde.«

Zu diesem Zeitpunkt stimmte das, doch den Geflügelzüchtern des Landes war geraten worden, ihre Bestände auf merkwürdige Symptome zu beobachten.

Die Experten waren sich uneinig, was das Syndrom verursachte. Manche gaben der leichten Veränderung der Schwerkraft die Schuld. Vielleicht beeinträchtigte sie den Gleichgewichtssinn und behinderte dadurch Flug und Orientierung. Oder es war ein Problem mit dem Biorhythmus; das Gefühl der Vögel für Tag und Nacht war durch den Wandel gestört und brachte ihren Stoffwechsel völlig durcheinander. Sie hatten keine Ahnung mehr, wann sie schlafen und wann sie essen sollten. Sie verhungerten, oder sie litten an Schlafmangel und waren dadurch verwirrt und weniger wachsam.

Aber die echten Vogelexperten, die Ornithologen, schwiegen: Es sei noch zu früh, um etwas zu sagen.

»Denen geht es gut«, sagte Sylvia. »Stimmt's, meine Kleinen?«

Die Finken blieben still. Das einzige Geräusch war das schwache Klopfen einer winzigen Kralle, die sich durch eine Schicht Zeitungspapier bohrte.

Etwas Ähnliches war dem Anschein nach den Bienen zugestoßen – nur ein paar Jahre vor der Verlangsamung. Millionen von Honigbienen waren gestorben. Man fand Stöcke verlassen vor, unerklärlich leer. Ganze Kolonien hatten sich in Luft aufgelöst. Niemand hat die Ursache dieses Untergangs je schlüssig dargestellt.

»Soll ich dir sagen, was ich glaube?«, fragte Sylvia.

Sie hatte dunkle, ernste Augen, und sie schminkte sich nie. Ihre Haut war glatt und gebräunt, ihre Arme und Beine mit Sommersprossen gesprenkelt, von der Sorte, die unter der Haut zu liegen schienen, wie Krümel, die in Milch versinken.

»Ich glaube, die Verlangsamung der Erde gibt den Vögeln einfach nur den Rest. Seit Jahren vergiften wir den Planeten und seine Geschöpfe. Und jetzt müssen wir zu guter Letzt dafür büßen.«

Dieses Argument hatte ich auch im Fernsehen gehört, dass die Ursachen des Vogelsterbens vielfältig, langjährig und unsere Schuld seien: Pestizide und Umweltverschmutzung, Klimawandel und saurer Regen, die Strahlung, die von Handymasten ausging. Die Verlangsamung, meinten manche, habe schlicht den Ausschlag in genau die falsche Richtung gegeben und die Vögel gegenüber den menschengemachten Bedrohungen, gegen die sie seit Jahren ankämpften, verletzlicher gemacht.

»Ich glaube, der Planet ist seit langer Zeit aus dem Gleichgewicht, und diese ganze Sache ist seine Art, sich wieder ins Lot zu bringen«, fuhr Sylvia fort. Sie war eine Frau, die in einem Gewächshaus hinter dem Haus Weizengras anpflanzte und sich daraus ihren eigenen Weizengrassaft presste. »Wir können nichts anderes tun, als dem nachzugeben. *Wir* müssen uns von der *Erde* leiten lassen.«

Ich wusste nicht, was ich darauf sagen sollte. Und das langsame Drehen des Türknaufs stürzte mich in die nächste Verlegenheit – der nächste Schüler kam, und ich wusste, wer es wäre. Seit der Sonnenfinsternis hatte ich nicht mit Seth Moreno gesprochen.

Das Klimpern eines Windspiels aus Muscheln hallte von der Terrasse herein und wurde vom sanften Zuschlagen der Tür gefolgt. Ich hörte mein Herz im Kopf hämmern. Normalerweise trafen Seth und ich hier nur für ein, zwei Momente zusammen, schlüpften im Flur rasch aneinander vorbei, beschränkten uns auf ein knappes Kopfnicken statt einer Begrüßung.

»Ich wusste nicht genau, wann ich kommen sollte«, sagte Seth. Seine Turnschuhe quietschten auf dem Holzfußboden. Er warf den Kopf nach rechts, weil ihm sein zottiger Pony in die Augen hing. Seine Haare waren noch feucht, frisch aus der Dusche und davor, wie ich zufällig wusste, aus dem Fußballtraining. »Wegen der Uhren und allem.«

Eine Nussbaumstanduhr im Wohnzimmer zeigte eine unsinnige Zeit an – zehn Uhr –, aber es war mitten am Nachmittag. Mittlerweile hatte ich gelernt, Uhren generell zu ignorieren.

»Deshalb bin ich einfach auf Verdacht gekommen«, sagte er und schob seine Noten von einem Arm in den anderen.

»Das ist wunderbar, Seth«, sagte Sylvia. »Wir brauchen nur noch ein paar Minuten.

Er setzte sich auf einen abgewetzten Ledersessel in der Ecke neben dem Vogelkäfig. Über seinem Kopf hing ein Topffarn in einer Makrameeblumenampel an der Decke. Es muss gewisse Einzelheiten der Inneneinrichtung geben, an die ich mich nicht mehr erinnere, aber wenn ich die Augen schließe, habe ich den Eindruck, dass das gesamte Haus und sein Inhalt bis zum heutigen Tag in meinem Gedächtnis noch intakt sind, unverändert wie der Tatort eines Verbrechens, genau wie es einmal war.

Sylvia räusperte sich, und wir machten weiter mit dem Unterricht. »Für Elise«, sagte sie und stellte das Metronom wieder ein. »Noch einmal ganz durch.«

Ich hatte gerade die ersten Noten gespielt, als das Telefon in der Küche klingelte. Sylvia beachtete es nicht, aber es klingelte erneut. Das Geräusch schien die Finken aufzuregen, die kreischten und aus ihrem Käfig riefen. Sylvia stand auf, um abzuheben, doch der Anrufbeantworter sprang an und ließ das erste Kratzen einer Männerstimme durchs Haus schallen.

Sie nahm den Hörer ab und schaltete den Apparat aus. Offenbar wusste sie, wer dran war.

»Ich unterrichte gerade«, sagte sie, als wäre sie ärgerlich. »Schon vergessen?«

Doch sie wirkte erfreut und verlegen, ihr Gesicht das einer viel jüngeren Frau. Sylvia war damals um die vierzig.

Ich hatte sie noch nie mit einem Mann zusammen gesehen. Ich stellte mir einen staubigen Naturburschen mit Pferdeschwanz und Bart vor, der per Handy aus einem Pick-up oder VW-Bus anrief.

Sylvia drückte sich das Telefon auf die Schulter und bedeutete Seth und mir, sie käme gleich zurück. Dann ging sie nach oben, den Hörer ans Ohr gepresst, während der Saum ihres weißen Leinenkleids beim Laufen über ihre Beine strich.

Seth und ich waren allein im Wohnzimmer. Keiner von uns rührte sich vom Fleck. Er sortierte die Notenhefte auf seinem Schoß um, ließ die Seiten übereinander gleiten. Ich blieb auf der Klavierbank sitzen und betrachtete eingehend die Tasten.

Schließlich zog Seth sein Handy aus der Tasche und spielte mit den Daumen ein Spiel. Blecherne Musik ertönte aus dem Telefon wie der Klang eines fernen Karnevals. So, stellte ich mir vor, vertrieb er sich vielleicht die Zeit in Krankenhäusern, während Ärzte seine Mutter operierten oder ihr giftige Chemikalien ins Blut spritzten.

Ich zog das Gummiband aus meinen Haaren, strich die verhedderten Strähnen glatt und band meinen Pferdeschwanz neu. Mein Atem ging schnell, aber ich versuchte, es zu verbergen.

Draußen konnte ich die Stimmen kleinerer Kinder hören. Ein Ball klatschte aufs Pflaster. Durch das Fenster glaubte ich, etwas Dunkles vom Himmel fallen zu sehen.

Einer von Sylvias Finken stieß ein lautes und unvermitteltes Kreischen aus. Seth wandte sich dem Käfig zu. Er beobachtete die Vögel ein paar Sekunden lang. Die Musik aus seinem Spiel plätscherte weiter.

Endlich sagte ich: »Geht es ihnen gut?«

Seth zuckte die Achseln und antwortete nicht.

Ich rutschte von der Klavierbank, um selbst nachzusehen.

Im Käfig stand unangetastet eine Schale mit Apfelstückchen, das Fruchtfleisch färbte sich an der Luft braun. Zwei Mehlwürmer, die, wie ich von Sylvia wusste, ebenfalls zur Finkennahrung gehörten, schlängelten sich frei in der Schale herum.

»Sie fressen nicht«, sagte ich.

»Vielleicht hat sie sie gerade erst gefüttert«, meinte Seth.

»Oder vielleicht ist es die Krankheit.«

Von nahem roch Seth nach Waschmittel, aber sein T-Shirt war stark zerknittert – als wäre bei ihm zu Hause das Wäschefalten eine in Vergessenheit geratene Kunst, ein überholter Brauch, der durch das Leiden hinfällig geworden war.

Ich hörte das Knarren von Sylvias Schritten, während sie oben auf und ab lief. Das Metronom tickte weiter, zerlegte die Zeit auf seine uralte Weise.

Adagio saß wie ein Miniaturhuhn auf der Zeitung, mit der der Käfigboden ausgelegt war.

»Der da sieht wirklich schlecht aus«, sagte ich.

Seth tippte mit einem Finger an die Gitterstäbe.

»Hey, du kleiner Kerl«, sagte er. »Hier bin ich. Hallo?«

Das Tippen schreckte den gesünderen Vogel auf, dessen Kopf auf das Geräusch zuschnellte, aber Adagio reagierte nicht.

Seth sah sich über die Schulter nach Sylvia um. Dann hakte er die Käfigtür auf und klappte sie um. Langsam griff er hinein und berührte den Vogel sachte am Rücken. Er wackelte unter seinem Finger wie ein Ei, und Seth zog die Hand weg.

»Mist«, sagte er. »Der ist tot.«

»Bist du sicher?«, fragte ich.

»Absolut.«

»Es ist also wirklich die Krankheit.«

»Vielleicht«, sagte er. »Oder auch nicht. Vielleicht ist er auch an was ganz Normalem gestorben.«

Oben schnappte die Schlafzimmertür auf. Seth schloss die Käfigtür. Wir sahen einander an, sagten aber nichts. Wir trafen eine schlagartige, schweigende Übereinkunft.

Nun hörten wir Sylvias Füße auf der Treppe, ihre Hand auf dem Geländer, das schnurlose Telefon wieder in dem Halter auf der Küchenablage landen.

»Was ist denn los?«, fragte sie, während sie zurückkam, die Spange aus ihrem Haar löste und es dann wieder zusammenband.

»Nichts«, sagte Seth.

Er setzte sich in den alten Ledersessel und ließ die langen Arme an den Seiten baumeln.

»Wir haben uns nur Ihre Vögel angesehen«, sagte ich.

»Jetzt hör schon auf, dir Sorgen zu machen.« Sie wedelte mit der Hand, als verscheuchte sie ein Insekt. »Denen geht es gut.«

Sylvia entschuldigte sich, dass sie meinen Unterricht früher beendete, aber sie halte es für besser, jetzt mit Seths anzufangen.

Während ich meine Sachen zusammenpackte, versuchte ich, Seths Blick aufzufangen, aber er wollte sich nicht auffangen lassen. Ich nahm meine Noten und verließ das Haus, ohne in dem Moment zu wissen, dass ich diese Schwelle nur noch wenige Male in meinem Leben überschreiten würde.

Ich gewöhnte mich allmählich daran, an den Anblick lebloser Dinge. Seit der Verlangsamung hatte ich viel über die Eigenschaften der Toten gelernt; dass der Körper eines Vogels nach ein paar Tagen in sich zusammensinkt, dass er schwindet, flacher und flacher wird, bis nur noch die Federn und die Füße übrig bleiben.

Draußen hatte der Himmel ein reines, hartes Blau angenommen, durchzogen von zwei zarten Wolken. In Naturkunde hatten wir angefangen, die Atmosphäre durchzunehmen, und ich hatte mir die Namen aller unterschiedlichen Wolkentypen eingeprägt. Diese beiden hier waren Zirrus, die höchste, zierlichste Sorte.

Noch höher als die Wolken, dreihundert Kilometer über mir, saßen sechs Astronauten – vier Amerikaner und zwei Russen – in einer Raumstation fest. Der Start der Raumfähre, die sie eigentlich zurückholen sollte, war auf unbestimmte Zeit verschoben worden. Die komplexe Berechnung, die riesige kosmische Steinschleuder, die jahrzehntelang unsere Astronauten ins All und wieder zurück gebracht hatte, wurde vorerst als zu gefährlich eingeschätzt. Wann immer ich in dieser Zeit in den Himmel sah, dachte ich an ihre Familien, die darauf warteten, dass sie zurück nach unten auf die Erde kämen.

Als ich die Straße überquerte, strich eine Meeresbrise durch den Eukalyptus und die Pinien. Ein einzelner Spatz segelte über den Himmel. Ich pflückte einen Löwenzahn aus dem Garten und schüttelte ihn im Wind, während unser Kater Tony mit dem Bauch nach oben auf der Veranda schlief. Die Bürgersteige flimmerten in der Sonne. Irgendwo bellte ein Hund. Ich fragte mich, was Hanna wohl gerade in Utah machte. Das war einer der letzten richtigen Nachmittage.

9

Es gab immer schon Regionen auf der Erde, wo man der Sonne nicht trauen konnte, wo die Tage noch nie vom Aufsteigen und Untergehen unseres Sterns bemessen wurden. Auf gewissen abgeschiedenen Koordinaten ging die Sonne stets im Dezember unter und den ganzen Winter nicht wieder auf. Dort war der Sommer von jeher eine einzige Endlosschleife von Tageslicht, stand die Sonne gnadenlos am Juni-Nachthimmel.

Das waren schwierige Orte. Bäume weigerten sich, zu wachsen. Es waren die uralten Fischersiedlungen des nördlichen Skandinaviens, die eisigen Hänge Sibiriens, die Inuit-Dörfer Kanadas und Alaskas. Für die Bewohner dieser Orte waren *Nacht* und *Tag* schon immer abstrakte Begriffe. Der Morgen brachte nicht unbedingt das Licht mit sich. Und nicht alle Nächte waren dunkel.

Jene von uns, die in den südlicheren Breitengraden wohnten, standen kurz davor, eine für uns fremde, im Land der Mitternachtssonne jedoch längst vertraute Lebensweise kennenzulernen.

Die Ankündigung erfolgte abends, vierzehn Tage nach dem Beginn der Verlangsamung. Sendungen wurden unterbrochen. Nachrichtensprecher schalteten sich mit einer Sondermeldung dazwischen. Ich erinnere mich noch an das Schmettern der

Trompeten – die Erkennungsmusik des Senders bei Notfällen – mitten im Publikumslärm des siebten Spiels der Baseball World Series.

»Du meine Güte«, seufzte meine Mutter. »Was ist denn jetzt wieder?«

Wir hatten vor dem Fernseher gegessen, dampfende Teller mit Belisario's Käsepizza auf den Knien. Es war ein guter Tag gewesen: An diesem Nachmittag hatte ich endlich von Hanna gehört – sie hatte mir eine fröhliche Postkarte mit einem Wüstenfoto geschickt. Meine Mutter hatte sich endlich etwas entspannt. Mein Vater trank ein Bier. Eine Packung Cookies-and-Cream-Eis wartete in der Gefriertruhe. Ein Fremder, der an diesem Abend an unserem Fenster vorbeilief, hätte unsere Stimmung an den Geräuschen ablesen können: Das klare Klacken von Baseballschläger auf Ball und das gemeinschaftliche Jubeln meiner Eltern. Wir waren glücklich.

Aber jetzt nahm meine Mutter ihren Teller vom Schoß und stellte ihn auf den Couchtisch. Sie strich sich die Haare aus dem Gesicht, als könnte sie so die Nachrichten besser hören. Ich war mir sicher, dass ihr Ansatz mit jedem Tag grauer wurde. Sie hatte ihren monatlichen Friseurtermin ausfallen lassen – und die Verlangsamung des Planeten hatte die Geschwindigkeit, mit der menschliches Haar wuchs, überhaupt nicht beeinträchtigt.

Mein Vater saß neben ihr auf dem Sofa, sein Mund war plötzlich verkniffen. Ich sah, dass er auf der Innenseite seiner Wange kaute. Er nahm einen langsamen Schluck Bier.

Der Himmel war immer noch hell – die Tage waren inzwischen auf über dreißig Stunden angewachsen.

»Vielleicht haben sie herausgefunden, wie man das Ganze repariert«, sagte ich vom Fußboden, wo ich auf dem Bauch ausgestreckt bei den Katzen lag.

Niemand antwortete etwas.

Gerüchte mussten sich in gewissen Kreisen bereits vor der offiziellen Ankündigung verbreitet haben. Es musste frühe, unbestätigte Berichte gegeben haben. Sickern bedeutende Meldungen nicht immer schon durch, bevor sie es eigentlich sollen? Werden Geheimnisse nicht gewöhnlich ausgeplaudert? Anonyme Quellen lieben es, zu reden. Aber falls es über diese Entwicklung Getuschel gab, hatten wir davon nichts mitbekommen.

Der Sender schaltete live ins Weiße Haus, wo der Präsident hinter einem gewaltigen Schreibtisch wartete, die Hände steif auf der Platte gefaltet. Eine große amerikanische Flagge hing schlaff neben ihm.

Diverse Sitzungen unter Beteiligung führender Kongressmitglieder, einiger Vertreter des Weißen Hauses und der Minister für Wirtschaft, Landwirtschaft, Verkehr und Inneres hatten einen radikal einfachen Plan hervorgebracht: Im Angesicht massiven globalen Wandels wurden wir, das amerikanische Volk, aufgefordert, genauso weiterzumachen wie immer.

Mit anderen Worten, wir würden bei der 24-Stunden-Uhr bleiben.

Meine erste Reaktion war Ungläubigkeit. Der Receiver zeigte ein leuchtendes *11:00*, aber der Tag neigte sich dem Ende zu. Mittlerweile hatten wir gelernt, die Uhren nicht zu beachten.

»Ich kapier das nicht«, sagte ich. »Wie soll denn das gehen?«

Die chinesische Regierung hatte denselben drastischen Schritt getan. Man rechnete damit, dass die Europäische Union nachzöge. Die Alternative, erklärte man uns, wäre verheerend.

»Märkte brauchen Stabilität«, sagte der Präsident. »Es kann so nicht weitergehen.«

Es erfordert eine gewisse Form von Mut, vermute ich, den

Status quo zu wählen. Es liegt eine gewisse Kühnheit in der Tatenlosigkeit.

Doch mir kam es vor, als verlangte man von uns das Unmögliche, eine so aussichtslose Strategie, als hätten sie vorgeschlagen, Seile um die Sonne zu schlingen und sie über den Himmel zu zerren.

Ich wartete auf eine Reaktion meiner Mutter, aber sie seufzte nur ein lautes Seufzen. Ich drehte mich zu ihr um und sah sie, wie sie war: eine müde wirkende Frau auf einer Couch. Bestürzung hat wohl ihre Grenzen, schätze ich, selbst bei ihr.

»Das wird niemals funktionieren«, meinte sie.

Mein Vater sagte gar nichts. Das war eine seiner Spezialitäten, lernte ich zu der Zeit, die Fähigkeit, in allen entscheidenden Momenten zu schweigen, jeder Krise mit einer schlichten, unerschütterlichen Ruhe zu begegnen. Heute merke ich, dass ich diese Eigenart ein Stück weit von ihm geerbt habe.

Mein Vater wandte sich wieder seinem Abendessen zu. Er aß seine Pizza mit Messer und Gabel, eine Papierserviette ordentlich über die Knie gebreitet.

Das Grün des Baseballplatzes wurde abrupt wieder auf dem Bildschirm eingeblendet.

So offenkundig die Folgen später sein sollten, waren mir die Auswirkungen des Vorhabens doch nicht sofort klar. Was sich allerdings schon sehr bald herausstellen würde, war Folgendes: Wir gerieten fast sofort aus dem Takt mit der Sonne. Licht würde von *Tag* entkoppelt, Dunkelheit von *Nacht* abgetrennt. Und nicht alle würden mitmachen.

10

Es war natürlich freiwillig. Man *zwang* uns nicht, unsere Tage in vierundzwanzig kleine Stunden zu quetschen. Kein neues Gesetz wurde verabschiedet oder in Kraft gesetzt. Das hier war Amerika. Die Regierung konnte uns nicht vorschreiben, wie wir zu leben hatten. Aber in der Woche nach der Ankündigung des Präsidenten, als die Tage einen Rekord von zweiunddreißig Stunden erreichten, machten sich Regierungsvertreter unterschiedlicher Ebenen und aus verschiedenen Fachgebieten daran, uns von den Vorzügen des Plans zu überzeugen – und von der Dringlichkeit, ihn umzusetzen. *Uhrenzeit*, nannten sie es, *die einzig praktische Lösung*. Es sei eine Frage der ökonomischen Stabilität, sagten die Politiker, des Wettbewerbsvorteils und sogar, behaupteten manche, der nationalen Sicherheit.

Heute weiß ich, dass die Uhrenzeit eine komplexe landesweite Debatte entfachte – mit der gleichen Anzahl von Abweichlern aus der extremen Linken wie aus der extremen Rechten –, aber in meiner Erinnerung passierte alles auf einmal, ein glatter Gezeitenwechsel, plötzlich und vollständig.

Die öffentlichen Schulen sprangen sofort auf den Zug auf. Sämtliche Fernsehsender schlossen sich an. Die Unternehmen waren *definitiv* dabei – sie hatten durch Ineffizienz und Überstunden jede Woche Millionenverluste gemacht.

Aber jeder Amerikaner hätte sich auch entschließen können, auf die Uhrenzeit zu verzichten und stattdessen bei Tageslichtzeit zu bleiben, oder was manche bereits *Echtzeit* nannten. Es stand uns immer noch frei, unseren Alltag auf das Kommen und Gehen der Sonne auszurichten, doch bald riskierten jene, die das taten, ihre Jobs zu verlieren oder kündigen zu müssen. Ihre Kinder könnten de facto nicht länger öffentliche Schulen besuchen. Sie würden dauerhaft an der Gesellschaft vorbeileben. Jedes Zögern wäre dem Ausharren in einer evakuierten Stadt gleichgekommen, wo die Gebäude und Straßen zwar noch da sind, aber die *Stadt*, machen wir uns nichts vor, verschwunden ist.

Und so geschah es: Wir holten die Uhren zurück. Armbanduhren wurden um Handgelenke geschlungen. Batterien wurden ausgetauscht. Ich räumte die Bücher von meinem Nachttisch, so dass ich meinen Wecker wieder vom Bett aus sehen konnte. Die Taschenuhr meines Großvaters holte ich aus einer Schublade und legte sie auf meinen Schreibtisch.

Die Uhrenzeit begann an einem Sonntagmorgen um zwei Uhr, wie die Sommerzeit. Sie hatten einen Tag gewählt, an dem die Sonne mehr oder weniger im Einklang mit den Uhren aufging. In dieser Phase kamen solche gleichgetakteten Tage alle paar Wochen vor, wie Vollmonde. Die Abweichung würde sich im Laufe des Tages vergrößern, aber die Absicht war, uns langsam umzustellen.

An jenem Morgen ging die Sonne um 7:02 Uhrenzeit auf. Die Sonntagszeitung landete mit einem Plumps in der Auffahrt. Mein Vater mahlte den Kaffee früh, toastete Toast. Die Sonne schien wie üblich auf der Ostseite des Hauses. Die echten Unterschiede würden wir erst am nächsten Tag spüren, wenn wir – genau wie die Uhren – vollkommen aus dem Rhythmus der Sonne geraten würden.

»Das kann nicht gesund sein.« Meine Mutter blinzelte in ihrem grünen Frotteebademantel. Ihre Haare waren vom Schlaf völlig zerzaust.

Ich saß in einem Flanellschlafanzug neben ihr und knüpfte ein Freundschaftsband für Hanna. Sie hatte in ein paar Wochen Geburtstag, und ich wollte ihr das Armband als Geschenk schicken.

»Das ist noch das kleinste der möglichen Übel«, sagte mein Vater vom Tisch.

Die Katzen strichen um meine Füße herum, sie hatten Hunger auf Milch. Tonys knochiger Schwanz schnalzte im Vorbeigehen gegen mein Schienbein. Die Sonne schien in die Küche und fing sich in den Kupfertöpfen, die funkelnd über dem Edelstahlspülbecken hingen.

»Was sind die anderen Übel?«, fragte ich.

Meine Mutter füllte eine Kupferkanne mit Wasser für die beiden Knabenkräuter, die im Küchenfenster gediehen. Ihre Fürsorge für ihre Pflanzen hatte sich seit der Verlangsamung noch gesteigert, als hinge unser Überleben irgendwie von ihrem ab. Oder vielleicht hatte es auch einen ganz anderen Grund: Schönheit kann etwas sehr Tröstliches haben.

»Wisst ihr, was ich glaube?«, sagte meine Mutter. »Ich glaube, diese ganze Uhrenzeitsache ist ein Haufen Scheiße.«

Tony sprang mit den Pfoten voraus auf die Arbeitsfläche. Ich hob ihn hoch und setzte ihn auf den Fliesenboden.

»Wir werden es überleben«, sagte mein Vater.

Als Arzt war er bereits ein Nachtarbeiter, ein Tagschläfer, ein Kinder mitten in der Nacht zur Welt Bringer. Er war ein Geschöpf, dessen Körper sich schon vor Jahren daran gewöhnt hatte, seinen Biorhythmus zu ignorieren.

»Und was ist mit dem eigentlichen Problem?«, fragte meine Mutter. »Was wird da unternommen?«

Mein Vater las weiter die Zeitung, blätterte langsam durch

die Seiten. Worüber in der Ausgabe jenes Tages natürlich noch nicht berichtet wurde, war der noch verwegenere, aber damals noch streng geheime Plan, den Wissenschaftler und Ingenieure in den staatlichen Laboren dieses Landes unter Hochdruck schmiedeten. Bald sollten wir von den Details – und der Vermessenheit – des berüchtigten, unseligen *Virginia-Projekts* erfahren. So absurd es auch war, man muss doch den Elan der Unternehmung bewundern, diesen unbändigen Glauben an die Möglichkeiten, den Cowboyoptimismus, den man braucht, um sich vorzustellen, dass ein bisschen menschliche Findigkeit tatsächlich die Erdrotation kontrollieren könnte.

»Moment mal«, sagte meine Mutter. Sie wedelte mit einem Glas Erdnussbutter in die Richtung meines Vaters. »Hast du das aufgemacht?« In der anderen Hand hielt sie das Beweisstück, das Messer. Auf der scharfen Seite glitzerte eine Schicht *Extra crunchy*.

Mein Vater am Tisch nahm einen Riesenbissen Weizentoast.

»Gottverdammt, Joel«, sagte sie. »Gottverdammt. Die wollte ich aufheben.«

Ich hielt den Blick fest auf das Armband gerichtet, das ich flocht, und wartete, dass der Streit vorüberginge. Es war eine komplizierte Struktur, die ich mir ausgesucht hatte, in Hannas Lieblingsfarben, und das Knüpfen der Knoten, einen nach dem anderen, das Entstehen des Musters unter meinen Fingerspitzen hatte etwas Beruhigendes, so ordentlich und geregelt und bedächtig.

Mein Vater kaute, schluckte, trank einen vorsichtigen Schluck Kaffee. Er war gegen das Hamstern meiner Mutter.

»Helen«, sagte er. »Da drin stehen sechs Gläser.«

»Hältst du das für einen Witz?«, fragte sie. »Auf CNN hat ein Typ gesagt, wir haben möglicherweise nur noch ein paar Wochen, bevor alles zusammenbricht.«

In ihrer Wut stolperte meine Mutter über die blaue Keramikschüssel, die wir als Wassernapf für die Katzen benutzten. »Mist«, sagte sie. Eine Miniflut schwappte über den Fliesenboden.

»Bis was zusammenbricht?«, fragte ich.

»*So* was hab ich nicht gehört«, sagte mein Vater.

Daraufhin bekam die Stimme meiner Mutter ein tiefe, ernste Lage: »Tja, dann hörst du vielleicht nicht *zu*.«

Falls mein Vater etwas entgegnete, bekam ich es nicht mit, weil ich mich nach oben verdrückte. Sehr wahrscheinlich wandte er sich einfach wieder der Zeitung zu.

Was ging in seinem Kopf vor? Bald sollte ich begreifen, dass er nur einem Bruchteil der Gedanken, die dort kreisten, Ausdruck verlieh. Es war da drin nicht annähernd so ordentlich und ruhig, wie es den Anschein hatte. Andere Leben wohnten in diesem Kopf, Parallelwelten. Vielleicht sind wir alle ein bisschen so angelegt. Aber die meisten von uns machen Andeutungen. Die meisten geben Hinweise. Mein Vater war vorsichtiger.

Wenn ich mich jetzt an diesen Moment in der Küche erinnere, kommt mir ein fast unglaublicher Gedanke in den Sinn: Es gab eine Zeit, als diese beiden Menschen – der über den Tisch gebeugt sitzende Mann und die laut schimpfende Frau in dem Bademantel – jung waren. Der Beweis dafür waren die Bilder an den Wohnzimmerwänden, ein hübsches Mädchen und ein Bücherwurm, eine Einzimmerwohnung in einem morschen Gebäude in Hollywood mit Ausblick auf einen Hinterhof und einen nierenförmigen Pool. Das war die mythische Zeit vor meiner Geburt, als meine Mutter keine Mutter war, sondern eine Schauspielerin, die eines Tages, ja, jederzeit, vielleicht schon bald den Durchbruch schaffen könnte, eine ernsthafte junge Frau mit einem schönen Gesicht. Wie viel angenehmer das Leben wäre, wenn alles umgekehrt passieren würde, wenn man nach Jahren der Enttäuschungen schließlich ein Alter erreichte, in dem man keine Zugeständnisse gemacht hatte, in dem alles möglich war. Ich denke gern darüber nach, wie das Leben meiner Eltern einst vor ihnen schimmerte, halb verborgen, wie vergrabenes Gold. Damals war die Zukunft, was auch immer sie sich ausmalten – und das hier hatten sie sich nicht ausgemalt.

Aber empfindet man nicht jede vorangegangene Epoche als etwas Erfundenes, wenn sie erst vorbei ist? Nach einer Weile bleiben nur noch veraltete Redensarten übrig. Jahrzehnte nach der Erfindung des Automobils zum Beispiel ermahnen wir einander, das *Pferd nicht beim Schwanz aufzuzäumen*. Und so haben wir heute noch *Tagträume* und *Nachtruhe*, und die frühen Stunden der Uhrenzeit kennt man umgangssprachlich weiterhin (wenn auch zunehmend rätselhaft) als *im Morgengrauen*. Gleichermaßen hörten meine Eltern, sogar als sie sich auseinanderlebten, nicht auf, einander *Liebling* zu nennen.

Meine Eltern gingen sich den ganzen Nachmittag aus dem Weg. Meine Mutter korrigierte Klassenarbeiten im Schlafzimmer. Mein Vater fuhr meinen Großvater besuchen. Er fragte mich nicht, ob ich mitkommen wollte, wie er es sonst tat. Und ich schloss mich nicht freiwillig an. Eine drückende Stille senkte sich über das Haus.

Eins kann ich über diesen ersten Sonntag nach der Uhr sagen: Die Zeit verging wie im Flug. Wir hatten uns schon ziemlich an die langen, faulen Tage gewöhnt. Aber jetzt raste der Vormittag dahin. Der Mittag hetzte in unmenschlichem Tempo vorbei. Die Stunden überschlugen sich hastig eine nach der anderen, als rutschten sie einen Berg hinunter – und es gab plötzlich so wenige!

An jedem anderen Sonntag hätte ich mich zu Hanna geflüchtet.

Jetzt ging ich zu meiner alten Freundin Gabby. Sie wohnte drei Häuser weiter, und wir waren zusammen aufgewachsen; allerdings hatte ich sie nicht oft gesehen, seit sie andauernd in Schwierigkeiten geriet.

»Ich glaube, die Uhrenzeit wird cool«, sagte Gabby, sobald wir oben in ihrem Zimmer waren. Sie saß auf ihrem ungemachten Bett und strich sich eine zweite Schicht schwarzen Lack auf die Fingernägel. Sie wedelte mit dem Fläschchen, aber ich schüttelte den Kopf. Es war ein glänzendes, düsteres Schwarz, und ein paar Tropfen waren auf dem dicken cremefarbenen Teppich gelandet. »Ich geh gern im Dunklen raus.«

Ihr gefärbtes schwarzes Haar fiel ihr ständig ins Gesicht. Anthrazitfarbener Eyeliner umrandete ihre Augen. Winzige silberne Ohrstecker in Form von Totenschädeln glitzerten an ihren Ohren. Ich erkannte sie kaum noch.

»Ich wünschte, ich wäre noch auf deiner Schule«, sagte sie.

»Du hast unsere Schule gehasst«, sagte ich. Als sie anfing zu rauchen und Unterrichtsstunden zu schwänzen, hatten ihre Eltern sie in eine strenge katholische Schule gesteckt.

»Ja, aber die Mädchen in meiner Klasse sind alles magersüchtige Zicken«, sagte sie.

Früher schwammen wir jeden Sommer in ihrem Pool und aßen auf den Liegestühlen Chips, während unsere Pferdeschwänze auf dem Rücken trockneten. Aber inzwischen trug Gabby keine Badeanzüge mehr; sie hatte stark zugenommen. Sie hatte ständig Ärger. Hanna hatte sie nicht besuchen dürfen.

»Meine Mutter hat Angst, dass wir alle sterben«, sagte ich.

Das Zimmer roch nach Nagellackentferner und Vanille – eine dicke weiße Kerze brannte auf dem Schreibtisch. Zwei karierte Faltenröcke, Gabbys Schuluniform, hingen an einer Stuhllehne.

»Wir *werden* ja auch sterben«, sagte Gabby. »Irgendwann.«

Sie hatte Musik aufgelegt, die ich nicht kannte: die dünne, klare Stimme einer wütenden Frau wurde aus zwei großen schwarzen Lautsprechern durch den Raum geschleudert.

»Aber sie glaubt, wir werden an dieser Sache sterben«, sagte ich. »Und zwar bald.«

Gabby blies auf ihre Fingernägel und hielt dann eine Hand zur Begutachtung hoch. Eine Dose Diätlimo sprudelte und zischte auf dem Teppich.

»Glaubst du, dass du schon mal gelebt hast?«, fragte sie.

»Nein, eigentlich nicht.«

Sie hatte ein rotes Tuch über die einzige Lampe gehängt, und das Zimmer war dunkel und stickig. Die Lamellenvorhänge waren zugezogen, trotzdem fielen Streifen von Sonnenlicht durch die Ritzen.

»Ich bin mir ziemlich sicher, dass ich schon öfter auf der Welt war«, sagte sie. »Ich hab so ein Gefühl, dass ich in jedem meiner Leben jung sterbe.«

In letzter Zeit gingen mir die Themen aus, über die ich mit anderen Kindern sprechen konnte. Ich wusste nicht mehr, wie man reagierte. Mir fiel nichts zu sagen ein.

»Hey«, sagte sie. »Willst du ein Tattoo? Ich weiß aus dem Internet, wie das geht.« Sie zeigte auf eine Nähnadel und ein winziges Fass mit schwarzer Tinte, die wie primitives Operationsbesteck neben einer zweiten Kerze auf dem Boden lagen. »Man muss nur eine Nadel in die Flamme halten, sich die Haut in der Form aufritzen, die man haben will, und dann Tinte reingießen.«

Gabbys Elternhaus war genau wie unser Haus, aber seitenverkehrt. Ihr Zimmer war wie meins, die Grundfläche genau gleich. Zwölf Jahre lang hatten wir zwischen Wänden geschlafen, die von denselben Bauarbeitern errichtet worden waren, und durch exakt gleich große Fenster auf dieselbe verblassende Sackgasse geblickt. Obwohl unter ähnlichen Bedingungen aufgewachsen, waren wir sehr unterschiedlich geworden, zwei Exemplare von Mädchen, die sich jetzt auseinanderentwickelten.

»Ich mach mir Sonne und Mond aufs Handgelenk«, sagte sie. »Ich kann bei dir auch eins machen, wenn du willst.«

Die CD war zu Ende. Eine plötzliche Stille erfüllte den Raum.

»Lieber nicht«, sagte ich. »Wahrscheinlich sollte ich sowieso nach Hause gehen.«

Vielleicht hatte es schon vor der Verlangsamung angefangen, aber ich bemerkte es erst hinterher: meine Freundschaften lösten sich auf. Alles ging in die Brüche. Es war ein rauer Übergang, der von der Kindheit ins nächste Leben. Und genau wie bei jeder anderen beschwerlichen Reise überlebte nicht alles.

An jenem Abend, während die Sonne immer weiterschien, kam mein Vater mit einem Teleskop nach Hause.

»Das ist für dich«, sagte er, als er es in meinem Zimmer aus dem raschelnden Seidenpapier auspackte. »Ich möchte, dass du etwas mehr über Naturwissenschaften lernst.«

Das Teleskop lag in einer glänzenden Mahagonikiste, ein silbernes Rohr und ein Dreibein aus Titan, das im Sonnenlicht funkelte. Es sah teuer aus. Er stellte es in meinem Zimmer auf und richtete es auf den nach wie vor hellen Himmel. Meine Mutter beobachtete ihn mit verschränkten Armen aus dem Türrahmen. Sie war damals immer ärgerlich auf meinen Vater, und es machte den Eindruck, als wäre sogar dieses Geschenk – in der zwischen ihnen herrschenden verschlüsselten Sprache – auf irgendeine Art ein Affront gegen sie.

»Da ist der Mars.« Mein Vater kniff ein Auge zu, während er das andere ans Teleskop hielt. Er bedeutete mir, auch einen Blick darauf zu werfen. »Du siehst ihn noch besser, wenn es dunkel wird.«

Der Mars kam neuerdings in den Nachrichten vor, seit Entwürfe für ein sogenanntes Pionierprojekt im Internet aufgetaucht waren. Es war ein von einer Gruppe geheimnistuerischer Milliardäre privat finanzierter Plan für eine menschliche Siedlung auf dem Mars, komplett mit temperierten Biosphären und einer selbstreinigenden Wasserversorgung. Es handelte sich um einen Evakuierungsplan von der Erde. Falls nötig sollte ein Grüppchen Menschen dort oben überleben können, die ganze Kolonie wie eine Zeitkapsel, ein lebendiges Souvenir des Lebens, wie wir es einmal auf der Erde gekannt hatten.

Durch das Teleskop sah der Mars für mich eher unspektakulär aus, ein dicker roter, an den Rändern verschwommener Punkt.

»Manche der Sterne, die du dort oben entdecken wirst, existieren gar nicht mehr«, sagte mein Vater, während er behutsam die Knöpfe des Teleskops mit den Daumen hin und her drehte. Die Rädchen quietschten leise. »Manche der Sterne, die du sehen wirst, sind schon seit tausenden von Jahren tot.«

»Wollt ihr zwei den ganzen Abend hier oben bleiben?«, fragte meine Mutter.

Mein Vater wischte die Linse mit einem schwarzen Filzstreifen ab, der in der Kiste gelegen hatte.

»Mit diesem Teleskop siehst du nicht die Sterne, wie sie heute sind, sondern wie sie vor tausenden von Jahren waren«, fuhr er fort. »So weit weg sind sie nämlich, selbst ihr Licht braucht Jahrhunderte, um uns zu erreichen.«

»Wenn wir heute Abend noch mal essen wollen«, seufzte

meine Mutter, immer noch hinter uns, »sollten wir langsam anfangen.«

Mein Vater antwortete nicht, aber ich war bemüht, sie zu beschwichtigen. »Wir sind gleich fertig«, sagte ich.

Mir gefiel die Vorstellung, dass die Vergangenheit erhalten werden könnte, wie ein Fossil in den Sternen. Ich wollte glauben, dass irgendwo am anderen Ende der Zeit, hundert Lichtjahre von hier, jemand anderes, ein fernes zukünftiges Wesen vielleicht, auf das bewahrte Bild von meinem Vater und mir in ebendiesem Moment in meinem Zimmer zurückblickte.

»Könnte das nicht sein?«, fragte ich meinen Vater. »In hundert Lichtjahren?«

»Schon möglich«, sagte er.

Aber er schien nicht zuzuhören.

In jenem Jahr würde ich viele Stunden mit dem Beobachten der Sterne verbringen, aber ich benutzte mein Teleskop auch, um weniger fernen Körpern nachzuspionieren. Bald merkte ich, dass ich damit in die anderen Häuser der Straße schauen konnte. Ich konnte die Kaplans sehen, alle sechs, wenn sie beim Abendessen saßen. Ich konnte Carlotta am Ende unserer Sackgasse sehen, wenn sie auf ihrer Veranda Tee trank und ihr langer geflochtener Zopf herunterhing wie Makramee, jede Strähne durch die Linse meines Teleskops erkennbar, und dort hinter ihr war Tom und kippte einen Eimer Schmutzwasser auf den Komposthaufen.

Die beste Sicht hatte ich auf Sylvias Haus. Es stand unserem gegenüber wie ein Spiegelbild, und ich konnte genau in ihr Wohnzimmer sehen – die Tasten ihres Klaviers, die Holzdielen ihres Bodens, sogar die Zeitungsseiten, die immer noch in dem jetzt leeren Vogelkäfig lagen.

In jener Nacht schliefen wir bei Sonnenlicht, oder wir schliefen gar nicht. Wochenlang war ich vor Einbruch der Dunkelheit ins Bett gegangen – diese ersten Tage waren endlos, die Abende unaufhörlich; meistens schlief ich ein, ehe die Sterne am Himmel auftauchten. Aber diese Nacht war anders, die Abweichung größer als je zuvor. Es war die erste der weißen Nächte. Später würden wir lernen, uns abzuschirmen, uns kleine Fleckchen Dunkelheit inmitten des Lichts zu schaffen, aber diese erste Nacht nach Uhrenzeit war strahlend, als hätte die Sonne noch nie so hell oder klar geschienen.

An meiner Zimmerdecke klebten Leuchtsticker, die ich erst vor kurzem abzureißen versucht hatte. Meine Mutter hatte mich davon abgehalten – »In der Decke ist Asbest, lass sie dran.« In dieser Nacht aber waren meine Sterne ohnehin unsichtbar, genau wie die echten, alle verblasst neben unserem liebsten Stern.

»Probier zu schlafen«, sagte mein Vater. »Es wird schwer, im Dunklen aufzustehen.« Er setzte sich einen Moment ans Fußende meines Bettes und blickte aus dem Fenster in den grellblauen Himmel, ehe er die Jalousien zuzog. »Das sind bemerkenswerte Zeiten«, sagte er. »Wir leben in bemerkenswerten Zeiten.«

Die Sonne ging schließlich irgendwann nach zwei Uhr unter.

11

Unsere Schule kehrte zu ihrer üblichen Anfangszeit von neun Uhr zurück. Das hieß, wir standen im Dunklen an der Bushaltestelle, die Gesichter von einer Straßenlaterne gelb beleuchtet, die, wie alle Straßenlaternen in unserer Gegend, absichtlich mattes Licht verströmte – Helligkeit verdarb dem riesigen, dreißig Jahre alten Universitätsteleskop, das auf einem Hügel im Osten stand, die Sicht. *Lichtverschmutzung* nannte man das. Aber was beobachteten die Astronomen überhaupt noch, jetzt da das wirklich Spannende hier unten passierte?

Meine Mutter wartete im Auto am Straßenrand, bis der Bus kam, sie war überzeugt, dass Gefahr, wie Kartoffeln, in der Dunkelheit gedeiht. Aber ich empfand die Bushaltestelle als genauso bedrohlich wie bei Tageslicht und nicht schlimmer.

Ich hatte mich von Daryl ferngehalten, aber er ignorierte mich und tat so, als hätte er gar nichts gemacht. Irgendwo auf dieser schwarzen Erde, dachte ich, lag wahrscheinlich noch meine Kette mit dem Nugget. Seth blieb weiterhin für sich, wie ein einsamer Überlebender, und blies sich auf eine attraktive, selbstgenügsame Art in die Hände, einen Fuß auf dem Skateboard, den anderen auf dem Bürgersteig.

Hannas Haus war gerade eben in der Ferne am Ende der Straße erkennbar, und ich glaubte an jenem Morgen, ein kleines Licht neben der Tür brennen zu sehen. Hoffnung flackerte in mir auf, sie wäre nach Hause gekommen. Aber es war nur das Verandalicht, das vermutlich bei ihrer Flucht aus Versehen angelassen worden war, da man es bei Tag nicht bemerkt hatte.

An diesem dunklen Morgen waren wir alle stiller als sonst. Wir waren müde und schlapp und benommen. Selbst Michaela wirkte gedämpft, weil sie zu spät aufgestanden war, um sich die Haare zu waschen oder die Augen zu schminken. Niemand ärgerte jemanden. Niemand sagte etwas. Wir standen einfach nur zusammen in der Dunkelheit, die Kapuzen unserer Sweatshirts auf den Köpfen, die Finger in die Ärmel gekrümmt.

Es war kalt, vielleicht der kälteste Abschnitt der Nacht, aber meine Uhr zeigte 8:40. Die dünne Sichel des Mondes leuchtete tief am Horizont. Die Sterne waren von funkelnder Klarheit.

Es ist schwer zu glauben, dass es in diesem Land eine Zeit gab – die nicht einmal so lange zurückliegt –, als jedes Jahr dicke Kalender gedruckt wurden, die neben anderen Fakten die exakte Uhrenzeit jedes einzelnen Sonnenaufgangs und jedes einzelnen Sonnenuntergangs ein Jahr im Voraus aufführten. Ich glaube, wir verloren mit diesem klaren Rhythmus noch etwas anderes, ein gemeinsames Grundvertrauen, dass gewisse Dinge unveränderlich waren.

Überall um uns herum war der Lärm der Grillen an diesem Morgen verblüffend, das Knarren und Pfeifen so vieler neuer Leiber in der Dunkelheit – sie hatten sich seit der Verlangsamung vermehrt. Das galt für alle Insekten. Da nur so wenige Vögel übrig waren, entwickelte sich Kleineres bestens. Mehr und mehr Spinnen krabbelten auch über unsere Zimmerdecken. Käfer krochen aus Badezimmerabflüssen. Würmer glitten über den Beton unserer Terrassen. Ein Fußballtraining wurde abgebrochen, als sich eine Million Marienkäfer gleichzeitig auf dem Platz niederließen. Selbst Schönheit wird im Überfluss unheimlich.

Als der Bus vor der Schule hielt, entdeckten wir, dass Arbeiter Flutlichter überall auf dem Gelände installierten. Unter den Scheinwerfern wirkten die verwaschenen grünen Wände, die Gerüchten zufolge mit überschüssiger Farbe des Marinestützpunkts etwas weiter nördlich an der Küste gestrichen worden waren, wie Gefängnismauern. Das ist eine Lektion, die ich durch die Uhrenzeit gelernt habe: So vieles, was bei Tageslicht harmlos wirkt, wird bei Dunkelheit eindrucksvoll. Was sonst noch, musste man sich fragen, war nur eine optische Täuschung?

Es war Mittagszeit, als die Sonne endlich auftauchte, die Finsternis sich wie ein Nebel lichtete. Sonnenaufgang: 12:34. Wir waren alle draußen, als es passierte. Das hier war Kalifornien – wir aßen zu allen Jahreszeiten draußen. Während der östliche Himmel ein blasses und verheißungsvolles Rosa annahm, flirtete Michaela weiter mit den Jungs um uns herum, und ich vollführte das entgegengesetzte Manöver: mich still verhalten und möglichst nicht auffallen.

Langsam begann der Fußballplatz in der Ferne zu glitzern. Ich blinzelte in die aufgehende Sonne. Und da bemerkte ich am anderen Ende des Schulhofs die Silhouette eines Mädchens, das Hanna auffallend ähnlich sah, nur dass es nicht Hanna sein konnte, denn ich hätte es gewusst, wenn sie zurückgekommen wäre. Dieses Mädchen saß allein an einem Tisch in der Nähe der Laborräume, den Kopf auf einen dünnen Arm gestützt, und schmollte im fahlen Licht.

Als ich näher kam, sah ich, dass ich mich nicht getäuscht hatte. Es war tatsächlich Hanna. Sie saß einfach ganz allein ohne Mittagessen an einem Cafeteriatisch.

»Du bist wieder da«, sagte ich.

»Hallo«, sagte sie beiläufig. Sie sah stylisch und hübsch aus in einer dunklen Jeans zu pinkfarbenem Top. Silberne Creolen hingen in ihren Ohren. Die Haare hatte sie zu einem lockeren

Zopf geflochten. »Wir mussten wegen der Arbeit meines Vaters zurückkommen.«

Einen Moment lang schwiegen wir. Ich wartete darauf, dass sie mehr sagte. Es kam aber nichts. Hinter uns ertönte das aufgedrehte Kreischen eines Mädchens in der Essensschlange.

»Ich bin so froh, dass du wieder hier bist«, sagte ich schließlich. Ich stellte meinen Rucksack auf den Boden und setzte mich an den Tisch. »Ich hab die Schule schon langsam gehasst.«

»In Utah mussten wir nicht zur Schule«, sagte sie. Ihre blauen Augen beobachteten etwas hinter mir. »Alle haben einfach nur so gewartet, auf, du weißt schon, das Ende. Aber mein Vater hatte irgendwann keine Lust mehr zu warten.«

Wir waren seit Jahren befreundet, aber jetzt erblühte eine neue Schüchternheit zwischen uns. Ich kam mir vor, als wäre sie eine Cousine zweiten Grades und wir beide auf einem Familientreffen gestrandet, zwar auf eine lose Art miteinander verbunden, aber ohne zu wissen, was wir zueinander sagen sollten.

Um uns herum brandete Kindergeschrei auf und ab wie unsichtbare Gezeiten. Hanna starrte auf den Tisch. Sie zupfte an einem Fetzen abblätternder Farbe.

Und dann knickte ich ein: »Warum hast du mir nicht erzählt, dass ihr zurück seid?«

»Wir sind erst gestern gekommen.« Sie biss sich auf die dünne Spitze ihres Daumennagels. »Oder vielleicht vorgestern.«

Ein paar Sterne hielten sich immer noch am Horizont, doch der Tag wurde von Minute zu Minute heller. Ich musste blinzeln, um Hannas Augen zu sehen.

»Warum warst du heute Morgen nicht an der Bushaltestelle?«, fragte ich.

»Ich habe bei Tracey übernachtet.«

»Wer ist Tracey?«

»Tracey Blair.«

Sie deutete auf ein weiteres mormonisches Mädchen, an das ich mich dunkel aus dem Unterricht erinnerte, das ich aber nicht kannte. Dieses Mädchen lief nun auf uns zu, die Gestalt im Dämmerlicht verschwommen. Sie brachte zwei in Plastikfolie gewickelte Burritos und zwei Flaschen Wasser mit. Als sie näher kam, wurde klar, dass sie dasselbe Outfit wie Hanna trug, dasselbe pinkfarbene Top und dieselben Silberohrringe, denselben geflochtenen Zopf auf dem Rücken.

Plötzlich war ich angespannt.

»Ihr seid Zwillinge«, sagte ich.

»Dabei war das noch nicht mal abgesprochen«, sagte Hanna. »Witzig, oder?«

»Hallo«, sagte Tracey. Sie hatte riesige braune Augen, die nie zu blinzeln schienen. Ich schloss aus ihrem kontrollierten Gang und den Schwielen an den Händen, dass sie irgendeine Art von Turnerin war.

»Tracey war auch eine Zeitlang in Utah«, sagte Hanna.

»Hallo«, sagte ich.

Tracey spuckte ihren Kaugummi aus und setzte sich. Sie schob einen Burrito über den Tisch zu Hanna hinüber.

»Siehst du?« Hanna zeigte auf die Gruppe von Schülern auf der anderen Seite des Hofs. »Verstehst du jetzt, was ich meine?«

»Total«, sagte Tracey. Sie legte den Kopf übertrieben zustimmend zurück. »Total.«

»Was denn?«, fragte ich.

»Nichts«, sagte Hanna.

Wir saßen eine Weile dort, während die Sonne in den Himmel kletterte. Hanna sprach ein bisschen über Utah. Ihr Leben dort war nicht annähernd so öde gewesen, wie ich es mir vorgestellt hatte. Sie erzählte eine komplizierte Geschichte von einem mormonischen Jungen, der neben ihrer Tante wohnte. Eines Nachts hatte dieser Junge das Fliegengitter an Hannas Fenster aufgeklappt und war in ihr Zimmer geklettert. Sie hatten sich geküsst, während ihre Schwestern schliefen.

»Wow«, sagte ich. Etwas anderes fiel mir nicht ein.

»Ich kann es immer noch nicht fassen«, sagte Tracey. »Warum ist niemand aufgewacht?«

»Ja, ich weiß.« Hannas Wangen waren plötzlich rot. Sie lächelte, versuchte aber, nicht zu lächeln. »Und wir waren im oberen Stockbett.«

Endlich fragte Hanna, wie es mir ging.

Es gab natürlich viel zu berichten. Nichts lief gut. Aber an jenem Tag fühlte sich Hanna für mich nicht wie Hanna an, und Tracey ließ ständig ihre Knöchel knacken.

»Ach, ich weiß auch nicht«, sagte ich. »Ganz gut.«

Traceys große glänzende Augen beobachteten mich eingehend. Alle paar Sekunden ertönte das Krachen ihrer kleinen Gelenke.

»Ich bin hypergelenkig«, sagte sie, als sie sich die linke Hand vornahm.

»Eigentlich«, sagte ich, »war es hier super. Echt super.«

Tracey und Hanna wechselten einen schnellen Blick.

Der Gong erklang, und Hanna stöhnte. »Mann, ich wünschte, ich wäre noch in Utah, du nicht?«

»Total«, sagte Tracey. »Total.«

Wir standen auf und wuchteten uns die Rucksäcke auf die Schultern. Die beiden entfernten sich langsam vom Tisch.

»Bis später«, sagte ich, aber sie hörten mich nicht – oder zumindest machte es den Eindruck. Sie liefen bereits zusammen auf das Labor zu, im Gleichschritt. Ich musste auch in die Richtung, aber ich nahm den langen Weg und ging allein.

Beim Fußballtraining am Nachmittag kam Hanna zu spät und sprach kaum mit mir. Es war derselbe Platz, auf dem wir früher zwischen den Übungen pausenlos getuschelt hatten, aber an diesem Tag sagte sie meinen Namen nur einmal, und nur als Stürmerin gegenüber einer Mittelfeldspielerin beim Abschlussspiel: »Julia«, rief sie, als ich den Ball am Fuß hatte. »Hier drüben, ich bin frei.«

Hinterher, als wir verschwitzt und rotgesichtig darauf warteten, von unseren Müttern abgeholt zu werden, spielte Hanna mit ihrem Telefon.

»Möchtest du dieses Wochenende zu uns kommen?«, fragte ich.

»Ich kann nicht.«

Mir gefiel nicht, dass sie beim Sprechen gar nicht von ihrem Handy aufblickte. Ich war mir sicher, dass sie Tracey SMS schrieb, die zweifellos prompt ähnliche Botschaften zurückschickte.

»Warum bist du so?«, fragte ich.

»Was meinst du?« Hanna lächelte etwas und biss sich auf die Unterlippe. Ihr langer blonder Zopf hing ihr über die Schulter. Sie sah mir nicht in die Augen. »Ich mach doch gar nichts.«

Etwas an ihrer ausweichenden Miene kam mir bekannt vor. In dem Moment erinnerte ich mich an eine blasse Rothaarige namens Alison, die vor mir Hannas beste Freundin gewesen war. Das war Jahre her, in der vierten Klasse, aber ich wusste noch, wie Alison sich manchmal auf dem Spielplatz in unserer Nähe herumgedrückt, wie Hanna sie geschnitten hatte, während wir unsere Kunststücke am Gerüst übten, wo nur Platz für zwei war. »Die nervt mich so«, hatte Hanna immer zu mir gesagt, wenn Alison sich näherte – und dann Alison mit dem gleichen falschen Lächeln angesehen, das sie mir gerade zeigte.

An jenem Abend war ich zu aufgewühlt, um einzuschlafen. Ich stand auf und zerschnitt das Armband, das ich für Hanna knüpfte. Dann steckte ich die Stücke zusammen mit dem Bettelarmband, das sie mir geschenkt hatte, in einen Schuhkarton und schob ihn in die hinterste Ecke des Schranks. Hinterher fühlte ich mich kein bisschen besser.

Die Tage vergingen. Uhrenmorgen, Uhrenabende. Dunkelheit und Licht trieben über uns hinweg wie vorbeiziehende Gewitter, nicht mehr länger an unsere Tage oder unsere Nächte gekettet. Die Dämmerung setzte manchmal mittags ein; die Sonne ging bisweilen erst abends auf und erreichte ihren höchsten Punkt mitten in der Uhrennacht. Schlafen war schwierig. Aufwachen noch schwerer. Schlaflose wanderten durch die Straßen. Und die Erde drehte sich weiter, Tag für Tag immer langsamer. Während meine Mutter Kerzen und Handbücher für Überlebenskünstler hortete, entwickelte ich eine andere Form von Überlebenskunst: Ich lernte, allein zu sein.

»Warum gehst du nicht Hanna besuchen?«, fragte meine Mutter oft nachmittags. »Sie würde sich sicher sehr freuen.«

Aber Hanna war in diesen Tagen immer bei Tracey.

»Die Uhrenzeit bleibt nicht«, sagte Sylvia bei meiner wöchentlichen Klavierstunde. Ihr Wohnzimmer leuchtete im Dunklen. Es war drei Uhr nachmittags und draußen pechschwarz. Seth erschien an dem Tag nicht zum Unterricht. Ich wusste nicht, warum, und Sylvia sagte es nicht.

»Du wirst schon sehen«, sagte sie. »Früher oder später wechseln wir zurück zur Echtzeit. Verlass dich drauf.«

Aber ich war davon nicht überzeugt. Vielmehr hatte ich so eine Ahnung, dass wir eines Tages, falls wir überlebten, Geschichten erzählen würden, wie es früher einmal auf der Erde war.

Eines, was mich beeindruckt, wenn ich an diesen Zeitraum zurückdenke, ist, wie schnell wir uns umstellten. Was einst vertraut gewesen war, wurde immer fremder. Wie eigenartig es uns bald vorkommen würde, dass unsere Sonne früher so berechenbar wie ein Uhrwerk untergegangen war. Und wie wundersam es bald scheinen sollte, dass ich einmal ein glücklicheres Mädchen gewesen war, weniger einsam und weniger schüchtern.

Aber wahrscheinlich nimmt jede vergangene Epoche einen Hauch von Mythos an.

Und mit ein bisschen Überredung kann alles Vertraute im Kopf anormal werden. Hier ist ein Gedankenexperiment. Man überlege sich dieses brutale Zauberkunststück: Ein Mensch zieht einen zweiten Menschen in einer Höhle innerhalb seines Bauchs heran; sie lässt ihm ein zweites Herz und ein zweites Gehirn, ein zweites Paar Augen und Gliedmaße wachsen, einen vollständigen Satz Körperteile wie als Ersatzteillager, und dann, nach fast einem Jahr, stößt sie das zweite schreiende Wesen aus ihrem Bauch heraus und in die Welt hinein, lebendig.

Sehr merkwürdig, nicht wahr?

Damit will ich nur sagen, so seltsam uns die neuen Tage anfangs erschienen, empfanden wir die alten Tage doch sehr schnell als noch seltsamer.

12

Bestimmte Leute hatten seit Jahrzehnten Alarm geschlagen, seit die ersten Tropfen saurer Regen fielen, seit die Dicke der Ozonschicht sich kaum merklich verringerte, seit Tschernobyl und Three Mile Island und der Ölkrise der 1970er. Die Gletscher schmolzen, und die Regenwälder brannten. Krebsraten stiegen. Gewaltige Müllteppiche trieben seit Jahren über unsere Meere. Antidepressiva schwammen in den Flüssen – und unsere Blutbahnen waren ebenso vergiftet wie die Wasserwege. Dass man die Verlangsamung noch nicht erklären konnte, war unerheblich. Das Maß war voll. Sie bezogen Stellung.

Das waren die Menschen, die sich weigerten, die Uhrenzeit einzuhalten.

Sie waren Ökos und Pflanzenheilkundler und Anhänger ganzheitlicher Medizin. Sie waren Heiler und Hippies und Veganer, Wiccaner und Gurus und Esoteriker. Sie waren Freigeister und Anarchisten und radikale Umweltschützer. Oder sie waren Fundamentalisten oder Überlebenskünstler oder Aussteiger, die bereits ohne Anschluss ans öffentliche Versorgungsnetz in der Wildnis lebten. Sie lehnten Konzerne ab. Sie standen der Regierung kritisch gegenüber. Sie waren von Natur aus oder ihrer Überzeugung folgend Querdenker.

Man wusste nicht immer, wer sie waren, zumindest am Anfang nicht. Manche behielten es für sich, solange sie konnten. Doch andere taten es kund.

Am Ende einer Klavierstunde reichte Sylvia mir einen flachen weißen Umschlag.

»Gib den bitte deiner Mutter«, sagte sie.

Seth Moreno war auch bei uns im Zimmer und wartete auf seinen eigenen Unterricht. Er hatte bisher aus dem Fenster gestarrt, aber ich spürte, dass er in unsere Richtung sah, als Sylvia von dem Umschlag sprach.

»Was ist das?«, fragte ich.

Ihre Finken waren beide tot. Der Vogelkäfig war leer. Die einzigen Geräusche kamen von den Windspielen, die auf Sylvias Veranda klirrten.

»Ich kann das nicht«, sagte sie. »Es kommt mir vor wie eine Lüge.«

In dem Brief erklärte Sylvia, warum sie die Uhrenzeit aufgab.

»Wir suchen dir eine neue Lehrerin«, sagte meine Mutter, als sie den Brief gelesen hatte.

»Aber ich will keine neue Lehrerin.«

»Warum kann sie nicht weiter zu Sylvia gehen?«, fragte mein Vater, der neben uns die Post sortierte und das meiste davon direkt in den Müll warf.

In dem Brief stand, Sylvia werde sich die größte Mühe geben, all ihren Uhrenzeitschülern entgegenzukommen.

»Ich mochte ihren Lebensstil noch nie«, sagte meine Mutter.

Sie goss Tomatensauce auf einen vorgebackenen Pizzateig. Es war einer der seltenen Uhrenabende, die wirklich dunkel waren. Ich konnte unser Spiegelbild in der Terrassentür erkennen.

»Welchen Lebensstil?«, fragte mein Vater.

Er trug noch seine Arbeitskleidung, ein weißes Hemd und

eine gelockerte gelbe Krawatte, aber die Ärmel hatte er bis zu den Ellbogen aufgekrempelt. Ich roch die Krankenhausseife an seinen Händen.

»Du weißt schon, was ich meine«, sagte meine Mutter. »Den ganzen New-Age-Quatsch.«

»Was sagst du dazu, Julia?«, fragte mein Vater. Das Namensschild steckte noch an seiner Hemdtasche: Hinter dem Plastik klemmte ein veraltetes Foto, ein junger Mann mit dichtem Haar sah mich an, genau unter dem älteren Mann, der mich ebenfalls ansah. »Magst du Sylvia nicht?«

»Ich will keine neue Lehrerin.«

»Moment mal, Joel«, sagte meine Mutter. »Moment. Du warst doch derjenige, der meinte, diese ganze Uhrensache wäre das kleinste Übel und wir würden uns daran gewöhnen und bla, bla, bla.«

»Es geht uns nichts an, wie sie ihr Leben führt«, sagte mein Vater.

»Ich besorge dir eine neue Lehrerin«, sagte meine Mutter. »Und damit Schluss.«

Nicht alle gaben den Unterricht bei Sylvia auf. Seth zum Beispiel ging noch eine Zeitlang jede Woche hin. Ich wusste nie genau, wann er käme, aber hin und wieder hörte ich in meinem Zimmer das Knirschen seines Skateboards auf dem Asphalt vor Sylvias Haus und dann sorgte ich dafür, dass ich gerade zum Briefkasten lief, wenn er wieder ging, oder lässig mit einer Sonnenbrille den Rasen sprengte, die Haare frisch zum Zopf geflochten. Manchmal nickte Seth mir zu. Manchmal nicht. Wir sprachen nie miteinander.

Tom und Carlotta, die in unserer Straße wohnten, bekannten sich sofort öffentlich zur Echtzeit. Es war wohl keine Überraschung, dass sie sich gegen die Uhrenzeit sträuben würden –

auf ihrem Dach funkelte ein Dutzend Sonnenkollektoren, und sie fuhren zwei klapprige Pick-ups mit abblätternden Peace-Zeichen und uralten, sonnengebleichten Aufklebern, die neben anderen optimistischen Träumen forderten: *Make Love Not War*. Tom war ein pensionierter Kunstlehrer, der eine Hanfkette und löchrige Jeans voller Farbkleckse trug. Carlottas langes graues Haar reichte ihr bis zur Taille, ein Schatten, vermutete ich, eines jüngeren und sexyeren Ichs.

Ein paar Tage nach der Rückkehr zur Uhrenzeit stand ein neues Schild in einer Ecke ihres Vorgartens. Es war klein und weiß und ähnelte dem vor Mr Valencias Haus, das Passanten darauf aufmerksam machte, dass das Domizil der Valencias von einer Safelux-Alarmanlage geschützt wurde. Tom und Carlottas neues Schild verkündete eine andere Botschaft: *Dieser Haushalt lebt nach Echtzeit*.

»Meine Mutter glaubt, sie sind Drogendealer«, erzählte Gabby, die gleich nebenan wohnte. Ihre Mutter, eine Anwältin, klackerte in hochhackigen Schuhen und marineblauen Kostümen durch die Gegend. »Sie glaubt, die beiden züchten massenhaft Gras in ihrem Haus.«

»Ehrlich?« Ich war an diesem Samstag bei Gabby vorbeigegangen, weil ich nichts anderes vorhatte. Wir saßen in ihrem Zimmer herum.

»Das ist natürlich totaler Schwachsinn«, sagte Gabby. »Für meine Mutter ist einfach nur jeder, der irgendwie anders ist, kriminell.«

Auf der Innenseite von Gabbys rechtem Handgelenk hatte sich Schorf in Form einer Sonne und einer perfekten Mondsichel gebildet. Als ihre Eltern die Narben entdeckt hatten, schickten sie sie zu einem Psychiater, bei dem sie nun jede Woche einen Termin hatte.

»Stell dir mal vor«, fuhr sie fort. »Ich hab so einen Typen im

Internet kennengelernt, und er glaubt, es gibt so was wie eine Revolution.«

»Was meinst du damit?«, fragte ich.

»Er meint, Millionen von Leuten werden wegen der Uhrenzeit gegen die Regierung kämpfen.«

Während wir anderen Sonnenlichtlampen erwarben und zum Schlafen in den weißen Nächten Jalousien anbrachten, versuchten mehrere tausend Amerikaner, im Einklang mit dem Tageslicht zu leben. Der menschliche Körper könne sich anpassen, behaupteten sie, gemeinsam mit der Erde. Jetzt schon stelle ihr Biorhythmus sich um, berichteten sie, dehne sich schrittweise wie Gummi. Sie schliefen einfach länger, blieben mehr Stunden wach, äßen eine vierte Mahlzeit am späten Nachmittag.

Manchmal hörte ich mitten in unserer Nacht draußen Tom und Carlotta. An sonnigen Abenden arbeiteten sie in ihrem Garten, während wir übrigen zu schlafen versuchten. Ich erinnere mich an den metallischen Klang der Gartenschere, das Schlurfen von Sandalen auf dem Bürgersteig, ihre Stimmen in der stillen Luft. Es war wie ein Spuk: zwei Zeitdimensionen, die ein und denselben Raum einnahmen.

In Naturkunde schlängelten sich in jener Woche unsere Schmetterlinge aus ihrem Kokon. Es passierte in der fünften Stunde, der letzten des Tages, aber die Sonne ging eben erst auf. Wir hatten gelernt, dass Schmetterlinge fast immer morgens schlüpfen.

»Seht ihr?«, sagte Mr Jensen, einen Kaffeebecher in der Hand. »Die kann man nicht austricksen. Sie wissen genau, dass es Morgen ist.«

Alle sahen wir ihnen zu, wie sie hüpften und flatterten und dann in den Himmel flogen. Wir wussten natürlich, was diese

Schmetterlinge nicht wussten: Wie kurz und hart ihr Leben sein würde.

Ich weiß noch, dass Mr Jensens Augen an jenem Tag rot und wässrig aussahen. Er wirkte erschöpft, sein Pferdeschwanz zottiger als sonst, sein Bart ein bisschen wilder.

Am folgenden Montag saß an Mr Jensens Metallschreibtisch eine junge Frau in einem grauen Hosenanzug. Sie hatte ihren Namen an die Tafel geschrieben: Miss Mosely. Eine Vertretung. »Eine Zeitlang«, sagte sie. »Wahrscheinlich bis zum Ende des Jahres.«

So geschah es damals manchmal – Leute verschwanden einfach.

Manche von Mr Jensens Sachen blieben noch das restliche Jahr bei uns im Klassenzimmer: seine silberne Thermoskanne, ein schlammbespritztes Paar Wanderschuhe, eine zusammengeknüllte blaue Windjacke im Regal. Einige unserer selbstgebastelten Sonnenuhren standen bis Juni auf der Fensterbank und zeigten andauernd fantastische Zeiten an. Ein Schmetterlingskokon blieb sauber verkapselt im Terrarium, da sein Bewohner nie hervorkam, und wurde Wochen später von Miss Moselys Skalpell von der Decke geschabt und zusammen mit den Scherben eines zerbrochenen Becherglases in den Abfall geworfen.

Den Grund für Mr Jensens Abschied erfuhren wir nie. Aber es verbreitete sich ein Gerücht, er sei von der Uhr abgegangen. Und im Gegensatz zu den früheren Behauptungen, Mr Jensen verbringe seine Nächte in einem Schlafsack unter dem Schreibtisch, ahnte ich, dass dieses neue Gerücht stimmte.

Wir sahen Mr Jensen nie wieder, aber Sylvia traf ich noch gelegentlich auf unserer Straße.

Sie hatte die meisten ihrer Schüler verloren, und ich machte mir Sorgen um sie. Aber aus der Ferne wirkte sie immer noch ganz fröhlich, sie winkte mir oft aus ihrer Einfahrt zu, wenn sie Stofftaschen vom Bioladen aus dem Auto holte oder zum Joggen ging, die roten Haare in der Brise hinter sich herwehend.

Doch ich wusste, dass ihr Leben zu dieser Zeit kompliziert gewesen sein musste. Immerhin richtete sich fast alles nach der Uhr. Es waren nicht nur die Schulen, sondern auch die Ärzte und die Apotheken und die Autowerkstätten, die Supermärkte und die Fitnessstudios, die Restaurants und die Kinos und die Einkaufszentren. Zwangsläufig mussten Sylvia und die anderen Echtzeiter bestimmte Aspekte ihres Lebens auf unseres eingestellt haben – oder sie verzichteten einfach auf gewisse Dinge.

Und es muss mit jeder Woche schwieriger geworden sein, da die Erde weiterhin langsamer wurde und die Tage sich weiterhin verlängerten.

13

In den ersten Wochen nach Uhrenzeit schnellte der Absatz verschreibungspflichtiger Schlaftabletten in die Höhe. Die Hersteller von Jalousien konnten mit der Nachfrage nicht Schritt halten. Schlafmasken waren auf Monate hinaus nicht lieferbar. Es gab einen Ansturm auf Baldrian und andere pflanzliche Schlafmittel. Manchen Supermärkten ging der Kamillentee aus.

Auch der Verkauf von Alkohol und Zigaretten steigerte sich. Und es gibt Hinweise darauf, dass der Drogenhandel durch die Uhrenzeit ebenfalls florierte. Städtische Polizeidienststellen berichteten von starkem Anstieg des Grammpreises aller Substanzen, mit denen sich Menschen betäuben konnten.

In manchen Landesteilen gingen die Leute dazu über, in den hellsten der weißen Nächte in Kellern zu schlafen, aber die meisten kalifornischen Häuser waren ohne Wurzeln gebaut, wodurch wir über der Erde im Licht festsaßen.

Einige Uhrennächte fielen natürlich immer noch mit der Dunkelheit zusammen, aber eine vollständige Überschneidung war selten. Wann immer tatsächlich eine lichtlose Nacht vorkam, schliefen wir, so viel wir konnten. Doch es reichte nie aus. Wir waren wie Wanderer in einer Wüste, beschenkt mit einem kostbaren Wolkenbruch, aber nicht in der Lage, den Regen aufzufangen.

Meine Mutter hatte noch nie gut geschlafen. Die Schlaflosigkeit lag ihr im Blut. Nach Uhrenzeit konnte sie sich nur hinlegen, wenn es richtig dunkel war. Ich hörte sie oft spät in hellen Nächten in der Küche, das Pfeifen des Teekessels, die gedämpfte Musik des leise gestellten Fernsehers. Manchmal schrubbte sie die ganze Nacht die Badezimmer, und der Geruch von Kiefern und Bleiche sickerte unter meiner Zimmertür durch. Auch ich lag an manchen dieser Abende wach. Ein dünnes Lichtquadrat leuchtete um die Ränder der Steppdecken herum, die wir vor meine Zimmerfenster genagelt hatten. Man merkte immer, wenn draußen Tageslicht herrschte. Man wusste es einfach.

Mein Vater hingegen schlief gut. Er kaufte meiner Mutter alle möglichen Geräte. Ein spezieller Apparat, halb Höhensonne, halb Wecker, sollte den Effekt des Sonnenuntergangs durch das langsame Abdunkeln der Glühbirne nachahmen. Ein brandneuer Geräuschgenerator auf ihrem Nachttisch erzeugte den entspannenden Klang von Meeresbrandung und Wasserfällen, von in Baumkronen rauschendem Wind.

Aber nichts funktionierte bei meiner Mutter.

Ich weiß nicht, wie sie wach blieb, um ihren Unterricht zu halten oder die Proben für ihre Studenteninszenierung von Macbeth zu leiten.

Die Haut unter ihren Augen nahm ein schattiges Grau an. Und sie brach bei den winzigsten Anlässen in Tränen aus. »Ich weiß auch nicht, warum ich weine«, sagte sie dann, während sie ein zerbrochenes Glas aufkehrte oder sich einen gestoßenen Zeh rieb. Sie wischte sich mit dem Handrücken über die Augen. »Eigentlich finde ich das gar nicht so schlimm.«

Einmal fand ich sie schluchzend im Badezimmer; sie kauerte über einem Fläschchen flüssigem Make-up, das auf den weißen Fliesen aufgeplatzt war und dessen Inhalt langsam über den Boden floss. Ihr Rücken krümmte und schüttelte sich beim Weinen. Es war die zwanzigste Stunde Tageslicht.

Unterdessen litten die Vögel weiter. Ich hatte mir nie Gedanken gemacht, wie viele unter uns lebten, bis sie vom Himmel stürzten. Einmal legte sich ein ganzer Starenschwarm gemeinsam zum Sterben auf die Straße bei unserer Schule. Der Verkehr wurde umgeleitet, während ein Spezialteam die Kadaver beseitigte. Die Fliegen schwirrten noch stundenlang herum.

Als wir eines dämmrigen Nachmittags aus dem Schulbus stiegen, fanden wir einen kleinen Spatz, halb tot, mitten auf dem Bürgersteig. Einige von uns hockten sich um ihn herum, während der Bus wegfuhr. Der Vogel atmete, bewegte sich aber ansonsten nicht.

Ich berührte ihn am Rücken. Ich streichelte ihn, so sanft ich konnte. Gleichzeitig spürte ich die Schatten der anderen Kinder neben mir, die mich beobachteten.

»Vielleicht braucht er Wasser«, sagte jemand hinter mir. Ich war überrascht, Seth Morenos Stimme zu hören. Normalerweise fuhr er sofort auf seinem Skateboard weg, wenn er aus dem Bus kam. »Hat jemand Wasser dabei?«, fragte er.

»Ja, ich.« Ich zog eine halb leere Flasche aus meiner Schultasche, und ich war froh, in diesem einen Moment das Eine liefern zu können, was Seth haben wollte.

Unsere Finger streiften sich, als ich ihm die Flasche gab. Er schien es nicht zu bemerken.

Trevor opferte seine Zahnspangendose, und Seth goss Wasser für den Vogel hinein.

Wir starrten den Spatz an. Wir warteten. Er atmete weiter, ein schnelles, unregelmäßiges Erschauern, aber er reagierte nicht auf das Wasser. Er reagierte überhaupt nicht. Hinter uns ging die Sonne unter, und das orangefarbene Licht schimmerte hell auf seinem Gefieder.

Ich sah Seth dabei zu, wie er dem Vogel zusah. Er war nur ein paar Schritte von mir entfernt, aber ich spürte eine gewaltige Kluft zwischen uns. Ich hatte keine Ahnung, was er dachte.

Da stürmte plötzlich Daryl in den Kreis, vielleicht gelang es dem Ritalin in seinen Adern nicht, seine Triebe zu unterdrücken. Er packte den kleinen Vogel mit den bloßen Händen und rannte damit weg.

»Daryl«, riefen wir alle. »Lass ihn in Ruhe!«

Seth lief ihm nach, raste auf den Rand des Canyons zu.

Das Nächste passierte schnell: Ehe Seth Daryl einholen konnte, riss dieser den Arm zurück wie ein Baseball-Werfer und schleuderte den Vogel hoch in den Himmel über der Schlucht.

Es war damals eine Zeit in meinem Leben, als jeden Tag Dinge geschahen, die noch einen Tag vorher unmöglich erschienen wären – und das hier war wieder so ein Ereignis. Ich erinnere mich noch an den langen Bogen des Vogels durch die Luft. Ich wartete darauf, dass seine Flügel sich ausbreiten und den Wind einfangen würden. Aber er fiel auf den Grund des Canyons wie ein Stein.

»Du Arschloch!«, brüllte Seth.

»Der wäre doch sowieso gestorben«, sagte Daryl.

Da zerrte Seth Daryl seinen Rucksack von den Schultern und warf ihn in dieselbe Richtung, in die Daryl zuvor den Vogel geworfen hatte. Alle beobachteten, wie der Rucksack hochflog und dann mit flatternden Riemen abstürzte, genau wie wir den Vogel beobachtet hatten.

Daryl stand einen Moment lang am Rand des Canyons und starrte nach unten.

Ich empfand Seth gegenüber riesengroße Dankbarkeit. Doch

während ich noch überlegte, was ich sagen könnte, sprang er schon auf sein Skateboard und sauste davon, legte sich heftig in die Kurve, die ihn außer Sicht führte.

Bald zerstreuten uns auch wir anderen. Tag für Tag gewöhnten wir uns mehr an die kleinen Schrecknisse des Lebens. Man konnte nichts tun, als nach Hause zu gehen.

Ungefähr um diese Zeit erfuhren wir, dass der Krebs sich auf die Knochen von Seths Mutter ausbreitete, und Seth kam nicht mehr zur Schule. Ich hörte, sie starb zu Hause, mitten in einer langen, weißen Nacht.

Ich verfasste einen Beileidsbrief auf einer der Grußkarten meiner Mutter, auf deren Vorderseite Van Goghs *Sternennacht* glänzte. Ich wollte etwas Wichtiges und Richtiges übermitteln. Aber schnell strich ich alles wieder durch und zog eine neue Karte aus der Schachtel. Dieses Mal schrieb ich nur einen Satz, vier Worte: *Es tut mir leid.* Ich setzte meinen Namen darunter und steckte sie in den Briefkasten.

14

Ende November hatten unsere Tage sich auf vierzig Stunden ausgedehnt.

Es war eine Zeit der Extreme. Jedes Mal, wenn sie aufging, brannte die Sonne noch länger, heizte unsere Straße auf, bis man sie barfuß nicht mehr betreten konnte. Regenwürmer verbrutzelten auf Terrassen. Blumen verwelkten in ihren Beeten.

Und die Phasen der Dunkelheit schleppten sich, wenn sie kamen, genauso dahin wie das Tageslicht. Die Luft kühlte sich während der zwanzig Nachtstunden ab wie das Wasser am Grunde eines Sees. In ganz Kalifornien erfroren Trauben an den Rebstöcken, Orangenhaine verkümmerten im Dunklen, das Fleisch von Avocados wurde schwarz von den Frösten.

Dutzende experimenteller Biosphären wurden für den Anbau lebensnotwendiger Nutzpflanzen in Auftrag gegeben, und die Samen von tausend empfindlichen Spezies wurden eilig in eine Saatbank nach Norwegen geschafft.

Einige Wissenschaftler mühten sich ab, das künftige Tempo der Verlangsamung zu berechnen und ihre sich vervielfachenden Auswirkungen aufzuzeigen, während andere den Standpunkt vertraten, die Welt könne immer noch von allein wieder ins Lot kommen. Aber manche verzichteten lieber auf jegliche Prognose und verglichen diese neue Wissenschaft mit der Vorhersage von Erdbeben oder Gehirntumoren.

»Wird es uns ergehen wie den Vögeln?«, fragte ein uralter Klimaforscher in einem Interview in den Abendnachrichten. Seine dunklen Augen schmiegten sich in dicke Falten sommersprossiger Haut. »Vielleicht ja«, sagte er. »Ich weiß es einfach nicht.«

Aber Adrenalin klingt, wie jede andere Droge, ab. Und Panik überschreitet irgendwann, wie jede andere Flut, ihren Höhepunkt. Sechs oder sieben Wochen nach dem Beginn der Verlangsamung breitete sich eine gewisse Langeweile aus. Die tägliche Zählung neuer Minuten verschwand von den Titelseiten der Zeitungen. Und Fernsehberichte zum Thema waren kaum noch unterscheidbar von den normaleren schlechten Nachrichten, die jeden Abend in unsere Wohnzimmer strömten und weitgehend unbeachtet blieben.

Die wenigen Menschen, die sich gegen die Uhrenzeit entschieden hatten, machten weiter, lebten wie Sojasprossen, reagierten auf Sonnenlicht, wenn es auftauchte, und verfielen in einen Schlummerzustand, sobald unser Fleckchen Erde in die Dunkelheit rutschte. Jetzt schon erschienen uns diese Echtzeiter sehr fremd, ihre Gebräuche unvereinbar mit unseren. Sie wurden allgemein als Freaks betrachtet. Wir verkehrten nicht mit ihnen.

Die Handvoll, die in unserer Straße wohnte, wurde in jenem Herbst nicht auf die Gästeliste des Straßenfestes aufgenommen, das jedes Jahr am Abend vor Thanksgiving auf dem Platz am Ende unserer Sackgasse veranstaltet wurde. Orangefarbene Flugblätter wurden vor alle Türen außer ihren gelegt.

Später in derselben Woche enthüllte ein Sonnenaufgang hundert Streifen Toilettenpapier, die an Sylvias Olivenbaum flatterten. Tom und Carlottas Haus war dieselbe Behandlung zuteilgeworden. Ich beobachtete Sylvia von meinem Zimmer aus, als sie vorsichtig das Papier aus ihren Rosensträuchern zupfte. Sie machte eine kurze Pause, die Hände in den Hüften, und sah sich unter dem breiten Rand ihres Strohhutes um, als schlichen die Übeltäter vielleicht noch in der Nähe herum. Dann holte sie eine Trittleiter aus ihrer Garage. Aber sie konnte nicht jedes Stückchen erreichen. Wochenlang noch hingen Toilettenpapierfetzen in den höchsten Ästen.

Die Familie Kaplan wurde irgendwann geoutet. Sie hatten sich um ihres Sabbats willen, der an jedem siebten Tag von Sonnenuntergang bis Sonnenuntergang dauerte, von der Uhrenzeit gelöst, es aber vor der Nachbarschaft geheim gehalten. Sobald es heraus war, wurde die älteste Tochter Beth nie wieder gebeten, das Kleinkind der Swansons zu babysitten. Und wir hatten noch seltener mit ihnen zu tun als vorher.

Damals verbrachte ich viel Zeit damit, Sylvia durch mein Teleskop zu beobachten.

In weißen Nächten sah ich sie möglicherweise mitternachts ihre Rosen gießen oder um drei Uhr Nudeln in einen Topf stecken. Manchmal ging sie allein in der stillen Nacht spazieren.

Sie wirkte noch isolierter als die anderen Echtzeiter. Sie war immer allein. Manchmal, wenn ich nicht schlafen konnte, sah ich ihr durch mein Teleskop beim Klavierspielen zu. Ich war überzeugt, in dem leichten Hängen ihrer Schultern und der mühsamen Haltung ihres Kopfs eine gewisse anhaltende Traurigkeit zu entdecken. Durch die Linse meines Teleskops sah sie einsam aus, wie einer dieser fernen Sterne, die für unser Auge zwar noch sichtbar, aber nicht mehr wirklich da waren. Sie sah sogar einsamer aus, als ich es war.

Manche Katastrophen entwickelten sich zu Attraktionen. Mein Vater und ich fuhren hin und wieder an die Küste, um uns anzusehen, was mit den Häusern am Strand passiert war, die leer standen, seit die Verlangsamung auf mysteriöse Weise die Gezeiten verstärkt hatte. Bei Flut schwappten Wellen über die Dächer, und die Firste bildeten eine geometrische Küstenlinie, während Taucher heimlich das Innere nach Schätzen durchkämmten. Bei Ebbe tropften und knarrten diese Villen wie freigelegte gesunkene Schiffe. Es waren prächtige Gebäude, die Häuser von Filmstars und Millionären. Aber das Meer hatte sie in rasender Geschwindigkeit altern lassen. Sämtliche Fenster waren aus den Rahmen geplatzt und würden eines Tages stückchenweise am Strand angespült, glattgeschliffene Scherben, die sich mit den Muscheln vermischten.

Die Strände waren seit der Verlangsamung gesperrt. Aber mein Vater ging gern bei Ebbe auf Erkundung.

»Komm schon«, sagte er eines Sonntags, als ich in der Einfahrt einer verlassenen Villa zögerte. Etliche Meter Absperrband flatterten im Wind. Niemand sonst war in der Nähe. Selbst die Möwen waren fort, die Krankheit hatte sie alle weggefegt.

Das Haus war riesig. Die Schindeln waren vom Wasser wellig geworden, und die Eingangstür fehlte. Den Großteil der Einrichtung hatten die Wellen herausgespült. Alles im Inneren war grau. Eine ganze Wand war verschwunden; das Wohnzimmer blickte aufs Meer wie eine offene Garage.

»Sieh dir die an«, sagte mein Vater. Er war auf dem durchweichten Teppich in die Hocke gegangen, um Sandkrabben zu beobachten, die sich in den dort angesammelten Schlamm buddelten. »Möchtest du mal eine in der Hand halten?«

Er sah aus wie ein Muschelfischer mit seiner bis zu den Knien hochgekrempelten Hose.

»Nein, danke«, sagte ich.

Eine extrem niedrige Ebbe hatte das Wasser an jenem Morgen mehr als hundert Meter vom Strand weggesaugt. Ich sah, dass es auf dem Rückweg war. Kleine Wellen plätscherten bereits auf die Überreste der Veranda.

»Die Flut kommt«, sagte ich.

»Wir haben noch Zeit«, sagte mein Vater. »Komm mit.«

Es gab noch reichlich Leben in dem Haus. Seesterne klammerten sich an Granitplatten, und Seeanemonen wohnten in den Spülbecken.

»Pass auf, wo du hintrittst«, sagte mein Vater, als wir durch einen Flur liefen.

Die Fußböden waren mit Treibholz und Algen und Glasscherben übersät.

»In dem Haus hier war ich schon mal, vor Jahren«, erzählte mein Vater. Er blinzelte im Sonnenlicht. Erst vor kurzem war mir aufgefallen, wie viele Falten sich um seine Augen bildeten, wenn er lächelte. »An Weihnachten, mit meiner damaligen Freundin. Das Haus gehörte ihren Eltern.«

Ein schäumender Wasserschwall rauschte in den Raum. Es stand uns sofort bis zu den Knöcheln. Meine Sandalen fühlten sich unter dem Gewicht des kalten Wassers schwer an.

»Bitte, Papa.« Ich blickte im Flur zurück. Eine Schicht Weißwasser wirbelte über die Holzdielen. Zwei Halbwüchsige waren kürzlich genau auf diese Weise in einem der alten Häuser weiter oben an der Küste ertrunken. »Können wir jetzt gehen?«

»Hier stand ein riesengroßer Weihnachtsbaum.« Mein Vater deutete mit beiden Händen die Breite an. Er brüllte inzwischen fast, um das Wasser zu übertönen. »Und da drüben ein Flügel. Wir hätten beinahe geheiratet, meine Freundin und ich. Das war natürlich, bevor ich deine Mutter kennenlernte.«

Mit jeder neuen Welle stieg das Wasser höher. Eine kleine Plastikflasche trieb nun im Zimmer.

»Papa«, sagte ich. »Im Ernst.«

»Du wirst es sehen, wenn du älter bist. Du wirst nicht glauben, wie schnell die Zeit vergeht. Es kommt mir vor, als wäre ich eben erst hier gewesen, dabei ist es zwanzig Jahre her.«

Die Flut stand mir inzwischen bis zu den Waden. Ich spürte das starke Ziehen des Wassers auf der Haut, und es machte mir Angst.

»Können wir jetzt bitte gehen?«

»Na gut«, sagte er. »Von mir aus. Gehen wir.«

Zusammen wateten wir durch das Haus zurück und in die Einfahrt. Mein Vater entdeckte eine Möwe, als wir hoch zur Straße kletterten.

»Schau mal«, sagte er blinzelnd. Ich hatte seit Wochen keine lebendige gesehen. In dem Moment schien es wirklich verblüffend, dass es je ein Geschöpf mit der Fähigkeit zu fliegen gegeben hatte.

Meine Jeans klebte an meinen Oberschenkeln. Das ganze Auto stank nach Salzwasser.

»Früher warst du viel mutiger, weißt du«, sagte mein Vater, als er den Motor anließ. »Ehrlich. Du wirst langsam so schlimm wie deine Mutter.«

Und er hatte Recht: Ich machte mir ständig Sorgen, war immer auf der Hut vor großen und kleinen Katastrophen, vor den Enttäuschungen, die ich inzwischen überall um uns herum ahnte, verborgen durch ihre Offensichtlichkeit.

15

Es geschah in der Dunkelheit: Das Vorbeihuschen der Scheinwerfer, das rasche Zuschlagen von Autotüren, die lautlos am Ende der Straße blitzenden roten Lichter.

Von meinem Fenster aus sah ich drei Streifenwagen in einer krummen Reihe vor Tom und Carlottas Haus parken. Meine erste Sorge war aus unerfindlichen Gründen, es wäre ein Mord geschehen. Durch das Teleskop entdeckte ich Gabbys Mutter in einem Hosenanzug, die Arme verschränkt und das Gesicht von den Lichtern rot erleuchtet, am Ende ihrer Auffahrt stehen und forschend das Nachbarhaus betrachten. Ich kniete mich auf den Teppich und wartete. Minuten vergingen. Es war vier Uhr nachmittags nach Uhrenzeit, aber es war mitten in der natürlichen Nacht. Der Himmel war schwarz und klar, der Mond zeigte sich von seiner schlanksten, zierlichsten Seite. Die Grillen summten, ein Hund bellte, eine Brise raschelte in den Eukalyptusbäumen.

Schließlich kam eine Frau in Weiß aus dem Haus, gespensterhaft: Carlotta in einem Nachthemd, die langen grauen Haare offen über den Schultern. Neben ihr lief einer der Polizisten, er hatte den Arm auf ihren gelegt. Tom schlurfte hinter ihnen her, die weißen Haare vom Schlaf zerzaust.

Sowohl Ehemann als auch Ehefrau trugen Handschellen.

Erst später erfuhr die Nachbarschaft die Einzelheiten des

Verbrechens. Ein Team von Polizisten schleppte am nächsten Tag drei Stunden lang dutzende von Topfpflanzen aus Tom und Carlottas Bungalow in einen riesigen weißen Lieferwagen. Die Pflanzen waren blättrig und grün, übernatürlich gesund. Sie hatten ihr ganzes Leben im Haus verbracht, bestrahlt von Wachstumslampen, die – wie wir später hörten – von den auf den Dachschrägen glitzernden Sonnenkollektoren gespeist wurden. Polizeibeamte stapften über den Rasen hin und her, packten ein, was sie konnten, schaufelten sogar den Komposthaufen in drei dicke schwarze Säcke. Als die Arbeit endlich erledigt war, bemerkte ich, dass das kleine Schild im Vorgarten umgekippt war und seine Botschaft nun in den Himmel sandte: *Dieser Haushalt lebt nach Echtzeit.*

Laut einem Gerücht, das nach der Verhaftung die Runde machte, hatten Tom und Carlotta seit Jahren unentdeckt Marihuana angepflanzt. Aber die Polizei hatte vor kurzem einen anonymen Hinweis von einem Nachbarn bekommen. Das Timing warf schon die Frage auf, ob der Anrufer nicht zumindest teilweise von einer gewissen anderen Lebensentscheidung motiviert gewesen war, die Tom und Carlotta getroffen hatten. Es war nicht abzustreiten: Die Echtzeiter machten uns nervös. Sie schliefen zu oft, während wir anderen arbeiteten. Sie gingen aus dem Haus, wenn alle anderen schliefen. Sie stellten eine Bedrohung der sozialen Ordnung dar, sagten einige, die ersten kleinen Krümel eines bevorstehenden Zerfalls.

Ich sorgte mich mehr und mehr um Sylvia.

Unterdessen verließen die ersten Echtzeiter die Städte und Vororte. Sie tauchten gruppenweise in provisorischen Gemeinden in den Wüsten und Wäldern dieses Landes auf. In jenen Anfangstagen waren sie eine winzige, lose organisierte Minderheit, vereinzelte Schattengesellschaften, die frühesten Vertreter einer Bewegung.

16

Anfang Dezember, drei Wochen vor Weihnachten, hatten sich die Tage auf zweiundvierzig Stunden aufgebläht. Es waren Veränderungen in den Meeresströmungen festgestellt worden. Gletscher schmolzen noch schneller als vorher. Einige seit langem untätige Vulkane hatten zu blubbern und zu dampfen angefangen. Es gab Berichte, dass Wanderwale nicht auf Wanderung gingen, sondern in kühlen nördlichen Gewässern blieben. Ein paar abtrünnige Experten gaben uns nur noch wenige Monate zu leben, aber sie wurden weitestgehend als Extremisten abgetan – als könnte etwas so Extremes unmöglich zutreffen.

Doch bunte Weihnachtslichter blinkten wie gewöhnlich auf den Dächern unserer Nachbarschaft, und Mr Valencia baute dieselbe lebensgroße animatronische Krippe in seinem Vorgarten auf wie jedes Jahr um diese Zeit. Wälder von Weihnachtsbäumen sprossen auf freien Flächen und Supermarktparkplätzen. All die üblichen Lieder plätscherten durch die Regalreihen von Drogerien und Kaufhäusern, begleitet von Sorgen über die Entwicklung des Weihnachtsgeschäfts.

Meine Mutter und ich backten einen ganzen Nachmittag lang Weihnachtsplätzchen.

»Es tut gut, etwas Normales zu machen«, sagte sie, während sie den Teig mit einem Nudelholz ausrollte. Eine dunkle

Strähne fiel ihr immer wieder übers Ohr ins Gesicht. Ich war froh, dass ihre Haare wieder den gewohnten Ton hatten. Sie hatte endlich das Grau überfärbt.

Die Weihnachtszeit hatte meine Mutter fröhlich gemacht. Allerdings hatte nach meinem Empfinden ihr Eifer bei der Wahl der idealen Edeltanne, dem Aufhängen des Lamettas und dem Verpacken der Geschenke, dem täglichen Öffnen des Adventskalenders in jenem Jahr etwas Exzessives. In ihrer heiteren Stimmung schwang unterschwellig eine Angst mit, als vollzögen wir jedes unserer jährlichen Rituale zum allerletzten Mal. Ich merkte es an ihrem ständigen Glattstreichen des Weihnachtstischläufers, am Kleben einer Weihnachtsmann-Keksdose aus Porzellan, die jahrelang kaputt im Schrank gelegen hatte. Es zeigte sich in der Art, wie sie sich tief auf das Linoleum des Supermarkts kauerte, um das unterste Regal nach den Silberperlen abzusuchen, mit denen wir jedes Jahr unsere Plätzchen verzierten, die der Supermarkt aber nicht mehr führte.

»Dinge verändern sich«, sagte sie. »Aber nicht alles muss sich verändern.«

Als das letzte Blech mit Plätzchen aus dem Ofen kam, füllten wir eine ganze Dose für meinen Großvater und teilten dann den Rest für Lehrer und Freunde auf.

»Bringen wir doch Sylvia auch welche«, schlug ich vor. Ich lehnte an der Arbeitsplatte, ein buttriger Löffel Teig zerging in meinem Mund. Die letzten Sterne kühlten auf einem Gitter aus.

»Lieber nicht«, sagte meine Mutter. Sie wickelte jede Portion Plätzchen in grünes und rotes Zellophan, ihre Finger bewegten sich behutsam, um den Zuckerguss nicht zu beschädigen.

»Warum nicht?«, fragte ich.

»Das ist keine gute Idee.«

Beide Katzen tauchten plötzlich an der Küchentür auf und kratzten wie wild an der Scheibe. Sie hatten eine Schwäche für

Süßes, und sie durften erst hereinkommen, wenn die Rührschüsseln abgespült, die Ausstechförmchen gereinigt, der Spritzbeutel ausgeleert und weggeräumt worden war.

»Aber warum nicht?«, fragte ich noch einmal.

»Die Plätzchen reichen nicht, um jedem, den wir flüchtig kennen, welche zu schenken.«

Meine Mutter hatte mir nie verboten, mit Sylvia oder den anderen Echtzeitern zu sprechen. Es wurde nie explizit ausgesprochen. Aber das war auch nicht nötig. Ich verstand sehr gut, dass ich Abstand zu ihnen halten sollte, besonders zu Sylvia. Und meistens tat ich auch genau das.

Doch Sylvia tat mir leid, und deshalb holte ich später an diesem Tag, als der Ofen kalt und die Küche aufgeräumt war und meine Mutter auf der Couch schlief, eine Handvoll Kekse aus der Speisekammer, band eine rote Schleife darum und verließ das Haus.

Ich wartete lange vor Sylvias Tür, bis sich endlich der Knauf drehte und eine schläfrige Sylvia in einem lila Seidenmorgenmantel erschien. Sie sah ballerinadünn aus, wie sie so im Türrahmen lehnte, die Haare zu einem lockeren roten Knoten geschlungen. Für mich war schon fast Abendessenszeit, aber die Sonne stand hoch am Himmel – später Vormittag des natürlichen Tages.

»Fröhliche Weihnachten«, sagte ich und gab ihr die Plätzchen.

»Das ist sehr nett, Julia«, sagte sie mit einer Stimme, an die ich nicht gewöhnt war, einem schweren, tiefen Kratzen. »Entschuldige.« Sie räusperte sich ausgiebig. »Tut mir leid. Ich hab heute noch mit niemandem gesprochen.«

Für mich war das ein weiterer Beweis dafür, wie allein sie war, als riskierte ein Mensch, wenn er zu lange zurückgezogen lebte, nicht nur das Bedürfnis, zu sprechen, sondern auch die Fähigkeit dazu.

Mir kam es vor, als wären sogar ihre Bewegungen, wie ihre Tage, langsam geworden, das gemächliche Heben einer Hand, um eine Haarsträhne zurückzustreichen, oder das bedächtige Senken ihres Kopfs, wenn sie nickte. Mir wurde bewusst, dass ich fast zwei Tage für jeden von ihren lebte. Auf lange Sicht würde Sylvia, wenn sie so weitermachte, um Monate hinter uns zurückfallen und dann um Jahre.

Ich spähte über Sylvias Schulter ins Haus.

»Haben Sie keinen Weihnachtsbaum?«, fragte ich.

»Ach«, sagte sie. »Ich hatte dieses Jahr keine Lust, mich mit alldem zu befassen.«

Ihre Windspiele aus Muscheln klapperten leise über meinem Kopf.

»Danke noch mal«, sagte sie und schloss langsam die Tür. »Pass auf dich auf, Julia. Vergiss nicht, zu üben.«

Ein paar Tage später hielt ein Lieferwagen vor Sylvias Haus. Zwei junge Männer mit dicken grünen Handschuhen klappten schwungvoll die Hecktür auf und brachten einen Weihnachtsbaum zum Vorschein, den sie vorsichtig die Rampe hinunterrollten. Es war einer mit Wurzeln. Er wurde in einem Tontopf geliefert und sollte in den Garten gepflanzt werden, wenn man ihn nicht mehr brauchte. Sylvia schleppte ihn selbst ins Haus. Sie stellte ihn in ihrem Wohnzimmer auf und ließ ihn dort einfach stehen, unbeleuchtet und ungeschmückt. Aber es schien besser als nichts. Ihr Haus sah etwas weniger traurig aus.

Am selben Tag kehrten Tom und Carlotta zurück, auf Kaution entlassen. Sie warteten auf ihren Prozess.

»Wie lange müssen sie ins Gefängnis, glaubt ihr?«, fragte ich meine Eltern an jenem Abend. Mein Großvater war zum Essen gekommen.

»Das hängt davon ab«, sagte meine Mutter. »Wahrscheinlich lange.«

»Was haben sie angestellt?«, fragte mein Großvater. Er nahm einen zittrigen Schluck Milch.

»Sie hätten diese armen Leute in Ruhe lassen sollen«, sagte mein Vater. Es war sein freier Tag, aber er war schön angezogen: frisch rasiert, Hemd.

»Ich weiß immer noch nicht, was sie gemacht haben.« Mein Großvater sprach jetzt lauter als vorher. Er nahm einen großen Bissen Lachs und sah mich beim Kauen fragend an. »Julia, weißt du es?«

»Drogen, Gene«, sagte meine Mutter. »Sie haben Drogen angepflanzt.«

Mein Großvater hustete und spuckte etwas in seine Serviette. Dann hielt er eine winzige Gräte, so dünn wie eine Faser, ins Licht.

»Wem haben sie denn geschadet?«, fragte mein Vater.

»Du hast nicht gesehen, wie viel Gras sie aus diesem Haus geholt haben«, sagte meine Mutter. Sie sah mich an. »Es ist nun mal verboten.«

Mein Vater schaufelte sich den Rest von seinem Lachs in den Mund, ohne aufzublicken. Meine Mutter goss sich ein Glas Rotwein ein. Unser Weihnachtsbaum funkelte neben uns, und in der folgenden Stille konnte ich das Arbeiten der Lichterkette hören, ein hauchzartes metallisches Klicken.

Nachdem er meinen Großvater nach Hause gefahren hatte, wurde mein Vater unerwartet in die Klinik gerufen: eine komplizierte Geburt, das Krankenhaus war knapp besetzt.

Meine Mutter und ich saßen eine Zeitlang auf dem Sofa und sahen uns eine Sendung über einen der letzten isolierten Stämme des Amazonas an. Erst kürzlich hatte sich die ganze Gruppe den brasilianischen Behörden am Rande des Regenwalds gestellt, weil sie davon überzeugt war, dass die Brasilianer nicht nur fliegen konnten – seit Jahrzehnten überquerten Flugzeuge den Himmel des Stammes –, sondern nun auch noch die Herrschaft über Sonne und Mond übernommen hatten.

Meine Mutter rutschte unter ihrer Decke herum. Es war ein dunkler Abend. Das Haus war kalt.

»Ich finde, wir beide sollten uns mehr unterhalten«, sagte sie.

Ich wurde stocksteif.

»Wie meinst du das?«, fragte ich.

Sie richtete die Fernbedienung auf den Bildschirm, und der Ton verebbte.

»Was ist zum Beispiel mit Jungs?«

»Was?«

Sie sah mich von der Seite an, und ich wandte den Kopf ab. Eine Zimt-Weihnachtskerze flackerte auf dem Couchtisch, und ich starrte in die Flamme.

»Ich höre dich nie über die Jungs in der Schule reden.«

»Warum sollte ich denn über die reden?«

Seth Moreno hatte ich eine Weile nicht mehr gesehen, und ich befürchtete, er wäre endgültig weg. Michaela hatte gehört, er und sein Vater seien nach dem Tod seiner Mutter in eine Echtzeitkolonie gezogen.

»Sprichst du überhaupt mal mit Jungs?«

»Mama«, sagte ich. »Du bist komisch.«

»Interessierst du dich denn für irgendeinen?«, ließ sie nicht locker.

Überall auf der Welt machten die Leute verrückte Sachen. Jeder ging neue Risiken ein, große Wagnisse. Aber ich nicht. Ich schwieg. Ich hütete meine Geheimnisse.

»Ich bin echt müde«, sagte ich. »Ich geh ins Bett.«

»Noch nicht«, bat meine Mutter. »Bleib noch ein bisschen

bei mir hier unten. Wir können auch über etwas anderes sprechen.« Sie machte eine Pause. »Bitte.«

Ich konnte mich nicht mehr erinnern, wie die Augen meiner Mutter vor der Verlangsamung ausgesehen hatten. Waren sie schon immer so rot am Rand gewesen? Diese Tränensäcke unter den Wimpern waren doch auf jeden Fall neu. Sie schlief immer noch schlecht, aber vielleicht war es auch einfach das Alter, eine allmähliche Veränderung, die mir bisher nicht aufgefallen war. Manchmal spürte ich den Drang, neuere Fotos von ihr zu betrachten, um den genauen Zeitpunkt zu ermitteln, seit dem sie so müde aussah.

Manche Echtzeiter behaupteten steif und fest, die Zeit wirke sich mittlerweile auf sie anders aus als auf uns übrige, nach Echtzeit lebende Körper alterten weniger schnell. Die Vorstellung etablierte sich in Hollywood in Form einer Antiaging-Maßnahme, die in dieser Welt als *Slow Time Cure* bekannt wurde. Es hatte etwas mit dem Stoffwechsel zu tun. Hin und wieder überlegte ich damals, ob es auch bei meiner Mutter funktionieren würde.

Später, als ich schließlich wirklich in mein Zimmer ging und aus dem Fenster sah, entdeckte ich zu meiner Freude, dass Sylvia ihren Weihnachtsbaum geschmückt hatte. Winzige weiße Lichter schimmerten nun an den Zweigen.

Sylvias Vorhänge waren bis auf einen schmalen Spalt geschlossen. Mit meinem Teleskop konnte ich durch den Schlitz erkennen, dass sie da war. Sie war ein wehender Rock, ein offener Mund, eine rote Strähne, die am Fenster vorbeiflatterte. Und ausnahmsweise war sie nicht allein: Ein Männerarm flog schwungvoll ins Blickfeld, den Ärmel bis zum Ellbogen aufgekrempelt. Ich beobachtete, wie er einen Glitzerstern auf die Baumspitze setzte.

Der Mann legte den Arm um Sylvias schlanke Taille. Sie gaben sich einen kurzen Kuss. Ich freute mich, sie lächeln zu sehen.

Draußen in der Einfahrt stand Sylvias Auto allein, als wäre dieser Mann aus dem Nichts gekommen, einfach durch irgendeine Zauberei in ihrem Wohnzimmer aufgetaucht.

Ich sah noch einen Moment länger zu.

Und dann passierte es: Als er sich umdrehte, stellte ich fest, dass ich den Mund des Mannes kannte. Ich kannte die scharfe Kante seines Kiefers, den Winkel seines Haaransatzes. Ich kannte das blaue Hemd – ich erinnerte mich noch genau, wie es nagelneu ausgesehen hatte, als es am Vatertag im Steakhaus gestärkt und glatt gefaltet in einer silbernen Kaufhausschachtel lag, gekrönt von einer lila Karte, die ich selbst gebastelt hatte.

17

Fünftausend Jahre Kunst und Aberglaube deuten eigentlich darauf hin, dass die Dunkelheit uns am meisten zusetzt, dass der menschliche Geist in der Nacht am anfälligsten für Verstörungen ist. Doch eine ganze Reihe von in der Folge der Verlangsamung durchgeführten Experimenten enthüllte, dass es nicht die Finsternis war, die unsere Stimmung am stärksten beeinträchtigte – es war das Licht.

Als sich die Tage weiter ausdehnten, standen wir vor einem neuen Phänomen: Manche Uhrentage begannen und endeten, bevor die Sonne ein Mal aufging – oder eben sie begannen und endeten vor Sonnenuntergang.

Wissenschaftler hatten schon lange um die schädlichen Auswirkungen anhaltenden Tageslichts auf die chemischen Vorgänge im menschlichen Gehirn gewusst. Die Selbstmordraten waren beispielsweise oberhalb des nördlichen Polarkreises am höchsten gewesen, wo die Anzahl selbst zugefügter Schusswunden jeden Sommer stark anstieg, weil die unaufhörliche Helligkeit manche Leute in den Wahnsinn trieb.

Als die Tage annähernd achtundvierzig Stunden dauerten, begannen wir in den tieferen Breitengraden ähnlich unter der Unerbittlichkeit des Lichts zu leiden.

Bald belegten Studien eine gesteigerte Impulsivität während der langen Tageslichtphasen. Es hatte etwas mit dem Serotonin zu tun – wir waren alle ein bisschen durchgedreht. Das Online-Glücksspiel nahm in den hellen Zeiträumen jeweils stetig zu, und einiges lässt darauf schließen, dass große Börsengeschäfte öfter bei Licht als bei Dunkelheit getätigt wurden. Auch Mord und andere Gewaltverbrechen häuften sich, solange die Sonne sich in unserer Hemisphäre aufhielt – wir entdeckten sehr rasch die Gefahren der weißen Nächte.

Wir gingen mehr Risiken ein. Begehrlichkeiten waren weniger stark unter Kontrolle. Es wurde schwerer und schwerer, der Versuchung zu widerstehen. Manche von uns trafen Entscheidungen, die sie sonst möglicherweise nicht getroffen hätten.

Und ich bilde mir gern ein, dass es so vielleicht zwischen meinem Vater und Sylvia anfing. Ich stelle mir vor, wie mein Vater in einer langen weißen Nacht nach zwölf aus der Klinik zurückkehrte, wie es oft vorkam, und Sylvia gerade mit Sonnenhut ihre Sträucher zurückschnitt oder auf dem Rasen ein Buch las, während wir anderen zu schlafen versuchten. Vielleicht winkte sie meinem Vater zu, als er aus dem Auto stieg. Vielleicht unterhielten sie sich ein Weilchen. Vielleicht gab es dutzende solcher weißen Nächte, in denen die beiden in die Sonne blinzelten, während alle Vorhänge in unserer Straße zugezogen waren. Vielleicht waren sie in diesem exzessiven Tageslicht etwas leichtsinniger als sonst gewesen, weniger geneigt nachzudenken, bevor sie handelten.

Aber an dieser Stelle würde meine Mutter mich unterbrechen. »Du kannst der Verlangsamung nicht an allem Schuld geben«, würde sie sagen. »Die Menschen sind für ihre Taten selbst verantwortlich.«

Am nächsten Morgen kam mein Vater durch unsere Haustür, als wäre er derselbe Mann, den ich immer gekannt hatte. Ich saß am Tisch, vor mir eine Schale Jogurt. Meine Mutter goss

Kaffee ein. Ich hatte ihr nicht erzählt, was ich wusste. Anfangs erzählte ich es niemandem.

»Morgen«, sagte er. Es war noch dunkel draußen. Die Kälte wehte hinter ihm herein. Er trat sich die Schuhe auf der Matte ab. Er hängte seinen Schlüsselbund an den Haken in der Küche. Dann küsste er meine Mutter auf die Wange und legte mir die Hand auf den Hinterkopf. »Bereit für deine Mathearbeit?«

»Das war gestern«, sagte ich. »Meine Güte.«

Ich ließ meinen Jogurt in der Schale hin und her schwappen. Ich konnte nichts essen.

»Ach, stimmt ja«, sagte er. »Entschuldige. Ich bin durcheinandergekommen.«

In dem Moment hasste ich ihn, wie er in seinem weißen Kittel in unser Haus gerauscht kam, als hätte er ihn nicht erst angezogen, kurz bevor er die Tür aufschloss.

»Wie war's in der Arbeit?«, fragte meine Mutter. Sie sah alt aus im Bademantel ohne Make-up.

»Gut.« Er lehnte sich an die Wand und schälte mit dem Daumen eine Orange. Das war das Schlimmste daran: Er wirkte entspannt.

»Ich bin erschöpft«, sagte er. »Ich muss ein bisschen schlafen.«

Langsam ging er die Treppe hinauf, die Orange aß er im Gehen und spuckte Kerne in die hohle Hand. Ich hörte die Schlafzimmertür hinter ihm ins Schloss fallen.

Dann war ich wieder allein mit meiner Mutter. Ich wusste nicht, wohin ich schauen sollte.

Noch tagelang kreiste ein Schwarm magischer Gedanken in meinem Kopf. Zum Beispiel überraschte es mich irgendwie, dass die Stunden trotz dem, was ich wusste, weiter vergingen. Es war beinahe ein Schock, dass die Zeit nicht stehen blieb.

Stattdessen ging unser Leben weiter. Mein Vater kam und ging. Unsere Herzen schlugen. Ich ging zur Schule wie immer und hoffte jeden Tag darauf, dass Seth Moreno zurückkäme. Wir feierten Weihnachten, und die Welt drehte sich weiter.

Sechs Tage verstrichen: Silvester.

Ich habe nie verstanden, warum die Verlangsamung sich nicht sofort auf die Erdbahn auswirkte oder warum wir uns am letzten Tag jenes ersten Jahres ungefähr auf derselben Position innerhalb des Sonnensystems befanden wie im Vorjahr an diesem Tag. Die Erde zog ihre gewohnte Schleife um die Sonne, ihre vierhundertmilliardste, eines der wenigen Dinge in jenem Jahr, die tatsächlich auf Kurs blieben.

An Silvester ging die Sonne in Kalifornien um 3:00 morgens auf, und neunzehn Stunden später, um acht Uhr abends, als meine Mutter den Schlüssel im Zündschloss drehte und unseren Wagen rückwärts aus der Einfahrt setzte, blinzelten wir immer noch. Wir wollten zu meinem Großvater, wo ich übernachten sollte, damit meine Eltern unbesorgt eine Silvesterparty besuchen konnten.

»Ich hätte auch zu Hause bleiben können«, sagte ich. Eine lila Reisetasche knautschte sich auf meinem Schoß.

»Das haben wir doch schon besprochen«, sagte meine Mutter. »Es wäre etwas anderes, wenn du zu einer Freundin könntest.«

»Ich hätte zu Michaela gekonnt.«

»Du weißt genau, dass du nirgendwo übernachten darfst, wo die Eltern nicht zu Hause sind.«

Zudem hatte Michaela mich nicht gerade eingeladen. »Wenn du willst, kannst du kommen«, hatte sie am Vortag beim Fußballtraining gesagt.

Wir fuhren von der Küste auf der alten zweispurigen Straße

unter einem weiten und grellen Himmel nach Osten. Es war die einundzwanzigste Stunde Tageslicht. Mein Vater war noch in der Klinik – oder zumindest behauptete er das –, hatte aber vor, meine Mutter später am Abend auf der Party zu treffen. Wir fuhren einen silbernen Kombi, obwohl die Polizei ihn später als blau beschreiben würde.

»Welchen Vorsatz hast du fürs neue Jahr?«, fragte meine Mutter mich, als wir die Rennbahn passierten. Wir hatten in der Küche angestoßen, ehe wir losfuhren: sprudelnder Apfelsaft in meinem Glas, Sekt in ihrem.

»Niemand hält seine Neujahrsvorsätze ein«, sagte ich.

Draußen sauste die Lagune vorbei.

»Du klingst wie dein Vater.«

Sie war gesprächig mit ihren geröteten Wangen und dem schwarzen schulterfreien Kleid. Seit der Verlangsamung hatte sie abgenommen, und jetzt hatte sie sich in eines der Kleider gequetscht, die jahrelang ungetragen im Schrank hingen.

»Warum bist du so brummig?«, fragte sie.

Ich war meinem Vater die ganze Woche aus dem Weg gegangen. Es fühlte sich riskant an, von ihm zu reden, als könnte schon allein die Sprödigkeit der beiden Ps in *Papa* meiner Mutter irgendwie meine Wut verraten oder preisgeben, was ich gesehen hatte.

»Einer meiner guten Vorsätze ist, mir weniger Sorgen zu machen«, sagte sie. Sie betrachtete sich kurz im Rückspiegel und strich eine Augenbraue mit der Fingerspitze glatt. »Und mehr im Augenblick zu leben.«

Wir kamen an einem großen weißen Haus auf einem Hügel vorbei, wo gerade die Partygäste eines anderen Gastgebers aus sauberen, teuren Autos stiegen. Zwei Männer in Smokings spazierten durch die Haustür, während wir an einer Ampel warteten, und eine junge blonde Frau in einem goldenen Cocktailkleid glitzerte beim Rauchen im Garten, während ihre Stilettos im Rasen versanken.

Hinter uns hupte jemand. Die Ampel war grün geworden. Meine Mutter hat seit dem Sonnenaufgang in der Nacht davor nicht mehr geschlafen, und wie gut dokumentiert ist, können lange Spannen Tageslicht die Reflexe eines Menschen schwächen. Einige Studien kamen zu dem Ergebnis, dass die Beeinträchtigung ungefähr dem Effekt von zwei Gläsern Bier oder Wein entspricht.

»Aber mein Hauptvorsatz ist«, sagte sie und trat das Gaspedal durch. »Hörst du zu?«

Ich nickte.

»Ich werde wieder spielen.«

An der Kurve lag der Stausee, der wochenlang von toten Vögeln verstopft gewesen war. Der Wasserspiegel war niedriger als normalerweise, und manche machten die Verlangsamung für den Regenmangel verantwortlich und dafür, dass das Ufer des Sees freilag, wodurch die schwarzen Schlammschichten entblößt wurden – was irgendwie unschicklich wirkte – und auch die verschlungenen Wurzeln der Bäume, die nicht an ein Leben außerhalb des Wassers gewöhnt waren.

»Ganz im Ernst«, sagte sie. Ihre Kristallohrringe schwangen durch die Luft, als sie mir den Kopf zuwandte. »Ich habe meinen alten Agenten angerufen und alles.«

Ihre nackten Schultern schimmerten schwach im Licht wegen eines neuen Bräunungspuders, den sie auf ihre Haut gestäubt hatte. Ein zartvioletter Lippenstiftfleck blitzte auf einem ihrer Schneidezähne auf, als sie lächelte.

Und da kam mir der Gedanke: Vielleicht wusste sie schon von Sylvia.

Wir fuhren noch ein paar Minuten weiter. Meine Mutter wurde still. Die Straße verengte sich. Die Sonne schien uns in die Augen. Ich erinnere mich an die Bäume, die draußen an uns vorbeifegten, die Äste schwarz vor einem leuchtend blauen Himmel.

Später würde sie das Gefühl als eine Art Schwindel beschreiben, eine plötzliche Verengung ihres Sichtfelds, aber in dem Moment selbst sagte sie sehr wenig. Sie rieb sich die Stirn. Sie blinzelte heftig.

»Mir ist nicht so gut«, sagte sie.

Nur einen Augenblick später verließ sie mich. Ich hatte noch nie einen Menschen ohnmächtig werden sehen. Ihr Körper erschlaffte, der Kopf fiel nach vorn, die Hände sanken vom Lenkrad. Hinterher wurde geschätzt, dass wir siebzig Stundenkilometer fuhren.

Augenzeugen berichteten von einem bärtigen Mann in einem langen weiten Gewand, der am Straßenrand Bibelstellen brüllte. Laut ihren Angaben näherte sich um circa 20:25 Uhr von Westen her ein Kombi. Über die Geschwindigkeit des Fahrzeugs zum Zeitpunkt des Aufpralls gingen die Meinungen auseinander, aber alle waren sich einig, dass der Mann unvermittelt vor den Wagen sprang, auf Selbstmord oder auf ein Wunder aus. Mindestens sechs andere Autos waren ihm erfolgreich ausgewichen. Unseres war das siebte.

Ich sah ihn nur eine Sekunde lang, und ich fasste dabei gleichzeitig nach dem Lenkrad, das plötzlich vom Griff meiner Mutter befreit war, daher kann ich mich nicht darauf verlassen, mich richtig zu erinnern, aber es heißt ja, dass die Zeit sich in Momenten der Gefahr verlangsamt – man sieht mehr. Jedenfalls erinnere ich mich an Folgendes: an den Blick des Mannes in dem Moment, als seine Miene sich von einer Art Gewissheit in Angst verwandelte, und dann an das tierhafte Zurückschrecken – er drehte sich weg und schlang im letzten Moment die Arme um den Kopf.

Ich erinnere mich an den dumpfen Knall auf der Motorhaube und das Quietschen der Reifen, als meine Mutter zu sich kam und auf die Bremse trat – sie war weniger als zehn Sekunden bewusstlos gewesen – und das Leben zurück in ihr Gesicht schoss. Mein Gurt ruckte. Das Auto schlitterte. Wir blieben stehen. Ich spürte einen jähen Luftzug auf den Wangen, begleitet vom Gestank des Düngers der nahe gelegenen Poloplätze. Die Windschutzscheibe war offen. Ein dürrer Vorhang aus Sicherheitsglas hing zersplittert im Rahmen. Aber das Blut, das sonst überallhin gespritzt war, hatte keine Spuren auf den Scherben hinterlassen.

Meine Mutter atmete schwer. Jemand stöhnte. Glaspailletten flimmerten auf meiner Jeans.

»Alles okay bei dir?«, fragte meine Mutter. Sie packte meine Schultern mit beiden Händen. Ein schmales Rinnsal Blut lief an ihrem Haaransatz entlang und sammelte sich im Ohr.

»Ist bei *dir* alles okay?«, fragte ich.

»Was ist passiert?«

Zwei Surfer sprangen aus einem VW-Bus, ihre Sandalen klatschten auf das Pflaster, die Neoprenanzüge waren auf die Taille heruntergezogen. Sie rannten an unserem Auto vorbei zu einer Stelle gleich vor uns, wo sie tief in die Hocke gingen und sich berieten. Hinter ihnen fing ein Jogger an, den Verkehr zu regeln.

In der Ferne kreischten Sirenen.

Meine Mutter beugte sich aus dem Fenster und blickte dorthin, wo die Surfer kauerten und wonach der Jogger sich immer wieder umdrehte. »Oh Gott.« Sie legte sich eine Hand auf den Mund, sprach aber weiter. »Oh mein Gott«, sagte sie durch die Finger. »Oh mein Gott.«

Die Surfer verdeckten mir zum Teil die Sicht auf sein Gesicht, aber ich konnte seine untere Hälfte sehen, die gespreizten Beine, die Hände mit den Flächen nach oben; der ganze Körper lag absolut reglos da. Und daran erinnere ich mich ebenfalls: Ein Knie war falsch herum abgeknickt.

In dem Moment formulierte ich einen Vorsatz oder etwas Einfacheres, ein Gebet: Wenn dieser Mann überlebt, werde ich mich nie wieder über etwas beklagen.

Vom Boden neben ihm wehten einige orangefarbene Flugblätter hoch, flatterten davon wie Löwenzahnsamen. Eines flog durch die offene Windschutzscheibe in unser Auto und landete auf meinem Schoß. Es war die Kopie einer Kopie eines handgeschriebenen Zettels: *Alle Sünder aufgepasst. Die Trompeten erschallen, das Ende ist da. Tut Buße oder stellt euch dem Zorn Gottes.*

Zwei Streifenwagen und ein Feuerwehrauto schossen um die Ecke und hielten am Straßenrand. Zwei Krankenwagen tauchten mit Blaulicht auf. Ein Strom von Tränen ließ meinen Blick verschwimmen. Hier waren Fremde, die einem Fremden zu Hilfe eilten.

Dem Polizeibericht zufolge wurde der Mann ins St. Anthony's Hospital drei Kilometer von der Unfallstelle entfernt gebracht. Später am selben Abend würden vierzehn Mitglieder einer Selbstmordsekte auf vierzehn separaten Bahren durch die Türen derselben Notaufnahme geschoben werden, bewusstlos und mit flachem Atem, die Fingernägel schon leicht bläulich vom Arsen, das in ihren Adern schwamm. In der Überzeugung, die Welt gehe unter, vergifteten sie ihre Weingläser um Schlag Mitternacht. Während andere sich küssten und Sekt tranken, würden diese vierzehn zu den Klängen von Auld Lang Syne sterben.

In einem parkenden Krankenwagen säuberte ein junger Sanitäter die Wunde meiner Mutter und überprüfte dann ihre Pupillen auf Anzeichen für eine Gehirnerschütterung. Eine Polizistin mit Spiralblock stellte Fragen.

»Wie schnell sind Sie ungefähr gefahren?«

»Ist er tot?«, fragte meine Mutter. Sie sah sich ständig um. Orange leuchtende Kegel waren aus dem Asphalt gesprossen. Ein Streifen gelbes Absperrband flatterte in der Brise. Unser Auto blieb erstarrt auf seiner Spur, die Spiegel glitzerten im Sonnenschein.

»Er wird behandelt«, sagte die Polizistin. »Fünfundsechzig Stundenkilometer? Fünfzig?«

»Aber wird er sterben?«

Das Kleid meiner Mutter rutschte auf ihrer Brust immer tiefer. Ein dunkelblauer Fleck bildete sich neben der Platzwunde auf der Stirn. Sie hatte sich den Kopf am Lenkrad angeschlagen.

»War er bei Bewusstsein?«, fragte meine Mutter.

»Sie tun, was sie können.«

Jahre später hörte ich von der folgenden Statistik:

Vor der Verlangsamung hatte ein Fußgänger, der mit einer Geschwindigkeit von fünfundsechzig Stundenkilometern von einem Fahrzeug erfasst wurde, eine Chance von eins zu zehn, den Aufprall zu überleben. Nach der Verlangsamung halbierte sich die Überlebensrate. Nicht nur Basebälle fielen hinterher schneller und härter; jeder bewegte Körper wurde zunehmend heftig auf den Boden gezogen.

Schließlich wurde meine Mutter zur Untersuchung ins Krankenhaus gebracht. Die Sanitäter vermuteten eine Gehirnerschütterung. Ich war unverletzt und wartete auf dem Rücksitz eines Streifenwagens auf meinen Vater.

Unterdessen wurden unsere Bremsspuren gemessen. Ein Abschleppwagen traf ein. Jemand kehrte die Scherben zusammen. Die Brise frischte zu einem Wind auf, und die Eukalyptusbäume, die die Straße zu beiden Seiten säumten, wurden durch die Luft gepeitscht und gaben durch ihr Schwanken den Blick auf eine klare weiße Mondsichel frei, die tief am hellen Horizont hing.

Der Himmel war immer noch blau und die Sonne stand immer noch hoch, als mein Vater die Tür des Streifenwagens öffnete.

»Alles in Ordnung?«, fragte er. »Du hast dir doch nicht den Kopf gestoßen, oder?«

»Nein.« Ich vermutete, dass er von Sylvia kam. Ich malte mir den hastigen Abschied auf der Veranda aus, einen kurzen Kuss im Flur, Sylvia, die sich die Haare zu einem Knoten schlang, während sie winkte. So stellte ich mir diese Dinge vor. In Wirklichkeit wusste ich nichts darüber. Vielleicht war er tatsächlich aus der Arbeit gekommen.

»Ist dir nicht schwindlig?«, fragte er.

Ich schüttelte den Kopf.

Er sah mir prüfend in ein Auge und dann in das andere, und ich überprüfte ihn ebenfalls: auf Indizien. Aber sein Kragen saß gerade und die graue Krawatte fest. Das Namensschild klemmte ordentlich an der Brusttasche.

»Komm, wir gehen.« Er nahm meine Hand in seine.

Mein Großvater steckte mitten in einer Art Projekt, als wir ankamen. Jeder Schrank stand offen und leer. Sämtliche Erbstücke waren aus den Regalen geräumt, der Krimskrams von den Simsen genommen. Die Speisekammer war kahl, und die Küchenschubladen waren herausgezogen und hingen schräg nach unten.

»Das ging ja schnell«, sagte mein Großvater, als er mich bemerkte. Die Fliegengittertür prallte hinter mir auf den Rahmen. Er drehte den Riegel fest zu. Noch nie hatte ich ihn diese Tür abschließen sehen. »Geht's dir gut?«

»Ich glaub schon«, sagte ich.

Draußen knirschten die Reifen meines Vaters auf dem Kies der Einfahrt. Er fuhr ins Krankenhaus, um bei meiner Mutter zu sein.

»Keinen Kratzer hast du abgekriegt«, sagte mein Großvater. Seine Haare, milchig weiß, standen ab wie Unkrautbüschel, und er trug, was er seine *Arbeitskleidung* nannte: eine ausgewaschene Jeanslatzhose und ein grünes Flanellhemd. »Wenn du Hunger hast, mach ich dir ein bisschen Thunfisch.«

Es war immer noch hell draußen, aber das Haus meines Großvaters war dunkel. Die Vorhänge waren zugezogen, das Innere von ein paar gelben Lampen schwach beleuchtet.

Mein Großvater schlurfte durch das Dämmerlicht ins Esszimmer, wo der Inhalt des gesamten Hauses auf jeder ebenen Fläche ausgebreitet lag. Auf der dunklen Tischplatte waren Kostbarkeiten in Reihen angeordnet, wie zum Verkauf. Auf dem Fußboden warteten halb volle Pappkartons.

»Willst du weg?«, fragte ich.

Er hatte sich an den Tisch gesetzt und blätterte durch einen Stapel uralter Postkarten.

»Will ich weg?« Er sah mich an, seine Augen waren blass und wässrig, ein verschwindendes Blau. »Wo sollte ich denn hin?«

Auf dem Tisch standen seine Sammlungen alter Colaflaschen, vom Meer angespülter bunter Glasscherben und Seeigel. Das lange nicht polierte und deshalb trüb angelaufene silberne Teeservice meiner Großmutter wurde umringt von einer Mannschaft staubiger Porzellanfigürchen, daneben lag ein Ziermesser aus Alaska, dessen Griff aus dem Elfenbeinstoßzahn eines Wals geschnitzt war. Am hinteren Tischende glänzten Türme von Sondermünzen in ihren Hüllen, jede einzelne in Plastik verpackt und nie in Umlauf gewesen.

»Und was machst du dann?«, fragte ich.

Er drückte eine Lupe fest auf den unteren Rand einer verblassten Postkarte. Seit Jahren trübten seine Augen sich, so dass er nur mehr eine bruchstückhafte Wahrnehmung hatte.

»Tu mir mal einen Gefallen.« Er tippte mit einem dicken Zeigefinger auf die Karte. »Sag mir, was da steht.«

Das Foto war nachträglich koloriert worden, die Hügel grün angemalt, die Dächer künstlich rot.

»Childer, Alaska«, las ich vor. »1956.«

»Siehst du den Berg hier?« Er fuhr eine Erdwölbung nach, die bedrohlich über einer Ansammlung von Häusern und Kirchtürmen aufragte. »Ein Jahr später ist der ganze Kamm bei einem Unwetter abgerutscht.«

Etwas weiter entfernt im Viertel pfiffen und knallten die ersten Raketen – immerhin war Silvester. Tageslicht strahlte weiterhin unter dem Saum der Vorhänge herein. Hier im Haus roch es nach Staub und Mundspülung.

»Ich war bei einer Hochzeit, als es passiert ist«, fuhr er fort. »Dreiundzwanzig Menschen wurden lebendig begraben.«

Von den sechsundachtzig Jahren meines Großvaters auf Erden hatte er zwei in Alaska verbracht, wo er in Goldminen und später auf diversen Fischerbooten arbeitete. Aber diese beiden Jahre hatten sich in seinem Gedächtnis schwammartig ausgedehnt und viel vom Rest überlagert. Ganze Jahrzehnte waren in Kalifornien vergangen, ohne eine einzige erwähnenswerte Anekdote zu hinterlassen.

»Ich hatte Glück«, sagte er. »Ich saß ganz hinten in der Kirche. Aber die Braut und der Bräutigam und ihre Eltern, die Geschwister der Braut und der Pfarrer. Alle verschluckt.«

Er schüttelte den Kopf. Ein leises Pfeifen kam über seine Lippen.

»Junge, Junge«, sagte er.

Er strich mit einer Fingerspitze über die Karte. »Und siehst du das Haus hier? Der Bruder des Bräutigams hat auf einem Lachskutter gearbeitet, und es war gerade Lachssaison, deshalb hat er die Hochzeit verpasst. Er ist als Einziger aus seiner Familie übrig geblieben. Hinterher hat er sich in genau dem Haus da aufgehängt.«

Mein Stuhl knarrte unter mir. Ich hörte die Uhren ticken; er hatte eine ganze Sammlung von Uhren, alle antik, zwei davon so groß wie er, die jede Stunde schlugen und nie gleichzeitig.

»Es sind wohl viele schlimme Sachen passiert, als du in Alaska warst«, sagte ich.

Er lachte und rieb sich die rosa Falten auf seiner Stirn. »Das würde ich nicht sagen. Nicht mehr als sonst wo.«

Er drehte die Karte um. Die Rückseite war bis auf einen hellroten Fleck in einer Ecke leer.

»Blutest du?«, fragte ich. Es machte mir Angst, wie leicht er zu bluten anfing.

Er untersuchte seine Finger. »Verdammt.« Schwerfällig stand er auf und stapfte in die Küche.

Seine Haut war in den vergangenen Jahren dünn geworden, sein Blut gerann langsamer. Aus einem Schnitt an einer Papierkante konnte es minutenlang fließen. Während er den Finger unter kaltes Wasser hielt, erforschte ich die Kartons auf dem Esszimmerboden. Darin waren Alben mit Schwarzweißfotos von meinen Großeltern in schicken Hüten und pelzgefütterten Mänteln, von meinem Vater als Kleinkind und später in einem Baseballtrikot neben einem riesigen abgerundeten Kotflügel auf ein Fahrrad gelehnt. Es gab ein ganzes Album von mir, seinem einzigen Enkelkind, vom Tag meiner Geburt bis hin zum neuesten Schulbild, auf dem meine Augen halb zu waren, im Begriff zu blinzeln, was das langwierige Auswählen des cremefarbenen Mohairpullis, den ich an dem Tag trug, unerheblich machte.

Und dann war da dies: In einem verstaubten Schuhkarton fand ich vier dicke Stangen massives Gold, zusammengepackt wie Schokoriegel.

»Hey«, sagte mein Großvater. Ein schiefes Pflaster schmückte jetzt seinen Daumen. »Da solltest du nicht dran.«

Ich hatte einen aus der Kiste gehoben. Er lag kalt und schwer in meiner Hand. Mein Großvater nahm mir den Barren weg und legte ihn zu den anderen.

»Aber wo du es schon getan hast, sage ich dir was, das du dir merken solltest.« Er klappte den Deckel zu und schob den Karton in eine Ecke. »Gold ist das Sicherste, was es gibt. Besser als Dollars, besser als Banken.«

Ich bemerkte, dass die Sonne endlich hinter den Vorhängen unterging. Ein zartrosa Abendrot leuchtete durch die Ritzen. Die Dunkelheit würde mindestens bis zum folgenden Abend anhalten.

»Das ist echt, weißt du«, sagte mein Großvater. »Am Anfang hab ich es ja nicht geglaubt. Aber es passiert tatsächlich.«

In anderen Häusern, stellte ich mir vor, knallten Korken, perlten Gläser, wurden Papphüte auf Köpfe gesetzt. Ich hatte gehört, dass Hanna mit Traceys Eltern nach Palm Springs gefahren war. Ich fragte mich, was Seth Moreno wohl gerade machte.

»Und niemand kümmert sich drum«, fuhr mein Großvater fort. »Sie stellen uns einfach wieder auf die Uhr um und glauben, das löst das Problem, aber niemand trifft irgendwelche Vorbereitungen für das, was auf uns zukommt.«

Er seufzte schwer und stand auf.

»Denk an die Vögel«, sagte er. »Vögel waren schon immer Boten. Nach der Sintflut hat eine Taube mit einem Ölzweig Noah gezeigt, dass es vorbei ist. So wusste er, dass er die Arche verlassen konnte. Denk drüber nach. Unsere Vögel tragen keine Ölzweige. Unsere Vögel sterben.«

Er hatte seine Aufmerksamkeit dem alten Jagdgewehr zugewandt, das er im Flurschrank aufbewahrte. Es war von einer

Staubschicht überzogen, die er mit dem Handrücken wegwischte. Seit Jahren hatte er es nicht benutzt.

»Erinnere mich bei deinem nächsten Besuch dran, dass ich dir zeige, wie man schießt.«

»Wie man schießt, Opa?«

»Das meine ich ernst«, sagte er. »Das hier ist ernst. Ich mache mir Sorgen um uns alle.«

Später sah ich mir auf dem klobigen Fernseher meines Großvaters Aufzeichnungen der früheren Feuerwerke in Tokio, Nairobi und London an, während das neue Jahr über den Planeten westwärts trieb.

Es hatte eine längere Debatte über den Zeitpunkt gegeben. Rein rechnerisch hinkten wir einen Tag hinterher, wegen der Wochen, die wir nicht nach der Uhr gelebt hatten. Aber eine rasche Lösung war ausgearbeitet und vom Großteil der Regierungen der Welt angenommen worden: Wir hatten den 30. Dezember einfach übersprungen, ein zusätzlicher, einmaliger Schritt, um die verlorene Zeit aufzuholen.

Zwischen den Feuerwerken berichteten die Fernsehnachrichten, dass einige religiöse Führer ihre Herden in Kirchen versammelt hatten, in der Angst oder Hoffnung, der letzte Tag des Jahrs der Verlangsamung brächte vielleicht auch das Hinscheiden dieser Welt mit sich.

Ich schlief vor Mitternacht in einem Sessel ein. Ich träumte von Blut und Glasscherben, von einem mit einem Ruck zum Stehen kommenden Auto. Stunden später wachte ich im blauen Licht des Fernsehers auf, mit zusammengebissenen Zähnen und vom Liegen auf der Armlehne steifem Nacken. Die Sonne war endlich untergegangen, mein Großvater im Bett. Das Jahr hatte gewechselt, während ich schlief. Ein neues war in der Dunkelheit angebrochen. Alles schien in jenen Tagen möglich. Jede Voraussage konnte sich als wahr erweisen. Und das beunruhigte mich auf eine neue Weise: nicht zu wissen, was das nächste Jahr bringen würde.

Am Morgen holten meine Eltern mich auf dem Heimweg vom Krankenhaus ab. Es gab keine Neuigkeiten von dem Fußgänger.

Meine Mutter trug immer noch ihr, inzwischen zerknittertes, schwarzes Kleid. Die Kristallohrringe hielt sie in der Hand. An einem Handgelenk hing ein Plastikarmband der Klinik mit ihrem Namen. Mein Vater führte sie sanft ins Haus, als hätte sie die Augen verbunden, knipste Lichtschalter mit einer Hand an und ließ die andere auf ihrem Rücken liegen.

Der blaue Fleck würde verblassen. Die Platzwunde würde zuwachsen. Alle Knochen waren heil. Mithilfe eines Kernspintomografen hatten die Ärzte ihr Gehirn auf verborgene Schäden abgesucht und keine gefunden. Aber dieser Apparat konnte natürlich nicht ihre Psyche durchleuchten. Und zu dieser Zeit wusste man noch fast nichts über das Syndrom.

18

Anfangs nannten wir es Schwerkraftkrankheit, später Verlangsamungssyndrom, und schließlich käme eine Zeit, in der man einfach nur *das Syndrom* erwähnen musste und jeder verstand, was man meinte. Die Symptome waren breit gefächert, aber verwandt: Schwindel, Übelkeit, Schlaflosigkeit, Erschöpfung und manchmal, wie im Fall meiner Mutter, Ohnmachtsanfälle.

Nur bestimmte Menschen waren betroffen. Ein Mann geriet vielleicht auf der Straße ins Stolpern. Eine Frau brach in einem Kaufhaus zusammen. Bei einigen kleinen Kindern kam starkes Zahnfleischbluten hinzu. Manche waren tagelang zu schwach, das Bett zu verlassen. Die genaue Ursache war unbekannt.

Meine Mutter ging in jener ersten Woche nach dem Unfall nicht zur Arbeit. Ihre Tage verbrachte sie damit, nach Neuigkeiten über den Fußgänger zu forschen, während sich auf der Wunde auf ihrer Stirn Schorf bildete und später eine Narbe. Ihr Schwindel kam und ging. Sie lief langsam durchs Haus, nie ohne sich an einem Geländer oder einer Wand abzustützen. Sobald das Gefühl sich legte, konzentrierte sie sich auf den Fußgänger. Sie rief das Krankenhaus an, bekam aber keine Auskunft. Sie schickte Blumen: *Für den Mann, der an Silvester auf der Samson Road von einem Auto angefahren wurde*. Sie flehte meinen Vater an, sich zu erkundigen, ob der Mann gestorben war, aber mein Vater wollte sich ungern einschalten. »Wir werden es über kurz oder lang erfahren«, sagte er.

Sie schlief noch weniger als vorher, lag in den dunklen Nächten genauso oft wach wie in den hellen. Manchmal, wenn ich in pechschwarzen Nächten aufstand, fand ich sie bei der Suche auf obskuren lokalen Webseiten und Polizeiblogs, die Augen rot und wässrig, die Gesichtszüge vom weißen Licht des Bildschirms unschmeichelhaft hervorgehoben. In einer dieser Nächte wurde sie wieder ohnmächtig. Sie fiel vom Stuhl und biss sich so auf die Zunge, dass sie blutete.

Sie fuhr nicht mehr Auto, und sie aß immer weniger. Ich fragte mich, welche Symptome wohl dem Tod von Seth Morenos Mutter vorausgegangen waren. Die Krankheiten waren unterschiedlich, das wusste ich, aber manchmal hatte ich Angst, das Ergebnis könnte dasselbe sein. Niemand wusste, wohin das Verlangsamungssyndrom womöglich führen würde.

Der Morgen war hell und klar an dem Tag, als Seth Moreno wieder zur Schule kam.

Seine dunklen Haare waren etwas länger geworden, und er hatte die neue Angewohnheit, die Ponysträhnen mit einem Daumen wegzuschnippen, aber abgesehen davon war er unverändert, derselbe müde Ausdruck auf dem Gesicht, derselbe langsame Gang, dasselbe Skateboard unter den Arm geklemmt. Ich hatte ihn seit dem Tod seiner Mutter nicht gesehen.

Mein Bauch kribbelte, als er an jenem Morgen an der Bushaltestelle auftauchte. Ich überlegte, ob er meine Karte bekommen hatte.

Verschiedene Gerüchte über seinen Verbleib seit dem Tod seiner Mutter waren zu mir durchgesickert: Er wohne bei einem Verwandten in Arizona oder sei in eine Echtzeit-Siedlung in Oregon gezogen oder gehe auf ein Internat in Frankreich.

Doch hier war er nun an der Bushaltestelle. Er sprach mit niemandem an dem Morgen. Er stand abseits, wie immer. Ich wollte mit ihm reden, sagte aber kein Wort. Ich wollte in seiner Nähe sein, hielt aber Abstand.

In Mathe nahm ich meine schweigende Betrachtung von Seth Morenos Hinterkopf wieder auf.

Unterdessen verschoben sich die Meere, der Golfstrom verlangsamte sich, und Gabby rasierte sich den Kopf.

Sie hatte mich eines Nachmittags zu sich eingeladen. Die Sonne war untergegangen. Der Himmel war schwarz und klar geworden. Auf dem Weg zu ihr kam ich an einer Gruppe kleinerer Kinder vorbei, die auf der Straße »Gespenster auf dem Friedhof« spielten, wobei einige sich hinter geparkte Autos oder Baumstämme kauerten, während andere paarweise suchten, an den Ärmel des jeweils anderen geklammert flüsternd durch die Schatten schlichen.

»Pass auf«, sagte Gabby.

Wir waren in ihrem Zimmer. Sie zog eine dicke Strähne schwarz gefärbter Haare straff vom Kopf ab und hielt eine Schere an den Ansatz.

»Du schneidest sie dir selbst?«, fragte ich.

Unten hämmerten Handwerker gegen eine Wand. Sie renovierten die Küche. Gabbys Eltern waren in der Arbeit.

»Erst schneide ich sie alle ab«, sagte sie und klappte die Schere zu. »Und dann rasiere ich sie.«

Die Haare rieselten von den Schneiden und landeten lautlos auf dem Teppich.

»Aber warum?«, fragte ich. Sie schnitt noch eine Strähne ab. »Das dauert doch ewig, bis die nachwachsen.«

Auf der Kommode empfing Gabbys Handy rasselnd eine SMS. Sie betrachtete das Display und grinste. Dann legte sie die Schere auf den Schreibtisch und schloss die Zimmertür ab.

»Ich verrate dir ein Geheimnis. Aber du musst mir versprechen, dass du es niemandem weitererzählst.«

Ich versprach es.

»Weißt du noch, der Typ, den ich im Internet kennengelernt habe?«

Ich nickte. Die Scheinwerfer eines Wagens strichen durchs Zimmer und verschwanden wieder.

»Wir sprechen jeden Tag miteinander«, fuhr sie fort.

Ich empfand einen Eifersuchtsstich.

Der Junge war älter: sechzehn. Er wohnte fast zweihundert Kilometer entfernt in einer der neuen Kolonien, die in der Wüste aus dem Sand gesprossen waren.

»Sie heißt Circadia«, sagte sie. Ich merkte ihr an, dass sie das Wort gern aussprach. »Die haben eine Schule und ein Restaurant und alles.«

Ich hatte gehört, dass ähnliche Siedlungen in jedem Staat entstanden waren, aufgebaut von Exzentrikern, die die Uhrenzeit ablehnten. In den Häusern und Straßen dieser Gemeinschaften bestimmte die Sonne noch den Tag und die Nacht, und ich vermute, das Lebenstempo war tatsächlich langsamer, die Zeit kroch nur, eine allmählich vorrückende Flut.

»Viele von den Mädchen dort rasieren sich den Kopf«, ergänzte sie.

Gabby tippte eine Antwort in das Handy. Der schwarze Lack auf ihren Fingernägeln blitzte im Licht der Lampe. Dann nahm sie die Schere und fuhr mit dem Schneiden fort, die Haarsträhnen sammelten sich auf dem cremefarbenen Teppich neben ihrer zerknitterten Schuluniform.

Für den Rest benutzte sie den Elektrorasierer ihres Vaters. Nach und nach kam die Architektur ihres Schädels zum Vorschein, die uralten Wölbungen und Vertiefungen.

»Ach du Scheiße«, sagte sie, als sie in den Spiegel sah. »Das ist ja der Hammer.«

Sie drehte den Kopf von rechts nach links und strich mit den Fingern über die Stoppeln. Sie sah aus wie von Krankheit oder Behandlung schwer gezeichnet.

Sie setzte sich aufs Bett. Ein schwarzer Spitzen-BH mit passendem Slip lag auf der Decke ausgebreitet. Sie bemerkte, dass ich die Sachen ansah.

»Gefällt dir das?«, fragte sie.

»Ja, schon«, sagte ich.

»Das hab ich im Internet bestellt.«

Eine der Kerzen auf ihrer Kommode war zu einer Wachspfütze zerschmolzen. Die Flamme flackerte und erlosch dann in einem dünnen weißen Rauchwölkchen.

»Hey«, wechselte sie plötzlich das Thema. »Hat deine Mutter wirklich an Silvester einen umgebracht?«

Ich sah sie an.

»Wir wissen nicht, ob er gestorben ist.«

Unten ließen die Handwerker etwas Schweres auf die Fliesen fallen.

»Ich hab gehört, sie hat jemanden überfahren.«

»Sie ist krank«, sagte ich.

Gabby drehte sich zu mir um.

»Was hat sie denn?«

»Wissen wir nicht.«

»Kann sie daran sterben?«

»Ich bin mir nicht sicher.«

»Mist«, sagte sie. »Das tut mir leid.«

Gabby hatte vor kurzem ihr Zimmer in einem tiefen Kastanienbraun gestrichen, und man roch immer noch die Farbdämpfe in der Luft, die sich mit dem Vanilleduft der Kerzen mischten.

»Ich geh besser mal nach Hause«, sagte ich.

»Hier.« Gabby gab mir eine Plastiktüte, die prallgefüllt mit Haarspangen und Klammern war. »Nimm die mit. Ich kann sie nicht mehr brauchen.«

Ich schüttelte den Kopf. Ich wollte ihre Sachen nicht.

Draußen näherten sich Scheinwerfer, als ich nach Hause ging, ein schnittiger schwarzer BMW, der Gabbys Mutter gehörte. Im Vorbeifahren winkte sie mir zu, und ich winkte zurück. Ich sah ihr nach, als sie in die Einfahrt bog und wartete, bis das elektrische Garagentor auf seinen Schienen nach oben rumpelte. Ich wusste, das waren die letzten Minuten, ehe gewisse Konsequenzen auf Gabbys rasierten Kopf niedergehen würden. Der BMW glitt in die Garage. Das Tor rollte hinter dem Wagen wieder nach unten. Ich hörte den Motor ausgehen, das erste leise Knacken beim Abkühlen.

Später würde ich erfahren, dass Gabby auf der Stelle die Benutzung ihres Computers und ihres Handys verboten wurde, wodurch sie nicht mehr mit dem Jungen in Circadia kommunizieren konnte, der ihr Gedichte schrieb.

An jenem Abend beobachtete ich stundenlang Sylvias Haus durch mein Teleskop, um einen Blick auf meinen Vater zu erhaschen. Sylvias Gewohnheiten waren mit zunehmender Dauer der Tage immer absonderlicher geworden. Während jeder Dunkelheitsphase verschwand sie im Haus, und wenn die Fenster der Nachbarn den ganzen Tag erleuchtet waren, blieben ihre schwarz, als hätte sie gelernt, zwanzig Stunden oder mehr am Stück zu schlafen. Ein Fremder, der an einem dunklen Nachmittag an Sylvias Einfahrt vorbeiginge, hätte glauben können, das Haus wäre leer oder die Eigentümer verreist. Es landeten oft zwei Zeitungen vor ihrer Tür, ehe die Sonne wieder aufging.

Aber in weißen Nächten erwachte Sylvia wieder zum Leben. Dann sah ich ihre schlanken Finger, lange nachdem die Nachbarn ins Bett gegangen waren, über die Klaviertasten gleiten. Sie jätete um Mitternacht Unkraut. Sie ging joggen, während wir anderen unsere Träume träumten. In der Stille einer weißen Nacht sah ich sie ihren Weihnachtsbaum im Sonnenschein auf den Bürgersteig schleppen, das Schleifen des Topfes auf dem Asphalt das einzige Geräusch in der schlafenden Straße.

In einigen Ländern Europas war es mehr oder weniger illegal, zu leben wie Sylvia. Auf diesem Kontinent waren die Echtzeiter überwiegend Einwanderer aus Nordafrika und dem Mittleren Osten, die sich aus religiösen Gründen nicht nach der Uhr richteten. In Paris waren Ausgangssperren verhängt worden. Ausschreitungen folgten. Ein Mitglied unseres Stadtrats hatte ein ähnliches Verbot vorgeschlagen. Eine Ortschaft in der Nähe hatte es sogar geschafft, eine Ausgangssperre zu verabschieden, aber sie wurde bald vom Gericht wieder aufgehoben.

In derselben Woche fiel in gewissen Häusern unserer Straße der Strom aus. Fernseher wurden schwarz. Waschmaschinen kamen surrend zum Stillstand. Aus den Lautsprechern drang keine Musik mehr, und die Lampen über den Esstischen erloschen. Doch der Schaden beschränkte sich auf lediglich drei Häuser: das der Kaplans, das von Tom und Carlotta und das von Sylvia. Es war kein Zufall. Man hatte es auf die Echtzeiter abgesehen gehabt. Jemand hatte die Leitungen durchgeschnitten.

Zwei Polizisten tauchten auf, um die Spuren an den Kabeln zu untersuchen. Sie befragten die Nachbarn. Niemand hatte etwas gesehen. Es dauerte sechs Stunden, bis das Elektrizitätswerk die Echtzeiter wieder ans Netz angeschlossen hatte. Die Täter wurden nie gefasst.

19

In der Schule sezierten wir Frösche, übten Dauerlauf, ließen unsere Wirbelsäulen auf Skoliose untersuchen. Die Fußballsaison zog sich wegen der ganzen im Herbst abgesagten Spiele bis in den Januar hinein. Aber ich hatte das Interesse an dem Sport verloren. Was sollte das noch? Welche Rolle spielte es?

»Aber du magst doch Fußball?«, sagte mein Vater, als ich eines Tages auf dem Weg zum Training im Auto schmollte. Er hatte seinen Dienstplan geändert, um mich fahren zu können, solange meine Mutter krank war.

»Woher willst du wissen, ob ich es mag oder nicht?«, fragte ich.

Er drehte sich zu mir um. Sonst redete ich nie so mit ihm, und er wirkte überrascht. Der Himmel draußen hatte ein feuriges Orange angenommen, ein Sonnenaufgang am Spätnachmittag.

»Was ist mit dir in letzter Zeit los?«, fragte er.

Er sah müde aus. Sein hellbraunes Haar begann, sich an den Rändern zu lichten. Seit dem Morgen war eine Schicht Bartstoppeln auf seinem Kinn gewachsen. Ich fragte mich, ob er ahnte, dass ich wusste, was er mit Sylvia machte.

»Nichts«, gab ich zurück. »Ich will nur einfach nicht mehr spielen.«

Mein Vater antwortete nicht. Wir fuhren weiter auf den Fußballplatz zu.

Von jenen Nachmittagen auf dem Rasen erinnere ich mich vor allem an die Momente, wenn die Jungenmannschaft an uns vorbeitrabte. Meistens entdeckte ich sie von weitem und suchte unter ihnen nach Seth. Wir hörten die Jungs keuchen, wenn sie näher kamen, das synchrone Klackern ihrer Stollen auf dem Asphalt. Wir rochen den Schweiß ihrer Trikots. Seth lief immer ziemlich weit vorne am Rande der Gruppe, und er sah nie in unsere Richtung. Die Blicke aller anderen fielen immer auf Michaela – und sie nahm die Aufmerksamkeit mit einem breiten Lächeln entgegen. Ich begriff nie, woher sie wusste, was die Jungs wollten. Im Gegensatz zu ihr vermied ich größtenteils, sie anzusehen, solange sie in der Nähe waren, bis ihre Schritte leiser wurden und schließlich verstummten, wenn sie den Feldweg am Rand des Platzes erreichten. Dann warf ich einen letzten Blick auf Seth, bevor er und all die anderen Jungs zwischen den Eukalyptusbäumen verschwanden, die unseren Platz von ihrem trennten.

Wir kamen am Parkplatz an, und mein Vater hielt am Bordstein.

»Hör mal«, sagte er. »Du hörst nicht mit dem Fußball auf.«

Langsam stieg ich aus dem Auto, die Sporttasche schwang an meiner Schulter. Ich knallte die Tür zu.

Der Parkplatz war weit vom Spielfeld entfernt, und ich ging so langsam wie möglich. In der Ferne konnte ich Hannas dünne Silhouette auf dem Platz erkennen. Es war schrecklich für mich, dass unsere alte Vertrautheit immer noch über uns hing wie ein Gestank, uneingestanden, aber dennoch hartnäckig in der Luft schwebend.

Eine Idee huschte mir durch den Kopf: Ich musste nicht zum Training – ich konnte einfach weggehen.

Mein Vater war inzwischen losgefahren. Sonst war niemand in der Nähe.

Vielleicht beeinflusste die Verlangsamung auch *meine* Empfindungen: An diesem Tag fühlte ich mich mutig und impulsiv. Ich entfernte mich allmählich vom Platz, zuerst langsam und dann schneller, bis ich schon bald den steilen Abhang eines angelegten Hügels hinunterrannte und das Eiskraut unter meinen Stollen knirschte.

Ich landete auf dem Parkplatz des Einkaufszentrums, das neben dem Fußballplatz lag.

Das Erste, was ich sah, war ein Naturkostladen, der auf Echtzeiter ausgerichtet war. Es war später Nachmittag, aber das Geschäft öffnete gerade erst seine Türen und gab damit den Blick frei auf Regale voller Vitamine, getrockneten Grünkohls und pflanzlicher Schlafmittel.

Nebenan schoben Menschen Einkaufswagen in und aus der riesigen Drogerie, in die ich manchmal mit meiner Mutter ging. Überlebensausrüstungen waren gerade im Sonderangebot; ein Turm Konservendosen ragte draußen vor dem Eingang unter einem Schild auf, dessen Aufschrift lautete: *Ist Ihre Familie vorbereitet?*

Ich spazierte hinein. Ich war mir des Klapperns meiner Stollen auf dem Linoleum bewusst, als könnten sie mich verraten, aber niemand schien es zu bemerken. Die Neonlampen summten, wässrige klassische Musik plätscherte aus den Lautsprechern an der Decke.

Immer wenn ich mit meiner Mutter hier war, kamen mir bestimmte Gänge verboten vor, und jetzt war ich begierig darauf, sie allein zu erforschen. In der Kosmetikabteilung lagen auf fünfzehn Regalmetern in glitzernden Packungen all die Puder und Cremes und Pasten aus, die Lidschatten und Augenbrauenstifte, die Pinzetten und Knipser und Rasierer, die mich, wie ich allmählich argwöhnte, in der richtigen Kombination angewandt vielleicht in ein liebenswerteres und geliebteres Mädchen verwandeln würden.

Am hinteren Ende dieser Regalreihe stand ein älteres Mädchen mit ganz glatten schwarzen Haaren und einem klimpernden Autoschlüssel in der Hand und drehte Nagellacke auf, um die Farben auf ihren Nägeln auszuprobieren. Ich erinnere mich noch an das angenehme Klirren der Fläschchen, wenn sie aneinanderstießen. Ich beneidete das Mädchen um die lässige Art, mit der sie diejenigen, die ihr zusagten, in ihren Korb warf.

Hinter ihr hing an einem runden Gestell eine kleine Auswahl an BHs.

Es war mir zu peinlich, zu dem Gestell zu gehen, solange sie da war, deshalb schlenderte ich eine Zeitlang auf und ab, nahm Lippenstifte aus dem Regal und stellte sie wieder zurück. Als das Mädchen weg war, näherte ich mich den BHs. Es gab nur fünf oder sechs Modelle, und eines schien mir hübscher als der Rest. Ich weiß noch genau, wie es aussah, ein frisches helles Weiß mit blauen Punkten und Trägern aus blauem Satin und kleinen Schleifen an der Stelle, wo die Träger auf die Körbchen trafen. Nachdem ich mich vergewissert hatte, dass niemand in der Nähe war, hielt ich mir den BH vor die Brust.

Auf dem Preisschild stand $ 8,99. Ich hatte den Zehndollarschein meines Großvaters in meiner Sporttasche.

Als mein Vater am Fußballplatz hielt, saß ich wie üblich auf dem Bordstein, auf dem Schoß die Tasche, in deren Tiefen der BH glühte. Die anderen Mädchen aus meiner Mannschaft liefen jetzt erst Richtung Parkplatz los, kleine Gestalten in der Ferne, die stehen blieben, um ihre Beine zu dehnen oder die Pferdeschwänze stramm zu ziehen, verschwitzt von den Übungen, die ich verpasst hatte.

Eilig stieg ich ins Auto.

»Wie war das Training?«, fragte mein Vater.

Ich nahm große Schlucke aus meiner Wasserflasche. Lügen war, wie Algebra, eine erst neu erlernte Fertigkeit.

»Gut.«

»Was habt ihr gemacht?«

Ich hatte Angst, er wüsste Bescheid.

»Wir machen immer dasselbe, Papa«, sagte ich. »Deshalb ist es ja so langweilig.«

Und das Erstaunlichste daran war: Er glaubte mir.

Sobald wir zu Hause waren, schloss ich mich im Badezimmer ein. Ich hatte ein kribbelndes Gefühl, dass endlich etwas für mich beginnen, dass dies ein Anfang sein könnte. All meine Sorgen – all die wichtigeren Dinge – spürte ich rasch von mir fort gleiten. Ich sah schon vor mir, wie der Träger auf meiner Schulter wirken würde, wenn er aus meinem T-Shirt herausblitzte, wie es in der Schule bei Michaela immer geschah.

Aber als ich ihn, nach minutenlangem Kampf mit dem Verschluss, anhatte, stellte ich fest, dass zwischen dem Geschäft und zu Hause eine furchtbare Verwandlung stattgefunden hatte: Ich hatte einen billigen und mädchenhaften BH mitgebracht. Die Satinbänder waren zu blau und zu glänzend. Eine der Nähte löste sich bereits. Noch schlimmer war, wie unsexy sich die Körbchen auf meiner Brust wellten, wie zwei leere Wasserballons, die noch gefüllt werden mussten.

Ich hörte die Schritte meiner Mutter auf der Treppe.

»Was machst du da drin?«, fragte sie durch die Tür.

Allein schon ihre Nähe im Flur machte mich nervös.

»Nichts.«

»Ist dir schlecht?« Sie machte sich inzwischen Sorgen, ich könnte ebenfalls das Syndrom bekommen. »Dein Vater sagt, du bist schon fast eine halbe Stunde da drin.«

Ich konnte spüren, dass sie die Tür aufmachen wollte. Ich konnte spüren, dass sie die Hand zur Klinke ausstreckte. Hastig hakte ich den BH auf und schlüpfte in mein T-Shirt.

»Mir geht's gut«, rief ich. »Ich komme gleich.«

Später, als sie schlief und mein Vater in der Klinik war, vergrub ich den BH tief in einer der Mülltonnen im Garten, damit niemand je entdecken würde, wie wenig ich begriff, was für die anderen Mädchen, die ich kannte, so selbstverständlich zu sein schien.

20

Februar: Die dunklen Stunden waren irgendwie dunkler als früher und die hellen strahlender als je zuvor. Die Hitze war so extrem, dass man sie sehen konnte, sie stieg in Wellen vom Asphalt auf. Das Schlafen fiel mir schwerer und schwerer.

Die Krankheit meiner Mutter schwankte wild. An manchen Tagen ging es ihr gut: Sie ging arbeiten, machte Besorgungen, kochte Abendessen. Dann wieder verloren wir sie an die Gewalt eines neuen Symptoms. Einmal, als ich von der Schule nach Hause kam, hatte sie sich in drei Decken gewickelt und zitterte trotzdem noch, ihre Zähne klapperten buchstäblich. Es war die achtzehnte Stunde Tageslicht, dreißig Grad im Schatten.

»Keine Sorge«, sagte sie bibbernd. »Das geht vorbei.«

Aber ich *machte* mir Sorgen. Ich beobachtete sie, wann immer ich konnte.

Damals vermuteten manche, das Syndrom wäre psychologischer Natur, die Beschwerden würden nicht von einer Veränderung der Schwerkraft verursacht, sondern von einer noch stärkeren Kraft: Angst.

»Vielleicht ist es einfach Beklemmung«, sagte mein Vater, als er an diesem Abend von der Arbeit kam.

Meine Mutter holte tief Luft.

»Du glaubst, ich bilde mir das nur ein?«

»Das habe ich nicht gesagt, Helen.«

Mein Vater schob eine Tiefkühlpizza in die Mikrowelle. Wenn meine Mutter krank war, tat er, was zu tun war. Aber ich spürte, dass er in dieser Zeit etwas Hohles an sich hatte, dass sein Kopf und seine Seele woanders waren, selbst während seine Hände mir ein Glas Milch eingossen, selbst während sein Mund die passenden Worte sprach: *Wie war's in der Schule? Hast du deine Hausaufgaben schon fertig?*

»Ich meine ja nur«, fuhr er jetzt fort, »du stehst stark unter Stress.«

Sie schüttelte den Kopf.

»Nein«, sagte sie. »Das ist echt.«

»Ja, Papa«, sagte ich. »Es ist echt.« In dieser Zeit ergriff ich immer die Partei meiner Mutter.

Aber insgeheim gefiel mir diese Theorie. An Sorgen stirbt man nicht.

Am nächsten Abend hörten wir von dem ersten Hoffnungsschimmer seit Monaten: Wir hatten am Vortag nur sechs Minuten hinzugewonnen, weniger als je zuvor seit dem Beginn der Verlangsamung.

»Das ist gut«, meinte ich. Meine Eltern schwiegen. »Oder?«

»Es könnte zu spät sein«, sagte meine Mutter. Ihre Haare waren strähnig. Mir fiel auf, dass sie sie schon einige Zeit nicht mehr gewaschen hatte.

»Helen, jetzt komm schon«, sagte mein Vater. Dann sah er mich an. »Natürlich ist das eine gute Nachricht.«

Eine kalte Brise rüttelte hinter uns an den Jalousien.

»Verdrängung bringt auch nichts«, sagte meine Mutter.

Aber ich war mir nicht sicher, ob mein Vater dem unbedingt zustimmte. Er hatte andere Vorstellungen von Wahrheit.

»Es ist eine gute Nachricht«, wiederholte mein Vater. Er stand auf und drückte mir die Schulter.

Meine Mutter schaltete den Fernseher aus.

»Du kannst genauso gut die Wahrheit erfahren, Julia«, sagte sie. »Alles geht vor die Hunde.«

Es folgten angespannte Tage. Meine Eltern sprachen immer weniger miteinander. Nach stundenlangem Spionieren mit meinem Teleskop erwischte ich schließlich meinen Vater wieder bei Sylvia. Dieses Mal war es Morgen, nachdem er sich zur Arbeit verabschiedet hatte und während meine Mutter auf der Couch döste. Er war im Auto weggefahren, kam aber zu Fuß zurück. Immer wieder drehte er sich zu unserem Haus um, einmal, zweimal, und noch einmal, ehe er durch das Seitentor in Sylvias Garten verschwand. Ich hatte wenig Ahnung, wie solche Dramen abliefen. Meine Angst wuchs, dass mein Vater uns eines Tages ganz verlassen würde.

Und dann eines Abends erzählte mein Vater eine neue Lüge. Das war nicht die erste Lüge, die ich von ihm hörte, und es würde nicht die letzte bleiben. Es war nur die beherzteste und beste. Einfach und lapidar. Ein eleganter, haarsträubender Schwindel. Ein einzelner unwahrer Satz.

Es passierte an einem Samstag, einem Tageslichttag: Die Sonne ging morgens auf und schien den ganzen Nachmittag. Eine salzige Brise raschelte in den Eukalyptusbäumen, während die Zwillinge im Pool der Nachbarn planschten. Meine Mutter fühlte sich besser als normalerweise und las im Garten eine Zeitschrift, neben sich ein schwitzendes Glas Eistee, als ein Geschwader Heißluftballons durch den Himmel schwebte. Die Passagiere winkten uns aus den Körben zu, während sie über unser Dach trieben. Es waren fünfundzwanzig Grad. Man wäre bei diesem Anblick nie auf die Idee gekommen, dass sechs Astronauten weiterhin mit schwindenden Lebensmittelvorräten auf der Weltraumstation festsaßen, dreihundert Kilometer über der Seide dieser Ballons. In diesem speziellen Augenblick kam es uns auch nicht so vor, als säßen *wir* fest.

Ich war in der Küche, als das Telefon klingelte. Mein Vater war oben. Meine Mutter wandte bei dem Geräusch zwar den Kopf zum Haus um, blieb aber sitzen. Zufällig nahm ich den Hörer in der Küche ab, unmittelbar nachdem mein Vater oben abgehoben hatte.

»Joel?«, sagte die Stimme am anderen Ende. »Hier ist Ben Harvey vom St. Anthony's.«

Ich legte die Handfläche über die Muschel und lauschte.

»Und?«, fragte mein Vater.

Mit angehaltenem Atem stand ich regungslos da, barfuß auf den Fliesen.

»Es ist nicht das, was du hören möchtest«, sagte der andere Mann.

Er zögerte. Ich holte kurz Luft.

»Er war schon tot, als er ankam«, sagte der Mann.

Mein Vater seufzte schwer.

»Schädelfraktur, Wirbelbrüche, Subduralhämatom. Offenbar war er auf der Durchreise oder so was. Es gibt keine Verwandten.«

Ich kann nicht erklären, warum wir immer noch glaubten, der Fußgänger könnte irgendwie überlebt haben. Meine Mutter und ich hatten ihn doch beide draußen auf der Straße gesehen, leblos, schon seine Körperhaltung war die eines Toten gewesen; Lebende liegen nicht so. Und doch hatten wir tatsächlich weiterhin gehofft.

Ich hörte nicht, was sonst noch am Telefon gesagt wurde. Ich lehnte mich einfach nur an die Küchenarbeitsfläche, mir war nicht gut. Als das Gespräch vorbei war, legte ich so leise wie möglich auf, und dann hörte ich meinen Vater die Treppe herunterkommen.

Draußen auf der Terrasse blätterte meine Mutter in ihrer Zeitschrift und nippte am Eistee. Ich wollte nicht dabei sein, wenn er es ihr erzählte.

Ich lief zu Gabby, aber dort war niemand zu Hause. Also saß ich eine Weile allein auf unserer Veranda und beobachtete die dicken weißen Wolken, die über meinem Kopf Richtung Osten trieben. Es war ungefähr die Zeit, zu der Seth manchmal seine Klavierstunde bei Sylvia hatte, und ich dachte, er wäre vielleicht da. Ich lauschte auf Klaviergeräusche, hörte aber nichts.

Am Ende der Straße versperrte ein riesiger Umzugswagen die Einfahrt der Kaplans. Eine Matratze lehnte hochkant an der Haustür, und die Familienkatze miaute in ihrer Transportbox auf der Veranda.

Das »Zu Verkaufen«-Schild war drei Tage nach der durchgeschnittenen Stromleitung vor dem Haus der Kaplans aufgetaucht. Jetzt spielten die beiden Jüngsten mit den Kartons im Garten, während zwei Möbelpacker und Mr Kaplan ein langes braunes Sofa in den LKW schoben. Ich konnte schwach ihre Stimmen hören, die Diskussionen von Männern, von der Brise zu mir getragen.

Sie zogen in eine der Kolonien, eine, in der alle Juden und sich über den Sabbat einig waren: Sonnenuntergang bis Sonnenuntergang an jedem siebten Tag. Ihre Wochen stimmten natürlich mittlerweile mit unseren überhaupt nicht mehr überein, ihre Samstage fielen nicht mehr auf unsere. In einer weißen Nacht, als ich nicht schlafen konnte, hatte ich es ausgerechnet: Die Echtzeiter waren uns zu diesem Zeitpunkt dutzende von Tagen hinterher – und diese Tage würden sich letztendlich zu Jahren anstauen.

Auf der anderen Straßenseite ertönte das Klicken und Quietschen einer sich öffnenden Tür. Ich sah auf: Es war nicht Seth.

Es war nur Sylvia, in Sonnenhut und Clogs, eine Schaufel in der Hand.

Sie winkte.

»Schöner Tag heute«, rief sie mir aus ihrem Garten zu. Sie fragte mich, wie es mir gehe.

»Gut«, sagte ich.

Sie tat mir nicht mehr leid. Jetzt machte sie mich einfach nur nervös, als wäre ich diejenige, die etwas zu verbergen hatte.

Sie kniete sich neben ihre Rosen, die in den letzten Wochen zu welken begonnen hatten. Sylvia hingegen schien aufzublühen. Die meisten von uns liefen mit schläfrigen Augen und trägem Verstand herum – meine Mutter behauptete, seit Monaten nicht geträumt zu haben –, aber Sylvia wirkte ausgeruht und entspannt und wach. Es war schwer zu übersehen, dass sie schön war, so viel schöner in jenen Tagen als meine Mutter. Allmählich hoffte ich, Sylvia würde fortziehen wie die Kaplans und so viele andere Echtzeiter damals.

Oder vielleicht wünschte ich, *wir* würden weit weggehen. Ich dachte über die Kolonien nach, die sich in der Wüste bildeten. Vielleicht verging die Zeit dort ja wirklich langsamer als da, wo wir lebten. Und falls ja, falls jedes Ereignis etwas länger brauchte, um zu geschehen, waren dann die Konsequenzen dieser Ereignisse ebenfalls weniger schnell?

Als ich zurück ins Haus ging, fand ich meine Eltern zusammen auf der Terrasse. Durch das Küchenfenster sahen sie nicht aus, wie ich erwartet hatte. Meine Mutter lachte und schüttelte den Kopf. Mein Vater hatte eine Hand fest auf ihr Knie gedrückt. Sobald meine Mutter mich durch die Scheibe entdeckte, winkte sie mich zu sich hinaus. Schon bevor ich die Tür aufmachte, war ich mir sicher, dass mein Vater die Nachricht noch nicht überbracht hatte.

»Stell dir vor«, sagte meine Mutter, als ich die Tür hinter mir zuzog und die kalte Messingklinke einrastete.

»Was denn?«, fragte ich.

Sie schirmte die Augen mit der Hand vor der Sonne ab und wandte sich an meinen Vater.

»Erzähl es Julia.« Sie setzte sich auf ihrem Liegestuhl auf, die Knie ans Kinn gezogen wie ein Teenager. »Erzähl schon.«

Mein Vater sah mir fest in die Augen. »Weißt du noch, der Mann von dem Unfall?«

Hinter ihm schüttelte ein schwacher Windzug den inzwischen ausgedörrten Jelängerjelieber.

»Ja?«

Und dann kam die Lüge, knapp und glatt und klar: »Ich habe heute erfahren, dass er überlebt hat.«

»Sie haben ihn aus dem Krankenhaus entlassen«, sagte meine Mutter. Unentwegt rutschte sie auf ihrem Stuhl herum. »Er hatte nur ein paar Knochenbrüche«, fuhr sie fort. »Sonst nichts. Kannst du das fassen?«

Ich spürte Wut auf meinen Vater in mir aufsteigen. Sie verdiente, die Wahrheit zu erfahren.

Doch meine Mutter sah besser aus als seit Monaten. Ihre Haltung entkrampfte sich. Ihre Lachfältchen kehrten zurück. Ihr ganzes Gesicht wirkte anders – die Augen halb zusammengekniffen, die Wangen gewölbt, die Lippen geteilt, so dass man Zähne sah: ein Lächeln.

In diesem Moment wollte ich einfach nur zurücklächeln.

Zuerst kam es mir nicht richtig vor. Ich hatte ein schlechtes Gewissen. Und ich hoffte, meinem Vater ginge es genauso. Aber der Stimmungswandel war einfach unwiderstehlich.

Die Lüge verbesserte alles.

Meine Mutter holte die schönen Kristallgläser und entkorkte einen der besonderen Rotweine, die sie in einem Regal über der

Hausbar aufbewahrte. Sie kochte Linguine mit den getrockneten Tomaten, die meine Eltern vor ein paar Jahren aus Italien mitgebracht hatten, geerntet und in Olivenöl eingelegt, lange bevor die Verlangsamung einsetzte. Zum Nachtisch aßen wir Ananas aus der Dose. Es waren die letzten Ananas, die wir je in unserem Leben essen würden. Wir saßen im Sonnenschein mit vollen Bäuchen auf der Terrasse. Ich wünschte, ich würde mich an mehr solche Abende erinnern. Die Sonne stand hoch. Die Luft war warm. Die Erde drehte sich weiter. Aber ausnahmsweise mal machten wir uns keine Sorgen darum. Meine Mutter war glücklich, ihr Gewissen rein. Ich wusste, ich würde es nie verraten.

Auch mein Vater freute sich. Ich sah, wie er meine Mutter anblickte. Vielleicht liebte er sie. Vielleicht tat er das wirklich. Er muss im Laufe seiner beruflichen Tätigkeit in der Klinik hunderte von Leben gerettet haben, aber weder davor noch danach machte er je einen Toten wieder lebendig.

21

Cynodon dactylon, auch bekannt als Hundszahngras, dessen gängigste Sorte Arizona Common ist: eine robuste Graspflanze, widerstandsfähig gegen Hitze und Trockenheit und daher früher beliebt für Rasenflächen und Golfplätze in den gesamten südwestlichen Staaten der USA. Aber *Cynodon dactylon* braucht extrem viel Sonne. Es kann nicht im Schatten gedeihen – oder länger anhaltende Dunkelheit überstehen. Und deshalb nahmen, als die Tage auf über fünfzig Stunden anwuchsen, tausende von Gärten – einschließlich unseres und sieben anderer in der Straße – langsam Schaden. Das Gras wurde dünner, braun und starb dann ab.

Mr Valencia ersetzte seinen Rasen durch Lavasteine. Eines Morgens wachte ich von lautem Klappern auf, als zwei Arbeiter die Steine in das flache Beet kippten, in dem vorher das Gras gewachsen war. Vor anderen Häusern lagen bald Kunstrasendecken. In einigen Gärten ragten riesige Wachstumslampen auf.

Während meine Eltern noch debattierten, was mit unserem Garten passieren sollte, wurde die ganze Wiese kahl. Die Erde verwandelte sich in Matsch. Regenwürmer wühlten sich an die Oberfläche, manche davon machten sich auf den Weg in bessere Reviere, nur um auf dem Beton unserer Einfahrt von der Sonne geröstet und im Anschluss von den Rädern unserer Autos platt gefahren zu werden.

Auch unser Jelängerjelieber verwelkte. Die Bougainvillea brachte keine Blüten mehr hervor.

Überall in Amerika verdrängten gigantische Gewächshäuser die Freilandfelder unserer Bauernhöfe. Hektar um Hektar wurde überglast. Unzählige Natriumdampflampen versorgten unsere Tomatenpflanzen und Orangenbäume, unsere Erdbeeren und Kartoffeln und unseren Mais mit Licht.

»Die Entwicklungsländer wird es am schlimmsten treffen«, sagte der Präsident des Roten Kreuzes in einer der morgendlichen Sendungen. Hungersnöte wurden für Afrika und Teile Asiens prognostiziert. »Diesen Ländern mangelt es schlicht an den finanziellen Mitteln, um sich umzustellen.«

Aber selbst für uns waren die Lösungen nur vorläufig. Die industrielle Landwirtschaft verschlang irrsinnige Mengen an Strom. Die zwanzigtausend Lampen an der Decke eines einzigen Gewächshauses fraßen in einer halben Stunde so viel Energie wie die meisten Familien im ganzen Jahr verbrauchten. Viehweiden würden schnell zu teuer im Unterhalt – Rindfleisch würde bald schon zur Delikatesse.

»Wir müssen genau den entgegengesetzten Weg gehen«, sagte der Leiter einer großen Umweltgruppe im Interview in den Abendnachrichten. »Unsere Abhängigkeit von Pflanzen, die so viel Licht brauchen, muss gedrosselt statt verlängert werden.«

Bananen und andere tropische Früchte waren bereits aus den Läden verschwunden. Bananen! Wie seltsam ein Wort klingen kann, wenn man es seit Ewigkeiten nicht mehr laut ausgesprochen gehört hat.

Wissenschaftler suchten fieberhaft nach Abhilfe. Hoffnung lag in der Gentechnik. Es war von einem Wunderreis die Rede. Manche Forscher richteten ihr Augenmerk auf die moosigen Böden von Regenwäldern und die sonnenlosen Tiefen der

Meere, wo bestimmte Pflanzen seit langem bei sehr wenig Licht überlebten; sie hofften, die Gene dieser robusten Spezies in die der Weltnahrungsmittel einzubauen.

Manchmal waren wir beunruhigt, manchmal nicht. Angst spülte in Wellen über uns hinweg. Die nationale Stimmungslage war ansteckend und schnell veränderlich. Aber jede schlechte Nachricht löste Anstürme auf Konserven und Flaschenwasser aus. Die Notvorräte meiner Mutter wuchsen weiter an. Manchmal fand ich Kerzen im Garderobenschrank, kistenweise Dosenthunfisch in der Garage. Fünfzig Gläser Erdnussbutter standen aufgereiht unter dem Bett meiner Eltern.

Immer noch setzte sich die Verlangsamung fort. Die Tage dehnten sich. Eine nach der anderen tröpfelten die Minuten herein – und selbst ein Rinnsal kann sich, wie wir inzwischen begriffen haben, letzten Endes zu einer Flut anstauen.

22

Aber keine Kraft der Erde konnte den Vormarsch der sechsten Klasse bremsen. Und so war, trotz allem, jenes Jahr auch das Jahr der Tanzparty.

Wann immer der Geburtstag eines meiner Klassenkameraden nahte, wurden Einladungen an eine Liste ausgewählter Jungen und Mädchen gemailt. Vorbei die Tage eingeschlechtlicher Partys. Jetzt wurden DJs verpflichtet und Tanzflächen angemietet. Stroboskoplampen und Diskokugeln wurden an Kellerdecken oder Gartenzäunen aufgehängt oder, im Fall von Amanda Cohen, an den Dachbalken eines ausladenden Hotelballsaals. Michaela beschrieb mir diese Festivitäten dann, während wir morgens auf den Schulbus warteten. Aber manchmal musste man mir nichts erzählen: An einem speziellen Montag erschienen all die hübschesten Mädchen in den gleichen eng anliegenden rosa Sweatjacken in der Schule, auf deren Rücken Justine Valeros Name und Geburtstag in Strasssteinen stand, ein Gastgeschenk der Party des vorangegangenen Samstags.

Ich weiß, dass es als besonderes Glück galt, wenn ein Geburtstag auf einen dunklen Abend fiel, da die Romantik durch Mondlicht und Sterne beträchtlich gesteigert wurde. Aber über den genauen Ablauf dieser Ereignisse könnte ich nichts sagen. Ich war nie eingeladen.

»Justine hat bestimmt nur vergessen, dich einzuladen«,

sagte Michaela. Nagelneue Ponyfransen federten unmittelbar über ihren Augenlidern. »Wahrscheinlich hat sie es einfach vergessen.«

Hanna lehnte in der Nähe in einem mintgrünen Pulli und mit einem blonden geflochtenen Zopf am Zaun. Sie lachte in ihr Handy. Wir hatten seit Wochen nicht miteinander gesprochen.

»Außerdem«, fügte Michaela hinzu, »hätte es dir sowieso nicht gefallen. Du bist zu schüchtern. Ich wette, du würdest nur in der Ecke stehen.«

»Stimmt nicht«, sagte ich. »Ich würde tanzen.«

Mein eigener Geburtstag war schon in ein paar Wochen. Es gäbe keine Party. Es würde nicht getanzt.

»Du würdest tanzen?«, fragte Michaela. »Echt?«

Es war dunkel an diesem Morgen, die Luft feucht vom unter den Straßenlaternen schimmernden Nebel, der über den Rand des Canyons quoll, wo, wie überall, etliche heimische Pflanzenarten langsam an Lichtmangel starben.

»Ich hab am Samstag ungefähr eine Stunde mit Seth Moreno getanzt«, fuhr Michaela fort. »Das war heftig.«

Seths Name flackerte in meinem Kopf auf.

»Er war auch da?«, fragte ich.

»Von nahem ist er superheiß.« Sie bibberte in ihrem Minirock. »Ich hab sein Ding gespürt.«

Genau in dem Moment kam Seth auf dem Skateboard an der Bushaltestelle an, und Michaela verstummte.

Unsere Schule hatte seit dem Beginn der Verlangsamung ein Viertel ihrer Schülerschaft verloren, aber fünfhundertzweiundvierzig von uns waren noch übrig. Jeden Morgen vor dem ersten Gong riefen fünfhundertzweiundvierzig Stimmen einander aus fünfhundertzweiundvierzig Kehlen zu. Fünfhundertzweiundvierzig Münder kämpften um Gehör, der Lärm steigerte sich mit jeder Ladung, die die Busse vor dem Schulhof absetzten. Gerüchte wogten von Gruppe zu Gruppe – es gab Cliquen innerhalb von Cliquen innerhalb von Cliquen. Unentwegt brach lautes Gelächter aus. Fünfhundertzweiundvierzig Stimmen prallten vom Außenputz der Mauern ab, begleitet vom Klingeln von fünfhundertzweiundvierzig Handys. Ständig war jemand geschockt von etwas, was er gerade gehört hatte. Immer schrie jemand. An der Stelle, an der ich in letzter Zeit stand, am äußeren Rand der Menge, schienen die Geräusche so bedeutungslos, als sprächen all diese Zungen fremde Sprachen, ein großes, unverständliches Geplapper.

In dieser Umgebung war Schweigen tödlich. Reden war das einzig Wahre. Es zahlte sich nicht aus, von der stillen Sorte zu sein.

Jeden Schultag freute ich mich auf die sanfte Landung am Nachmittag, auf das Schnappen meines Schlüssels im Schloss unserer Tür, die Ruhe des leeren Hauses. Meine Mutter versuchte, weiter zur Arbeit zu gehen, und deshalb war sie nachmittags meistens nicht da – oder sie schlief oben.

An einem dieser Tage las ich gerade, als ich ein lautes Klopfen an der Tür hörte.

Im Englischunterricht nahmen wir Ray Bradbury durch, die Hausaufgabe an diesem Tag war eine Kurzgeschichte über eine Gruppe von Menschenkindern, die auf der Venus lebten, wo, der Erzählung zufolge, die Sonne nur alle sieben Jahre durch die dichte Wolkendecke brach – und dann lediglich für eine Stunde.

Es klingelte zweimal, ehe ich an der Tür war. Draußen stand Gabby, noch in ihrer Uniform von St. Mary's: grüner Karorock und weißes Polohemd, einen dunkelblauen Pulli um die Taille gebunden.

Ich machte auf.

»Deine Eltern sind doch nicht zu Hause, oder?«, fragte sie. Sie rieb sich die Hände und sah sich immer wieder zur Straße um. Ihre Haare waren etwas nachgewachsen, aber nicht viel. Brauner Flaum bedeckte ihre Kopfhaut.

»Sie sind noch in der Arbeit«, sagte ich.

Sie kam ins Haus und bedeutete mir, die Tür zu schließen.

»Ich muss meine E-Mails auf deinem Computer checken«, sagte sie leise, als könnte das Haus verwanzt sein.

Seit Wochen, erzählte sie, sei sie vom Internet abgeschnitten, und ihr Handy sei immer noch in einer Schreibtischschublade ihrer Mutter eingeschlossen. Während dieser zwei Wochen hatte sie kaum Kontakt zu dem Jungen in Circadia gehabt, aber natürlich waren das genau die Bedingungen, unter denen Liebe am besten gedeiht.

Sobald sie am Computer saß, legte sie los. Das Klappern von Fingernägeln auf Tasten, ein paar Mausklicks. Dann stand sie auf.

»Wir werden uns wahrscheinlich eine Zeitlang nicht sehen«, sagte sie.

»Warum nicht?«

»Ich hau hier ab. Morgen holt Keith mich von der Schule ab, und ich zieh zu ihm nach Circadia.«

Sie drohte nicht zum ersten Mal damit, wegzulaufen. Gabby hatte immer Pläne und Träume. Aber ich wusste, dass sie es nie durchgezogen hatte.

»Was ist mit deinen Eltern?«, fragte ich.

»Sag ihnen bloß nichts.«

»Die werden ausflippen.«

Sie lief in unserem Flur auf und ab. Ihre von der Schule ausgegebenen Collegeschuhe quietschten bei jedem Schritt.

»Hier ist doch sowieso alles Scheiße«, sagte sie.

Sie wedelte weit ausholend mit der Hand. Neben ihr verkümmerte unser Ficus in seinem Topf. Zimmerpflanzen waren noch schlechter dran als ihre Verwandten im Freien.

»Meinst du das wirklich ernst?«, fragte ich.

»Ich hätte es dir wohl besser nicht erzählt«, sagte sie. »Du bist viel zu brav, um das zu verstehen.«

»Warte.«

Gabby machte die Haustür auf und trat halb auf die Veranda.

»Keith hat ganz Recht«, sagte sie. »Hier sind doch alle im Halbschlaf. Die Uhrenzeit ist nur ein weiterer Trick der Gesellschaft, um uns zu betäuben.«

Die Sonne war hinter den Hügel gesunken. Der Himmel war rosa. Sonnenuntergänge waren dort, wo wir wohnten, schon immer schön gewesen, aber an diesen Tagen wirkten sie noch dramatischer, besonders da sie doppelt so selten waren.

»Bitte erzähl keinem was«, sagte sie.

Jeder, der Gabby so kannte wie ich, wäre davon ausgegangen, dass sie nicht wirklich wegliefe. Der Plan, falls es einen gab, würde sich sehr wahrscheinlich zerschlagen. Irgendetwas würde sich verändern: Ihre Absichten wechselten schnell, ihre Laune noch schneller. Ich war mir ziemlich sicher, dass Gabby am nächsten Tag wie üblich von der Schule nach Hause käme. Sie würde in ihrem eigenen Bett schlafen und sofort den nächsten abwegigen Fluchtplan schmieden.

Sie umarmte mich kurz und verabschiedete sich. Ich ging zurück an meine Hausaufgabe.

Ich weiß noch, wie die Kurzgeschichte von Bradbury endete: An dem Tag, als auf der Venus endlich die Sonne scheint, nach sieben Jahren Abwesenheit, überredet ein Junge die anderen Kinder, ein kleines Mädchen in einen Schrank zu sperren. Sobald die Sonne auftaucht, rennen die anderen Kinder nach draußen, um ihre Strahlen zum ersten Mal im Leben auf dem Gesicht zu spüren. Sie scheint nur eine Stunde lang. Das Mädchen bleibt im Schrank gefangen. Bis sich jemand an sie da drin erinnert, ist die Sonne wieder hinter den Wolken verschwunden, wo sie die nächsten sieben Jahre bleibt.

Es war noch dunkel, als ich am nächsten Tag aus der Schule kam. Sonnenaufgang wäre erst in einigen Stunden. Ich ging sofort zu Gabby, und als ich an Tom und Carlottas Einfahrt vorbeikam, überlief mich ein Schauer. Sie wohnten immer noch dort, aber es brannte natürlich kein Licht; für sie war es mitten in der Nacht. Wenige Monate später wurden sie beide zu einer Strafe verurteilt und mussten das Haus verkaufen, um die Anwaltskosten zu bezahlen.

Als ich vor Gabbys Einfahrt ankam, sah ich, dass es bei ihr auch dunkel war. Das Verandalicht brannte einsam.

Ich klingelte. Niemand kam. Ich klingelte noch einmal.

Durch das Küchenfenster glänzte eine Reihe nagelneuer Edelstahlgeräte im Mondlicht.

Ich war mit Geschichten über die speziellen Gefahren aufgewachsen, die Mädchen drohten. Ich wusste, wo die Leichen gefunden wurden: nackt an Stränden oder zerstückelt, die Einzelteile in Gefriertruhen eingefroren oder in Zement versenkt. Diese Geschehnisse wurden vor uns Mädchen nie geheim gehalten. Vielmehr wurden sie verbreitet wie Spukgeschichten, da unsere Eltern hofften, die Angst würde uns besser schützen als unser Urteilsvermögen.

Nun sah ich Gabbys Situation in ebendiesem Licht: Eine Zwölfjährige war mit einem Mann durchgebrannt, den sie drei Wochen vorher im Internet kennengelernt hatte. Er behauptete, sechzehn zu sein, aber wer wusste das schon. Angeblich lebte er in einer der Tageslichtkolonien, aber ich kannte nicht einmal seinen Nachnamen. Solche Geschichten nahmen normalerweise kein gutes Ende, und seit dem Beginn der Verlangsamung waren sie nur noch häufiger geworden. Die Raten jeder Art von Gewaltverbrechen stiegen an, die Gründe dafür waren zum Teil physiologisch. Schlaflosigkeit erzeugte eine Form von Verzweiflung, vermute ich. Es war schwieriger geworden, Impulsen zu widerstehen.

Die Beunruhigung entstand in meinem Bauch, eine Verkrampfung, die sich über meine Brust in die Schultern ausbreitete, bis sie meinen Nacken erreichte. Den gesamten Nachmittag schwelte die Sorge, und ich war überrascht, dass meine Eltern sie mir nicht im Gesicht ansahen.

An jenem Abend sprach meine Mutter meinen Geburtstag an.

»Wir müssen doch irgendwas machen«, sagte sie. »Warum veranstalten wir keine Party?«

Aber ich wollte keine Party. Ich wusste nicht, wen ich einladen sollte. Meine Mutter konnte nicht ahnen, dass ich all meine Mittagspausen damit verbrachte, so zu tun, als telefonierte ich. Der Wandel war so schnell passiert, wie verrutschender Treibsand. Und jetzt war auch Gabby fort.

»In Zeiten wie diesen«, sagte meine Mutter, »ist es noch wichtiger, die schönen Dinge zu feiern.«

Schließlich willigte ich in ein Abendessen ein.

»Aber nur wir und Opa«, sagte ich.

»Laden wir doch wenigstens Hanna ein«, meinte meine Mutter. »Ich habe sie seit Monaten nicht gesehen.«

»Nein. Hanna lade ich nicht ein.«

Gegen Abend war mein ganzer Körper heiß vor Schuldgefühlen wegen Gabby. Die Gewissensbisse schienen von meiner Haut auszuströmen, wie Pheromone oder Rauch oder sonst ein chemisches Signal mit der Kraft, Gabbys Mutter auf unsere Veranda zu locken, wo sie schließlich um kurz nach acht eintraf, um uns zu fragen, ob wir ihre Tochter gesehen hätten.

Meine Mutter machte eine bedauernde Miene. »Leider nicht. Haben Sie es schon bei ihren anderen Freundinnen probiert?«

Gabbys Mutter sah mich direkt an. Sie trug ein Kostüm und hohe Schuhe. Lipliner umrandete ihren Mund noch vom Arbeitstag, aber der Lippenstift war verblasst.

»Bitte verraten Sie ihr nicht, dass ich es Ihnen erzählt habe«, sagte ich.

»Du weißt, wo sie ist?«, fragte meine Mutter.

»Ich glaube, sie ist nach Circadia gefahren.« Ich machte eine Pause. »Mit einem Jungen.«

»Was zum Teufel ist Circadia?«, fragte Gabbys Mutter.

Sie trug Kontaktlinsen, die aber ihre Augen austrockneten. Sie blinzelte ständig, und in dem Moment blinzelte sie sogar noch mehr, weil Tränen in ihre dunklen Augen strömten.

»Sie wissen schon«, sagte ich. »Eine der Tageslichtkolonien.«

Gabbys Mutter rief die Polizei an. Sie und Gabbys Vater fuhren sofort hinaus in die Wüste, klopften die ganze Nacht an Türen, während die Sonne am Himmel brannte – es war Tag in Circadia. Alle waren wach.

Gegen Morgen wurde Gabby Wein trinkend auf einem Grillfest mit Keith gefunden, einem älteren Ausreißer aus einem anderen Teil des Staates. Sie verbrachte nur eine Nacht in Circadia.

Danach war sie nie wieder dieselbe. Zu Hause in unserer Straße lag sie herum, apathisch und enttäuscht, eine Reisende, die zur Rückkehr aus einem exotischen und erhellenden Land gezwungen worden war.

»Hast du meiner Mutter gesagt, wo ich bin?«, fragte sie.

»Nein.«

Skeptisch verdrehte sie den Kopf in meine Richtung. »Echt nicht?«

»Ich schwöre«, sagte ich.

»Irgendwann geh ich wieder zurück«, sagte sie. Etwas Wissendes klang neuerdings in ihrer Stimme mit. »Es ist schwer zu erklären, aber Circadia ist wie einer dieser Orte, du weißt schon, wie nennt man das? Ein Utopia? Alle sind total locker. Und sie behandeln dich wie einen Erwachsenen. Niemand interessiert sich dafür, wie du aussiehst oder was du anhast.«

Die Geschichte Circadias war kurz, und ich erfuhr sie erst später. Es lag über hundertfünfzig Kilometer von allem anderen entfernt, und seine Betonfundamente wurden ein Jahr vor der Verlangsamung gegossen, von einem Bauunternehmer, der davon träumte, dass der Wildwuchs der kalifornischen Küstenstädte schon bald in diesen Wüstenabschnitt vordringen würde. Aber sechs Monate später machte der Bauunternehmer Bankrott. Die Bauarbeiten wurden abgebrochen. Monatelang standen die Häuser halbfertig und leer – bis eine Gruppe überzeugter Echtzeiter das Land mit allen Gebäuden darauf kaufte und nach ihrer eigenen inneren Uhr, ihrem zirkadianen Rhythmus, benannte.

Gabby beschrieb ein goldenes Land, ein Umkehrbild dessen, in dem wir lebten. Die Zeit fließe wirklich anders, beharrte sie. Jede Stunde sei ihr wie ein Tag vorgekommen. Herzen machten weniger Schläge pro Minute. Menschen atmeten tiefere Atemzüge. Wut brauche ewig, um auszubrechen. Sie würden länger leben, beteuerte Gabby. Und alles dauerte an: ein gutes Essen, ein Ausbruch von Gelächter, der Blick in Keiths Augen, nachdem sie sich zum ersten Mal geküsst hatten.

»So zu leben, verändert Menschen«, sagte sie. »Sie sind so viel besser als die Leute hier.«

Im Circadia aus Gabbys Erzählungen bildeten die Bewohner eine neue Welle sanfter Pioniere, hart arbeitend, aber gut ausgeruht – sie schliefen vierundzwanzig Stunden am Stück und blieben danach genauso lange oder noch länger wach, ohne müde zu werden. Für uns Außenstehende klang es unmöglich, aber die Wissenschaft bestätigte es bereits: Menschliche Biorhythmen erwiesen sich als weitaus anpassungsfähiger, als man früher geglaubt hatte.

Gabbys Erinnerungen an Circadia blieben mir im Gedächtnis. Mir gefiel die Vorstellung, an einen weit entfernten Ort zu ziehen. Manchmal in weißen Nächten, wenn das Sonnenlicht unter meinen Vorhängen hindurchkroch, versuchte ich mich zu erinnern, wie es gewesen war, im Einklang mit der Sonne zu schlafen. Wie seltsam und friedlich es klang, jede Nacht im Dunklen zu träumen. Und wie still diese dichte Wüstenfinsternis gewesen sein musste, wenn das Land nur von den Sternen beleuchtet wurde. Keine Schnellstraßen rauschten dort. Keine Stromleitungen summten. Vielleicht hatte ich eine solche Stille überhaupt noch nie gehört. Nicht einmal das Ticken der Uhren konnte einen wecken – weil in Circadia niemand Uhren hatte.

Sobald Gabbys Haare wieder lang genug gewachsen waren, um als freche Kurzhaarfrisur durchzugehen, wurde sie auf ein hundertfünfzig Kilometer entferntes Internat geschickt. Sie war die letzte Freundin, die ich noch hatte, und einfach so – war sie weg.

23

Bei der großen Umsortierung der Schicksale und Lebensläufe, die auf die Verlangsamung folgte, hatten die meisten von uns verloren. Der Großteil von uns war schlechter dran als vorher. Manche wurden krank, manche depressiv. Sehr viele Ehen zerbrachen unter dem Stress. Milliarden von Dollars waren aus den Märkten abgeflossen. Und wir vermissten auch noch andere Werte: unsere Lebensweise, unseren Seelenfrieden, unseren Glauben.

Aber nicht jeder litt. Ein paar wenige Glückliche hatten profitiert. Michaela und ihre Mutter gehörten dazu.

Michaela hatte das Schuljahr sechs Monate zuvor in einer Mietwohnung mit Blick auf einen Parkplatz am äußeren Rand des Ortsteils begonnen. An der Außenseite der Wohnanlage klebte eine verrostete schwarze Treppe, und ein Klopfen an Nummer 2B löste ein Rasseln der Sicherheitskette aus, wenn Michaela sie von innen aushakte.

Doch im Februar konnte ein Besucher nur an Michaelas Haustür gelangen, indem er einem Wachmann in einem Wachhäuschen draußen seinen Ausweis zeigte. Der Wachmann musste im Haus die Genehmigung einholen, ehe er das elektrische Tor öffnete. Ihre Mutter hatte einen reichen neuen Freund, und Michaela war mit ihr zu ihm gezogen.

Ich war erschrocken, an jenem Samstag dorthin eingeladen

zu werden. Seit Monaten hatte mich niemand irgendwohin eingeladen.

»Und bring einen Badeanzug mit«, hatte Michaela am Telefon gesagt. »Hinten gibt es einen Pool und einen Jacuzzi.«

Nachdem wir das Tor passiert hatten, fuhren mein Vater und ich schweigend an einem Dutzend großer Häuser vorbei, die alle von der Straße zurückgesetzt lagen und von Springbrunnen und Teichen geziert wurden. Ställe und Tennisplätze breiteten sich in alle Richtungen aus.

»Jetzt sieh dir das an«, sagte mein Vater. »Was ist das für einer, den sie da geheiratet hat?«

Meine Mutter war zu Hause, es ging ihr nicht gut. Man konnte nie voraussagen, wann sich ein Nebel auf sie herabsenken würde.

»Sie sind nicht verheiratet«, gab ich zurück. »Aber ich glaube, er hat irgendeine Firma gegründet.«

Der Himmel glühte in einem eigenartigen Orange. Brände loderten im offenen Gelände weiter im Osten, und der Rauch war Richtung Küste geweht. Es war zwar eigentlich nicht die Jahreszeit für Buschfeuer, aber sie nährten sich von den Überresten toter und sterbender Pflanzen. Man konnte das Feuer in der Luft riechen. Man konnte es im sich trübenden Licht erkennen. Alles Weiße sah leicht bernsteinfarben aus.

An der Adresse, die Michaela mir gegeben hatte, führte eine runde Einfahrt um einen riesigen Kunstrasen. Es sah beinahe echt aus, das Gras, keine zwei Halme waren genau gleich. Und es war aus etwas Weichem hergestellt, einem synthetischen Material, das die Füße täuschen sollte. Es roch auch echt. Manche der teureren Marken wurden mit diesem Duft geliefert, eine Mode, die wohl abflaute, denke ich mal, als wir uns immer weniger deutlich an den Geruch von echtem Gras erinnerten.

Das Haus war ein weitläufiger Bungalow, der sich auf dem

Grundstück ausstreckte wie ein Sonnenbadender neben einem Pool. Ein dicker Eisenklopfer hing an der Haustür. Michaela erschien im Eingang, ehe ich die Klingel drücken konnte. Sie trug schon Badesachen, ihr rosa Bikini war durch das weiße Top zu sehen. Rosa Schnüre baumelten an ihrem Hals herunter.

»Komm rein«, sagte sie.

Drinnen zog eine kleine Mexikanerin neben der Tür den Reißverschluss ihrer Handtasche zu. Die Luft roch süß. Etwas backte im Ofen.

»Alma hat Kekse gemacht«, sagte Michaela.

»Danke, Alma«, rief eine Stimme aus einem anderen Zimmer. Ich erkannte sie als die von Michaelas Mutter. »Bis morgen.«

Eine nahezu endlose Straße von Terrakottafliesen führte uns schließlich in die in der Ferne gerade eben erkennbare Küche.

»Du kannst deine Sachen hier hinstellen«, sagte Michaela. Mein Rucksack und mein Schlafsack bildeten einen ordentlichen Haufen an der Wand.

In der Küche war jede Oberfläche blitzblank, kaum benutzt, nagelneu. Und in meiner Erinnerung sah Michaelas Mutter auch so aus, als sie dort in einem pfirsichfarbenen Seidenmorgenmantel an der Arbeitsfläche lehnte. Ihr Gesicht war stark geschminkt. Ein silbriges Grau schimmerte auf ihren Lidern und in den Augenwinkeln. Die blonden Haare waren zu einer glänzenden Fläche geglättet.

»Soll ich euch beiden euer Horoskop erstellen, bevor ich gehe?«, fragte sie.

Ein Sternzeichendiagramm lag auf der Marmorplatte ausgebreitet.

»Mach Julias«, sagte Michaela.

Auf der Arbeitsfläche funkelte eine tiefe Glasschüssel voller Trauben. Ich hatte seit vor Weihnachten keine Trauben mehr gesehen.

»Die kosten so ungefähr hundert Dollar das Pfund«, sagte Michaela und steckte sich eine in den Mund. »Ist das nicht komisch?«

Es war das letzte Mal, dass ich je eine Traube aß.

Aus dem Wohnzimmer nebenan dröhnte eine Reihe kleiner Explosionen. Auf einem weißen Ledersofa saß ein Junge, der etwas älter als wir war, eine Videospielsteuerung in den Händen.

»Das ist Josh«, flüsterte Michaela. »Er ist Harrys Sohn.«

Harry war der Freund ihrer Mutter. Das hier war Harrys Haus.

»Julia, Schätzchen, weißt du dein Sternzeichen?«, fragte Michaelas Mutter.

Wusste ich nicht.

»Wann hast du denn Geburtstag?«

»Am 7. März.«

»So bald schon«, sagte sie. »Machst du eine Party?«

»Ich glaube nicht.«

Es klingelte, und Michaela hüpfte den Flur hinunter.

»Du solltest aber eine Party machen«, sagte Michaelas Mutter. Dann wandte sie sich dem Horoskop zu. »Wenn du Fisch bist und im selben Jahr geboren wie Michaela ...«

Sie fuhr mit zwei Fingern über das Diagramm, bis die beiden roten Spitzen ihrer Fingernägel sich in einer Ecke trafen.

»Hmmm.« Sie runzelte die Stirn.

Ich hörte Michaelas fernes Lachen an der Eingangstür.

»Ist es schlimm?«, fragte ich.

»Wichtig ist nicht so sehr dein Horoskop, sondern was du daraus machst«, sagte ihre Mutter. »Und außerdem hat die Verlangsamung die Konstellationen total verändert. Alles ist im Moment ein bisschen wackelig, deshalb können wir uns nicht unbedingt darauf verlassen.«

Michaela kam näher. Ich hörte die Stimme eines Jungen.

»Aber sei vorsichtig, okay?«, sagte ihre Mutter. Ihre Augen glänzten, als sie blinzelte. »An deiner Stelle wäre ich einfach eine Zeitlang ein bisschen vorsichtiger als sonst.«

Michaela kehrte mit einem Jungen in die Küche zurück, den ich aus der Schule kannte. Kai war ein Jahr älter und zur Hälfte Hawaiianer, und er verunsicherte mich, wie er so in der Küche herumstand, ohne zu lächeln, und darauf wartete, unterhalten zu werden. Seine Haut war von einem cremigen hellen Braun, seine Zähne von einem frischen Weiß. Er hatte beide Daumen in die Taschen seiner blauen Surfershorts gehakt und warf einen Blick auf Michaelas Mutter in ihrem Morgenmantel.

»Ist es schon sieben?«, fragte Michaelas Mutter. »Mist, ich sollte mich mal anziehen.«

Sie ließ uns drei allein in der Küche. Ein Schweigen tat sich hinter ihr auf. Das einzige Geräusch war das Fließen des Wassers aus den beiden Schwanfiguren im Swimmingpool draußen. Doch schließlich schwoll hinter uns die Musik des Videospiels an.

»Ist das Street Avenger?«, fragte Kai.

Das waren die ersten Worte, die er sprach. Er schlenderte ins Wohnzimmer, seine Flipflops schlurften über die Fliesen.

»Ist der nicht heiß?«, raunte Michaela mir zu, während wir ihm folgten. »Er ist nicht richtig mein Freund, aber irgendwie schon.«

»Kommt sonst noch jemand?«, fragte ich.

»Nein«, sagte sie. »Warum?«

Josh und Kai spielten drei Runden Street Avenger, und Michaela und ich sahen zu. Ich bemühte mich, lässig zu wirken, schlug ständig die Beine übereinander und wieder zurück. Zu der Zeit hatte ich häufig das Gefühl, beobachtet zu werden, aber ich glaube, diese Empfindung wurde von genau den gegenteiligen Umständen hervorgerufen.

Michaelas Mutter trug ein Glitzerkleid und hohe Absätze, als sie mit Harry in einem braunen Sakko an ihrer Seite wieder auftauchte. Er war schlank und sportlich, aber er muss zwanzig Jahre älter gewesen sein als sie. Die beiden kannten sich erst seit drei Monaten.

»Viel Spaß, Kinder«, sagte Michaelas Mutter. »Bei uns wird es spät.«

Meine Mutter hätte mir nicht erlaubt, dort hinzugehen, wenn sie gewusst hätte, dass wir allein wären.

»Josh«, sagte Harry zu seinem Sohn, als sie gingen. »Du hast die Verantwortung.«

Das Klackern der Absätze von Michaelas Mutter entfernte sich rasch über den Flur, und bald hörten wir das Rattern des sich öffnenden und schließenden Garagentors, das Brummen und Verhallen des davonfahrenden Wagens.

»Ich hab keine Lust mehr auf Videospiele«, sagte Michaela. »Gehen wir in den Whirlpool.«

»Zuerst«, sagte Josh, »brauchen wir Bier.«

»Habt ihr Bier?«, fragte Kai.

Ich versuchte, den Anschein zu erwecken, als wäre Bier etwas Normales für mich.

»Die merken es, wenn wir welches nehmen«, wandte Michaela ein.

»Nicht, wenn wir es aus dem Schutzraum holen«, sagte Josh.

»Was ist das?«, fragte ich.

Josh sprang von der Couch und lief schnell durch den Flur. Wir folgten ihm. Er war älter – 13 –, ein großes, dünnes Kind, nur Arme und Beine. Vor einem hohen Spiegel, der in einem schweren Mahagonirahmen an der Wand hing, blieb er stehen. Er strich mit den Fingern über die Kante und zog dann. Der

Spiegel hing an verborgenen Scharnieren; er schwang auf wie eine Tür. Und in der Wand dahinter lag eine zweite Tür, diese nun aus Metall.

»Das ist Stahl.« Josh tippte einen Code in eine Tastatur. Wir hörten das Aufschnappen der Schlösser. »Und es ist fünfzehn Zentimeter dick.«

Damals hatte ich so etwas noch nie gesehen.

Es war dunkel hinter der Tür. Ein Anknipsen des Lichtschalters enthüllte einen riesigen Raum mit Holzregalen, die alle von Vorräten überquollen: Dutzende Schachteln mit Kerzen, hunderte von Batteriepäckchen, kistenweise Obst in Dosen und Thunfisch in Dosen, Gemüse in Dosen, Saft in Dosen, Kondensmilch und Milchpulver und fünfundzwanzig Gläser Erdnussbutter. In einigen durchsichtigen Plastikeimern befanden sich Haferflocken, Getreidekörner und Reis. Ein Stapel flacher Silberpackungen glitzerte unter den Lampen.

»Gefriergetrocknete Fertigmahlzeiten«, sagte Josh.

Hunderte von Litern Flaschenwasser standen in Dreierreihen in einem Fach. Es gab eine Pyramide aus Klopapier. Auf einem großen grünen Behälter stand in fetten Buchstaben: *Überlebens-Saatguttresor*. Mehrere aufgerollte Schlafsäcke waren neben einem Kurbelradio und einem Gaskocher aufgestapelt. Kartons voller Verbände, Mullbinden, Seife und in Reihen angeordnete Tablettenfläschchen türmten sich über uns auf: Antibiotika, Vitamine, Jod.

»Ach du Scheiße«, sagte Kai.

Er betrachtete eine Vitrine an der gegenüberliegenden Wand, in der zwei Gewehre und sieben Messer in Scheiden hingen. Sechs Schachteln Kugeln waren unter den Waffen aufgeschichtet.

»Was ist das alles?«, fragte ich.

»Wonach sieht es denn aus?«, meinte Josh.

Er teilte Biere aus. Ich fasste meins mit zwei Fingern am Hals an. Ich wusste noch nicht mal, wie man die Flasche hielt.

»Sein Vater glaubt, die Welt geht unter«, sagte Michaela. »Deshalb hat er das ganze Zeug hier reingestellt.«

»Wir haben genug Essen für ein Jahr«, sagte Josh. »Und der Raum hier ist architektonisch unsichtbar, also merkt man gar nicht, dass es ihn gibt. So bricht niemand hier ein und klaut unsere Lebensmittel, wenn sie allen anderen ausgehen.«

Im Vergleich dazu waren die Vorräte, die meine Mutter angesammelt hatte, überhaupt nichts.

Der Schutzraum war nicht die einzige Besonderheit im Haus. Das ganze Gebäude war umgerüstet worden. Die Lampen in allen sechs Schlafzimmern waren mit ausgeklügelten, auf die Uhr eingestellten Dimmern ausgestattet, um den Effekt von Sonnenaufgang und Sonnenuntergang nachzuahmen. Topmoderne Verdunkelungsjalousien konnten das natürliche Licht in weißen Nächten zu einhundert Prozent abschirmen, und die Sonnenbank im Elternschlafzimmer lieferte an Tagen, an denen die Sonne überhaupt nicht über den Horizont rutschte, innerhalb von zwanzig Minuten einen ganzen Tagesbedarf Sonnenschein. Hinten im Poolhaus war ein voll funktionsfähiges Gewächshaus versteckt, in dem Karotten und Spinat wuchsen. Und ein Solargenerator stand bereit.

»Wartet es nur ab«, sagte Josh. »Eines Tages geht ihr in den Supermarkt, und alle Regale sind leer.«

Der Whirlpool war so heiß, dass es wehtat. Eine Zeitlang saßen wir auf dem Rand, ließen die Beine ins Wasser baumeln und gewöhnten uns an die Temperatur, bis wir uns schließlich einer nach dem anderen hineingleiten ließen. Michaela landete auf Kais Schoß. Er spielte mit einer ihrer Haarsträhnen, während wir uns unterhielten. Josh saß dicht neben mir im Wasser.

Ich trank einen Schluck Bier. Es schmeckte furchtbar. Doch allmählich fühlte ich mich verwegen, in meinem neuen Zweiteiler zwischen den anderen, im aufsteigenden Dampf.

Unterdessen schien die Sonne – dämmrig und vom Rauch getrübt – und der Wind blies Ascheflöckchen herum, bis sie sich auf der Terrasse absetzten wie Schnee. Diese Brände in der Ferne steigerten unsere Freude nur noch. Das bedeutete, dass wir in wichtigen Zeiten lebten.

»Haben wir euch schon das Sektenhaus gezeigt?«, fragte Michaela.

Sie drehte sich um und deutete auf eine der benachbarten Villen. Aus irgendeinem Grund gab es dort keine Zäune, so dass man die Rückseite des einen Hauses von der Rückseite eines anderen aus sehen konnte. Dieses spezielle unterschied sich nicht von den anderen – ein zweistöckiges Gebäude im spanischen Stil mit einer Dreifachgarage. Aber hinter diesen Mauern hatten sich an Silvester vierzehn Menschen mit vergiftetem Wein umgebracht.

»Aber einer war nicht zu Hause, als sie es gemacht haben«, erzählte Michaela. »Deshalb wohnt er jetzt ganz allein da.«

Joshs Fuß streifte meinen unter Wasser. Ich befand, er sähe Seth Moreno ein bisschen ähnlich. Ich nahm einen winzigen Schluck Bier. Über dem Pool schwankte ein Grüppchen Eukalyptusbäume. Sie wirkten bemerkenswert gesund, diese Bäume, dank – wie ich später erfuhr – zwischen den Ästen versteckter Wachstumslampen.

Später bestellten wir Pizza, mit extra Käse. Wir aßen in unseren Badesachen und weichten das Sofa durch unsere Handtücher hindurch auf. Wir trugen Aschespuren ins Haus und ließen die Tür hinter uns weit offen. Wir sahen uns alles Mögliche im Fernsehen an; bei einer ausgedehnten deutschen Sexszene blieben wir eine Weile hängen. Wir aßen Kekse und Eis und machten weitere Bierflaschen auf. Es kehrte schnell zu mir zurück: das alte Gefühl, dazuzugehören.

Josh schlug ein Spiel vor, von dem ich noch nie gehört hatte.

»Aber das macht nur im Dunklen Spaß«, sagte Michaela. Es war zehn Uhr an einem weißen Abend – die Sonne ginge noch mindestens sechs Stunden lang nicht unter.

»Wir können es mit den Jalousien dunkel machen«, sagte Josh. »Passt auf.«

Er tippte einen Code in ein Tastenfeld in der Küche. Auf eine Reihe von kurzen Pieptönen folgte ein leises mechanisches Surren, das aus allen Richtungen strömte. Graue Metallplatten senkten sich langsam vor die Fenster hinter uns.

»Wahnsinn«, sagte Kai.

Das Sonnenlicht verblasste rasch, als die Jalousien nach unten glitten. Michaela knipste eine Lampe an, ehe das Haus ganz dunkel wurde.

»Die Rollos sind auch aus Stahl«, sagte Josh. Wir standen um die einzige Lampe herum wie um ein Lagerfeuer, ein gelbes Leuchten auf den Gesichtern. »Und die halten nicht nur das Licht ab. Sie verhindern auch, dass jemand reinkommt.«

Sie bereiteten sich auf eine Zeit der Monster vor, schien es mir, aber die Monster waren nur die Nachbarn, vielleicht sogar ihre Freunde.

Michaela erklärte die Regeln des neuen Spiels und strich dabei durch Kais schwarze Haare. Es sei wie Verstecken, sagte sie, nur müsse man sich, wenn man denjenigen gefunden habe, zu ihm ins Versteck setzen. Wer die anderen zuletzt finde, habe verloren.

Wir würfelten aus, wer sich zuerst verstecken sollte, und die Entscheidung fiel auf mich. Die anderen warteten zusammen in Michaelas Zimmer, um mir Zeit zu geben. Nachdem sie bis zwanzig gezählt hätten, würden sie das letzte Licht ausmachen und im Dunklen anfangen zu suchen.

Ich versteckte mich im Schutzraum, den wir offen gelassen hatten. Ich kauerte mich tief neben das Klopapier hinten im Raum. Nach einer Weile sah ich das Licht verlöschen. Weit entfernt hörte ich Lachen.

Ich wartete darauf, dass meine Augen sich an die Dunkelheit gewöhnten, was aber nicht geschah. Keine Spur von Tageslicht schaffte es durch diese Jalousien. Es blieb nur Schwärze, eine Art Blindheit. Es war, wie wir früher sagten, *dunkel wie die Nacht*.

Nach ein paar Minuten hörte ich Schritte vor dem Schutzraum, das Quietschen der Tür, Atmen. Jemand war bei mir im Zimmer.

Mehrere Dosen kippten auf den Boden.

»Scheiße«, sagte eine Jungenstimme. Ich hörte, dass es Josh war, konnte ihn aber nicht sehen, nicht einmal einen Umriss, keinen Schatten, nichts.

Er tastete sich durch den Raum, bis seine Hände gegen meine Schulter stießen.

»Hab dich«, flüsterte er.

Und ich war froh. Er setzte sich neben mich auf den Fußboden. Wieder berührte er meine Schulter, wie aus Versehen. Wir hatten eine neue Wunderkraft: Unsichtbarkeit.

»Du hast hübsch ausgesehen in deinem Bikini«, sagte er.

»Danke.« Ich lächelte ein verborgenes Lächeln. Möglicherweise war es das erste Mal, dass ein Junge sagte, ihm gefalle mein Aussehen. Lange Zeit saßen wir da, ohne zu sprechen.

»Ich hab noch nie ein Mädchen geküsst«, flüsterte er.

Es gibt Lebewesen auf dem Meeresgrund, die ohne Licht existieren können. Sie haben sich so entwickelt, dass sie leben, wo andere Tiere sterben würden, und die Dunkelheit hat auch uns mit gewissen besonderen Fähigkeiten ausgestattet. In der Finsternis waren Dinge möglich, die bei Licht nie funktioniert hätten. Ich verhielt mich still und wartete, dass etwas passierte.

Ich spürte seinen Atem auf der Wange und rührte mich nicht. Sekunden vergingen. Und dann: Seine Lippen drückten sich auf mein Kinn – er hatte sich im Dunklen verschätzt.

»Schon okay«, sagte ich.

Er gab keine Antwort. Er räusperte sich.

»Können wir es noch mal probieren?«, fragte er.

Doch mich hatte der Mut verlassen.

»Wir sind mitten im Spiel«, sagte ich.

Als ich spürte, dass er sich erneut zu mir beugte, lehnte ich mich zurück.

»Komm schon«, raunte er. »In ein oder zwei Jahren sind wir sowieso alle tot.«

»Niemand weiß, was passieren wird«, sagte ich.

Ich horchte nach Kai und Michaela, hörte aber nichts.

»Wenn uns das Essen ausgeht, gibt es Kriege«, sagte er. »Große Kriege.«

Er versuchte noch einmal, mich zu küssen, aber ich sprang auf und stieß gegen eines der Regale hinter uns. Etwas krachte zu Boden. Im Falle einer Katastrophe hätten sie ein Glas Marmelade weniger.

»Von mir aus«, sagte er. »Hätte ich mir denken können, dass du total öde bist.«

Ich hörte ihn aufstehen und im Dunklen zur Tür schlurfen. Der Geruch von Erdbeeren wehte durch die Luft.

»Und überhaupt«, sagte er. »Michaela hat dich bloß eingeladen, weil ihre Mutter sie gezwungen hat. Ihr Freund durfte nur kommen, wenn auch noch jemand *Verantwortungsbewusstes* dabei ist.«

Ich wusste, dass es stimmte, sobald er es sagte – der ganze Abend eine Illusion, die nun in sich zusammenfiel. Michaela hatte mich das ganze Jahr nirgendwohin eingeladen.

Die Tür quietschte auf und schnappte zu. Ich war wieder allein in der Dunkelheit.

Eine Zeitlang kauerte ich noch dort. Die einzige Möglichkeit schien, das Spiel fortzusetzen. Doch niemand sonst kam, und bald tauchte ein schmaler Lichtstreifen unter der Tür des Schutzraums auf. Sie hatte die Lampen im Haus angeschaltet – oder die Jalousien hochgezogen.

Im Flur musste ich blinzeln, um etwas erkennen zu können. Meine Augen gewöhnten sich nur langsam ans Licht. Sie sahen wieder fern: Michaela und Kai, die Beine auf der Couch verschlungen. Michaela aß Pralinen aus einer Schachtel. Josh war nicht bei ihnen.

»Da bist du ja«, sagte Michaela. Sie trug ihren Bikini und sonst nichts. Ihre Haare waren noch struppig vom Whirlpool. »Wir haben dich nirgends gefunden.«

Das blaue Licht des Fernsehers flackerte auf ihrem Gesicht. Kai hielt den Blick auf den Bildschirm gerichtet.

»Ihr habt aufgehört zu suchen?«, sagte ich.

»Wir konnten dich nicht finden.« Sie wandte sich wieder dem Fernseher zu. »Josh hat gesagt, er hat im Schutzraum nachgesehen, und da warst du nicht.«

Später schlief ich in meiner Jeans auf dem Sofa ein. Ich wachte zweimal auf: einmal, als Michaelas Mutter und Harry ins Haus gerauscht kamen – das Klackern ihrer Absätze auf den Fliesen, beider Lachen – und dann, als einer der Jungs, Josh, glaube ich, sich im Badezimmer übergab.

Morgens war ich als Erste wach. Eine Pizzaschachtel lag aufgeklappt auf der Arbeitsfläche, und eine volle Packung geschmolzenes Eis stand eingesunken daneben. Aber jemand hatte die Flaschen aufgeräumt.

Über Nacht war die Sonne untergegangen. Es war dunkel und kalt, und es würde den ganzen Tag dunkel bleiben.

Ich rief zu Hause an, und meine Mutter schickte meinen Vater los, um mich abzuholen. Ich ging, ohne mich zu verabschieden. Jemand musste ans Telefon gegangen sein, als der Wachmann aus dem Wachhäuschen anrief, denn das Auto meines Vaters tauchte bald mit leuchtenden Scheinwerfern auf der runden Zufahrt auf.

»Warum so früh?«, fragte er, als ich in den Wagen stieg. »Stimmt was nicht?«

Die Luft roch stark nach Rauch. Im Dunkeln konnten die Löschflugzeuge nicht fliegen, daher würden die Feuer stundenlang ungehindert brennen. Die Radionachrichten meldeten eine weitere merkwürdige Geschichte: Ein Erdbeben hatte das ländliche Kansas getroffen. Es war das erste seiner Stärke, das je dort gemessen wurde.

»Ich hatte einfach Lust, nach Hause zu kommen«, sagte ich.

24

Zwei Tage vor meinem zwölften Geburtstag wurde eine Gruppe von Walen an unserer Küste angeschwemmt. Anwohner wachten eines Morgens auf und entdeckten die Tiere zusammengesackt im Sand, sich schwach windend, als die Ebbe sich ohne sie zurückzog. Zehn Meeresgeschöpfe: auf der Erde gestrandet.

Überall auf der Welt häuften sich Massenstrandungen. In Australien lagen 2000 Grindwale und 1200 Delfine zusammen an einem einzigen Strand. In Südafrika waren es Schwertwale. Neunundachtzig Buckelwale waren auf Cape Cod auf Grund gelaufen.

Theorien gab es reichlich. Aber an Beweisen mangelte es. Das Meer veränderte sich – so viel wussten wir. Die Strömungen wurden verschoben. Die Gezeiten wandelten sich. Jede Flut schlich sich höher. Jede Ebbe wich weiter zurück. Die Nahrungskette zerfiel, und neue Totzonen hatten sich in bestimmten Gewässern gebildet. Verhungernde Wale wagten sich möglicherweise auf der Suche nach Futter ins Flache.

Aber es gab auch einige, die eine konservativere Ansicht vertraten.

»Solche Dinge sind in der Geschichte immer wieder vorgekommen«, sagte Miss Mosely, unsere neue Lehrerin in Naturkunde, während wir auf unseren Laborhockern herumrutschten.

Unter Miss Moselys Leitung hatten wir aufgehört, Mr Jensens Sonnensystem an der Wand zu aktualisieren. Das schwarze Tonpapier verblasste inzwischen. Die Papierplaneten wellten sich an den Kanten, und der Mond war aus dem Himmel gestürzt. Auf dem Schild unter *Erde* stand immer noch *28 Stunden, 6 Minuten*, obwohl die Länge der natürlichen Tage sich seitdem fast verdoppelt hatte.

Miss Mosely beugte sich vorne im Saal über einen Laptop, in grauem Bleistiftrock und weißer Bluse, um uns im Internet Fotos von hunderten im 19. Jahrhundert an einer Küste liegenden Walen zu zeigen.

»Seht ihr?«, sagte sie. »Diese neuen Strandungen haben nichts mit der Verlangsamung zu tun.«

Aber wir nahmen ihr das nicht ab. Wir wussten, was kam.

In letzter Zeit hatte ich meine Mittagspausen in der Bücherei verbracht, wo Trevor Watkins vor einem Computer saß und ein Raumschiff mit dem Treibstoff richtig gelöster Algebraaufgaben versorgte und Diane Kofsky einen Liebesroman las, während sie sich heimlich Chips aus ihrem Rucksack in den Mund steckte – in der Bücherei durfte nicht gegessen werden, und auch nicht gesprochen.

Die einzig gute Ausrede dafür, aus eigenem Antrieb mittags in der Bibliothek zu sitzen, war, Hausaufgaben für die nächste Stunde machen zu müssen. Aber meine Hausaufgaben waren erledigt. Stattdessen versuchte ich zu lesen – ich las gerade einen Roman über einen Jungen, der allein in der kanadischen Wildnis gestrandet war –, aber ich konnte mich nicht auf die Wörter konzentrieren. Mrs Marshall las vorne an ihrem Tisch die Zeitung und hob hin und wieder den Kopf, um Jesse Schwartz zu kontrollieren. Möglicherweise waren wir alle gegen unseren Willen in der Bücherei, aber Jesse war zur Strafe für ein uns nicht bekanntes, aber leicht vorstellbares Vergehen hier. Er saß allein abseits an einem Tisch, zappelte herum und starrte hinaus auf den Schulhof, wo er hingehörte, sein natürliches Habitat, dessen Geräusche uns hier lediglich als schwaches Unterwassermurmeln erreichten.

Ungefähr zur Hälfte der Pause schwang die Glastür der Bücherei auf. Der Lärm von draußen schwappte herein, wurde aber abrupt abgeschnitten, als die Tür zuschlug.

Als ich sah, wer es war, hatte ich das Gefühl, meine Gedanken hätten ihn herbeigerufen. Er war anders als wir übrigen in der Bibliothek – besser aussehend, beliebter. Seth Moreno: Ich hatte ihn noch nie mittags in der Bücherei gesehen.

Er setzte sich zwei Plätze neben mich. Viele Minuten überlegte ich, ob diese Nähe Zufall oder Absicht war.

Er lehnte sein Skateboard an den Stuhl. Diane blickte von ihrem Buch auf. Man sieht nicht oft Skateboards in der Bücherei.

Aus seinem Rucksack zog er einen Spiralblock und einen Druckbleistift. Er blätterte auf eine leere Seite und strich sie mit der Handfläche glatt.

Dann zeichnete er sorgfältig auf das linierte Blatt. Ich konnte aus der Spitze seines Bleistifts langsam den Umriss eines kleinen Vogels im Flug entstehen sehen, die Flügel an die Seiten geklemmt. Er malte einen zweiten Vogel, ein paar Zentimeter höher am Himmel. Er begann einen dritten, radierte ihn aus, fing neu an.

Die Geräusche der Bücherei waren folgende: das Knarren unserer Stühle, wenn wir atmeten, das Klappern von Trevors Tastatur, das gedämpfte Knirschen von Chips unter dem Druck von Dianes Zähnen, das Umblättern meiner Seiten – und das leise, angenehme Schaben von Seths Bleistift auf dem Papier.

Draußen schlug jemand ans Fenster.

»Mann«, flüsterte Seth mir zu. »Ich halte es da draußen nicht aus, weißt du?«

Er sah mich von der Seite an und dann wieder auf seine Zeichnung. Seine Wimpern bildeten einen dichten Vorhang, als er blinzelte.

»Ich weiß«, sagte ich schließlich.

Der Gong ertönte. Wir packten unsere Taschen. Diane hatte Mühe mit dem Reißverschluss ihres Rucksacks. Trevor blieb über den Computer gebeugt sitzen.

»Trevor«, sagte Mrs Marshall. »Es hat geläutet.«

Und dann plötzlich stand jemand neben mir: Es war Seth, und er sagte etwas. Seth sagte etwas zu mir.

»Hallo«, sagte er.

Es gibt eine gewisse Art von Schock, die nur möglich ist, wenn man jung ist. Mir kam der Gedanke, er spräche vielleicht mit jemand anderem.

»Danke für die Karte«, sagte er.

»Oh«, sagte ich. »Bitte.«

»Hast du das von den Walen gehört?«, fragte er.

Ich musste den Kopf heben, um seine Augen zu sehen. Ich hatte Angst, etwas Falsches zu sagen, also sagte ich einen Moment lang gar nichts.

»Ja«, erwiderte ich dann.

Er wartete darauf, dass ich weitersprach. Ich spürte, wie mein Gesicht rot wurde. Die Fahnen aller Länder der Welt flatterten von den Deckenfliesen der Bücherei.

»Vielleicht kann jemand ihnen helfen, zurück ins Wasser zu kommen«, sagte ich.

Aber Seth schüttelte den Kopf.

»Sie würden wahrscheinlich nur wieder stranden. Mein Vater ist Wissenschaftler. Er sagt, wenn die Wale von selbst an Land schwimmen, gibt es einen Grund dafür.«

Andere Kinder spazierten jetzt einzeln in die Bücherei – das waren die mit einem Attest, das sie vom Sportunterricht befreite.

»Ich gehe nach der Schule an den Strand, um sie mir anzusehen«, sagte Seth. Die Räder seines Skateboards drehten sich langsam, als er es von einer Hand in die andere nahm. »Willst du mit?«

»Was?«, sagte ich.

Von all den seltsamen Phänomenen, die uns in jenem Jahr widerfuhren, überraschte mich vielleicht nichts mehr als der Klang dieser kurzen Frage, die aus Seth Morenos Mund kullerte: »Willst du mit?«

Ich erinnere mich noch an das rote Karomuster des Büchereiteppichs, das durch das Öffnen und Schließen der Tür verursachte Flattern der Fahnen über meinem Kopf.

»Okay«, sagte ich.

»Okay, dann«, sagte er.

Und das war es. Er drehte sich um und ging.

Auf dem Heimweg im Bus saßen wir getrennt. Wir stiegen beide mit den üblichen Kindern an unserer Haltestelle aus. Es war heiß und diesig. Staub wehte über den leeren Platz. Die anderen Kinder zerstreuten sich. Ich ließ mich in Seths Richtung treiben. Ich dachte, er würde womöglich sein Skateboard auf den Asphalt werfen und ohne mich den Hügel hinunterjagen. Vielleicht hatte ich ihn missverstanden. Vielleicht war das ein Witz.

Doch er drehte sich blinzelnd um und sagte: »Wir können unsere Rucksäcke auf dem Weg bei mir abstellen.«

Wir waren still, während wir liefen. Wir kommunizierten mit unseren Füßen, meine folgten seinen über den glitzernden Bürgersteig zu ihm nach Hause.

Ich erzählte meinen Eltern nicht, wohin ich ging. Sie kämen ohnehin erst Stunden später von der Arbeit.

Seth wohnte zwei Straßen von uns entfernt in einem beigen Bungalow mit einem rostigen Basketballkorb über der Garage. Der Vorgarten hatte sich in nackte Erde verwandelt. Eine Reihe von Tontöpfen stand ohne Blumen da.

Die Haustür war nicht abgeschlossen, und wir gingen einfach hinein und stellten unsere Rucksäcke im Flur ab, in dem sich Zeitungen und Schmutzwäsche stapelten. Dicke Steppdecken dienten als Behelfsvorhänge zum Abdunkeln. Eine Sauerstoffflasche mit den zugehörigen Schläuchen lag verwickelt wie ein Wrack in einer Ecke. Seths Mutter war in diesem Haus gestorben.

»Willst du eine Cola?«, fragte er.

»Okay.«

Wir tranken sie am Küchentisch.

Sein Vater sei in der Arbeit, sagte Seth, da sei er die ganze Zeit. Er sei Bioingenieur und forsche an einer neuen Art von Getreide.

»Wenn es klappt«, sagte er, »kann es ohne Licht wachsen.«

Seth kannte eine Abkürzung durch den Canyon zum Strand. Es war ein steiler und sandiger Weg, übersät von Kiefernzapfen und beschattet von Kalksteinvorsprüngen. Der Canyon roch wie immer, nach Erde und Salbei, aber die Farben Kaliforniens wurden nach und nach eintöniger. Sämtliche Grüntöne verschwanden. Fast alles ging ein. Dennoch schwirrte die Schlucht vor Käfern und Moskitos und Fliegen – was die Vögel früher gefressen hatten, gedieh immer noch, ungejagt.

»Pass auf Schlangen auf«, sagte Seth.

Mir gefiel Seths Gang: locker und gemächlich, ein Junge, der seinen Weg kannte. Ich war das Mädchen, das neben ihm lief, also ging ich auch so.

Der Weg wand sich um eine Kurve, und der Strand kam in Sicht. Es war Ebbe – niedriger, als ich je gesehen hatte. Die Verlangsamung brachte die Gezeiten völlig durcheinander. Mindestens hundert Meter Meeresgrund lagen frei, der Sand von Eisenstückchen schwarz gesprenkelt. Das waren die Eingeweide des Ozeans, entblößt.

Wir blieben einen Moment lang auf dem Weg stehen, betrachteten einfach nur das Meer, Seite an Seite. Unsere Hände waren einander so nah, dass sie sich beinahe berührten.

Dann überquerten wir die Küstenstraße, duckten uns unter dem Absperrband durch und kürzten über das Gelände zwischen zwei zerstörten Villen ab, die noch nass von der letzten Flut waren. Ein Haus war in sich zusammengefallen wie ein Kuchen. Die Wände waren dicht mit Seepocken übersät. Seeanemonen bedeckten die Stufen vor dem Eingang.

Ich bückte mich, um meine Schuhe auszuziehen.

»Schau mal«, sagte Seth.

Und da waren sie: die Wale, dunkel und reglos, von prähistorischer Größe.

Eine kleine Menschenmenge hatte sich am Strand versammelt. Barmherzige Samariter kippten Salzwasser auf die Wale. Andere Freiwillige kehrten gerade von der weit entfernten Ebbe zurück, schwankend unter dem Gewicht von Eimern voll frischem Meerwasser.

Wir konnten die Wale atmen hören, ein langsames Heben und Senken. Wir lauschten. Wir beobachteten. Sie waren soziale Wesen; die ganze Gruppe litt unter dem Leid jedes einzelnen Individuums. Es war unübersehbar, dass sie im Sterben lagen. Aber wir konnten nichts dagegen tun: Wir waren fasziniert.

Seth hob zwei leere Plastikbecher aus dem Sand auf. Es war uralter Müll. Er gab mir einen.

»Wir müssen was tun«, sagte er. »Komm mit.«

Barfuß rannten wir zum Wasser hinunter, die Becher in der Hand. Es war ein weiter Weg. Der Schlamm saugte an unseren Füßen. Lebewesen glitten unsichtbar unter meinen Zehen her. Tote Fische glitzerten in der Sonne, meine Haare wehten im Wind. Als wir schließlich das plätschernde Wasser erreichten und uns umdrehten, waren die Menschen am Strand kaum noch zu erkennen. Ihre haarfeinen Arme und haarfeinen Beine flatterten lautlos um die Wale herum. Das einzige Geräusch war das Wogen des Meeres.

Eilig füllten wir unsere Becher mit Wasser und rannten dann über den breiten Streifen Schlamm zurück. Wir suchten nach dem trockensten Wal, dem hilfsbedürftigsten. Wir fanden ihn am Rande der Gruppe, und wir stellten uns vor, er wäre älter als die anderen. Seine Haut war von Narben weiß gestreift. Ich verscheuchte Fliegen aus seinen Augen, ein Auge nach dem anderen. Seth goss unseren spärlichen Wasservorrat über seinen Kopf und in sein Maul. Er streichelte seine Seite. Ich spürte eine Eindringlichkeit wie Liebe.

»Hey, Kinder«, rief jemand hinter uns. Es war ein Mann mit einem Strohhut, einen schaukelnden, leeren weißen Eimer in der Hand. Ein Windstoß übertönte seine Worte, daher wiederholte er laut: »Der da ist schon tot.«

Wir waren ernst, als wir durch den Canyon zurück nach oben kletterten. Uns war heiß, wir waren erschöpft. Es war die dreiundzwanzigste Stunde Tageslicht. Die Sonne hatte noch nicht zu sinken begonnen.

»Das Magnetfeld macht das«, sagte Seth.

»Was?«

Ein starker Wind wehte durch den Canyon und wirbelte Staub und trockenes Laub auf.

»Deshalb werden die Wale auf den Strand geschwemmt. Sie benutzen das Magnetfeld zur Orientierung, und jetzt lässt es wegen der Verlangsamung nach.«

Ich sah in den Himmel, ein glattes, makelloses Blau.

»Man kann es nicht sehen«, sagte Seth. »Es ist unsichtbar.«

Das waren nur die ersten Wale. Hunderte weitere würden schon bald an der kalifornischen Küste stranden. Dann tausende. Zehntausende. Mehr. Irgendwann versuchten die Leute nicht mehr, sie zu retten.

»Nicht nur die Wale brauchen das Magnetfeld«, erklärte Seth, als wir den Rand des Canyons erreichten und unsere ersten Schritte auf asphaltiertem Boden machten. »Wir auch. Mein Vater sagt, dass alle Menschen ohne es sterben würden.«

Aber an dem Tag konnte ich ihn kaum hören. Ich war mit meinen Gedanken woanders. Ich war ein bisschen verliebt. Ich hatte einen ganzen Nachmittag mit Seth Moreno verbracht.

25

Der Eukalyptusbaum kam erstmals in den 1850ern nach Kalifornien. Er wurde aus Australien importiert, die Samen überquerten achttausend Kilometer offenes Meer, ehe sie die Erde unseres Staates erreichten. Angeblich sollten die Stämme ein Wunderholz sein, perfekt für hundert unterschiedliche Zwecke, insbesondere Eisenbahnschwellen. Doch das Holz erwies sich als nutzlos. Es verzog sich beim Trocknen und splitterte, wenn man Nägel hineinschlug. Die Eukalyptusbranche des Staates ging Pleite, ehe sie je aufgeblüht war.

Aber die Bäume blieben – und sie breiteten sich aus. In meiner Kindheit waren sie überall, und auch in der Kindheit meines Großvaters. Ihre schlanken Silhouetten wiegten sich einst entlang der Küstencanyons, der Steilufer, der Fußballplätze. Ihre langen Blätter schwammen in den Swimmingpools und den Rinnsteinen. Sie trieben am Ufer von Salzwasserlagunen. Mehr als hundertfünfzig Jahre lang gedieh der Eukalyptus in Kalifornien, überlebte jede Katastrophe: Erdbeben, Dürre, die Erfindung des Automobils. Doch nun erkrankten die Bäume in Massen. Die Blätter verloren ihre Farbe. Orangefarbener Saft sickerte aus Öffnungen in den Stämmen. Nach und nach gingen sie ein.

Am Morgen meines zwölften Geburtstags lag ich im Dunklen wach und rief mir in allen Einzelheiten die Ereignisse des vergangenen Tages ins Gedächtnis: Wie Seth in die Sonne blinzelte, als wir durch den Canyon liefen, die Zärtlichkeit seiner Hand, als er die Rücken der Wale streichelte, den Klang seiner Stimme am Ende und jene Worte – *bis dann* –, als er sich umdrehte und auf sein Skateboard sprang, sich fest mit einem Fuß abstieß und dann seitwärts den Abhang hinunterraste, das weiße T-Shirt hinter sich im Wind flatternd. Ich musste mich wieder und wieder daran erinnern, dass es wirklich passiert war: *Er* hatte *mich* eingeladen.

Mein Zimmer war dunkel. Das Haus war still.

In ein paar Stunden würde ich Seth an der Bushaltestelle treffen, und ich wollte genau das Richtige sagen, wenn es so weit war, wollte die Worte aufspüren, die zu einem zweiten Nachmittag an seiner Seite führen würden.

Da hörte ich es: ein lautes Krachen draußen. Ich erinnere mich an das Splittern von Glas und das Kreischen von Autoalarmanlagen auf der Straße. Hastig lief ich ans Fenster und sah hinaus: Der höchste Eukalyptus in der Straße hatte Sylvias Dach durchschlagen und eine Ecke ihres Hauses zerdrückt.

Mit der Zeit habe ich angefangen, an Omen zu glauben. Aber ich frage mich, ob ich möglicherweise einen strenger rationalen Verstand entwickelt hätte, wenn ich in einer Zeit vor der Verlangsamung gelebt hätte. Vielleicht hätte in einer anderen Epoche Wissenschaft statt Aberglaube genügt.

Meine Eltern eilten nach draußen, meine Mutter im Bademantel, mein Vater mit freiem Oberkörper. Es war eine dunkle Nacht, bewölkt, keine Sterne. Der Baum lag diagonal im Garten und blockierte Sylvias Haustür. Die Wurzeln lagen frei, hingen in der Luft wie ein aus dem Zahnfleisch gerissener Backenzahn. Ein Teil des Dachs war eingestürzt.

Überall in der Straße blitzten Lampen in Schlafzimmern auf, Türen flogen auf, die Stimmen von Nachbarn erklangen in den Vorgärten. Doch Sylvias Haus blieb dunkel und still. Manche der Männer trabten in Schlafanzügen darauf zu, aber mein Vater war der Erste und stürmte durch das Seitentor außer Sicht. Meine Mutter stand mit verschränkten Armen mitten auf der Straße. Ich stand zitternd in meinem Nachthemd neben ihr.

»Sie hätte den Baum fällen lassen sollen«, sagte meine Mutter.

Zwei von unseren waren bereits entfernt worden. Überall im Viertel sah man Stümpfe, und Kolonnen von Männern in Warnkleidung arbeiteten ununterbrochen an den Straßenrändern, schlugen Bäume, einen nach dem anderen, und transportierten dann die Einzelteile ab.

»Wir sollten unsere restlichen auch absägen«, sagte meine Mutter.

Sie machte ein paar Schritte auf Sylvias Haus zu und stellte sich auf die Zehenspitzen, um einen besseren Blick zu bekommen.

»Wo *ist* er denn?«, fragte sie.

Früher glaubte ich, meine Mutter wüsste mindestens so viel über Sylvia und meinen Vater wie ich, und jede Frage, die sie stellte, wäre in Wirklichkeit ein Code für etwas anderes. Aber vielleicht ahnte sie es nur.

Sie hatte ebenfalls ihre Geheimnisse. Sie hatte eine riesige Menge neuer Notvorräte im Wandschrank des Gästezimmers versteckt. Sie hortete hunderte von Konserven und verbarg sie vor meinem Vater. Und sie hatte ein Gewächshaus bestellt, ohne ihm Bescheid zu sagen.

Endlich kam mein Vater durch das Seitentor heraus. Sylvia war bei ihm, sie stützte sich auf seine Schulter, lief aber selbst, barfuß in einem kurzen weißen Nachthemd.

Mein Vater führte sie auf unsere Veranda, wo sie sich, den Kopf in die Hände gestützt, hinsetzte.

»Es geht ihr gut«, sagte er. »Sie ist nur verstört.«

Meine Mutter brachte ihr ein Glas Wasser, hielt allerdings Abstand, als sie es ihr reichte.

Sylvias Nachthemd ließ ihren gesamten Rücken frei. Vorne zeichneten sich die Umrisse ihrer kleinen Brüste durch die dünne Baumwolle ab. Sie blieb lange sitzen, auf unsere Stufen gekauert wie ein Mädchen. Man sieht nur wenige Erwachsene so weinen, wie sie es in dieser Nacht tat, offen, anhaltend, ohne Scham.

»Er hat das Klavier getroffen«, sagte mein Vater leise.

»Das war kein Unfall.« Sylvia wischte sich die Nase mit dem Handrücken ab.

Die anderen Nachbarn waren einer nach dem anderen in ihre Häuser zurückgekehrt. Die Lampen wurden ausgeknipst. Es war fünf Uhr morgens in einer dunklen Nacht.

»Der Baum war krank«, sagte mein Vater.

»Nein.« Sylvia schüttelte den Kopf. Sie hatte einen extrem dünnen, beinahe schwanenhaften Hals. Die Wirbel in ihrem Nacken traten hervor, als sie den Kopf drehte. »Das war jemand.«

Sylvia war die letzte Echtzeiterin in unserer Straße. Die Kaplans waren fort. Tom und Carlotta waren fort; eine junge Familie war in ihr Haus gezogen und hatte angefangen zu renovieren.

»Ich sage es dir, Joel«, meinte Sylvia. Sie sprach den Namen meines Vaters nicht aus, wie ein Nachbar den Namen eines anderen Nachbarn sagt. Meine Mutter hörte es auch. Sie warf meinem Vater einen Seitenblick zu und zog ihren Bademantel am Hals zusammen. Sylvia fuhr fort: »Die wollen mich vertreiben.«

Später versuchte ich, die letzte Stunde vor dem Weckerklingeln noch zu schlafen, aber es gelang mir kaum. Unterdessen stritten meine Eltern sich in ihrem Schlafzimmer. Ich verstand ihre Worte nicht, wusste jedoch, was sie ausdrückten, denn die Wut drang durch die Tür.

Es war Tradition unter den Mädchen auf meiner Schule, einander am Geburtstag einen Ballon zu schenken. Es war immer dieselbe Sorte, einer dieser glänzenden Heliumballons, die man im Partyladen kaufte. Man trug ihn den ganzen Tag mit sich herum oder befestigte ihn an seinem Rucksack und ließ ihn hinter sich her schweben, dick und schön, durch Mathe, Englisch, Naturkunde, Sport. Beschwert von einem winzigen Sandsäckchen hopste jeder Ballon über dem Meer von Köpfen in den Korridoren auf und ab, eine Boje, die die genaue Position eines glücklichen und beliebten Mädchens markierte.

Im Vorjahr hatte Hanna mir meinen Ballon geschenkt – aber das war ein vergangenes Leben oder ein fremdes, ein einstiger, unkomplizierter Frühling.

In diesem Jahr war ich mir sicher, dass mein Geburtstag in der Schule unbemerkt bliebe. Ich versuchte, gar nicht daran zu denken, trotzdem war ich traurig, als ich an jenem Morgen an der Bushaltestelle Hanna sah, die an den Zaun gelehnt saß, das Handy fest ans Ohr gepresst. Sie sagte nicht einmal Hallo.

Ich stellte mich am Rande der Gruppe an die Haltestelle und wartete in der Dunkelheit auf Seth. Ich hatte lange überlegt, was ich anziehen sollte, und mich schließlich für den cremefarbenen Mohairpulli entschieden, den ich auch am Tag der Schulfotos getragen hatte, und dazu einen knielangen Jeansrock.

Die Sterne leuchteten. Scheinwerfer blitzten. Kinder trudelten aus unterschiedlichen Richtungen ein. Manche stiegen aus der Beifahrertür eines Autos mit laufendem Motor, den Rucksack am Arm schaukelnd. Seth war nicht dabei.

Minuten vergingen. Allmählich fröstelte ich.

Ich verlagerte mein Gewicht von einem Fuß auf den anderen und entdeckte dann zu meinem Schrecken, dass die Haare auf meinen Beinen unter der Straßenlaterne glitzerten. Plötzlich war es mir peinlich, nur ein paar Schritte neben Michaelas glatt rasierten Waden zu stehen, die sich genau in diesem Moment reizvoll in einem Paar hochhackiger schwarzer Sandalen bewegten, als sie in das Ohr eines der Jungen aus der achten Klasse lachte.

Endlich erklang in der Ferne das Geräusch von auf Asphalt knirschenden Plastikrädern, das Rattern eines den Bordstein streifenden Bretts. Mein Herz raste. Da war er: Seth Moreno.

Er stieg von seinem Brett. Er klemmte es unter den Arm.

Ich wollte ihm erzählen, dass ich von einer weiteren Walgruppe gehört hatte, die ein paar Kilometer weiter oben an der Küste gestrandet war. Aber ich wusste nicht so recht, wie ich anfangen sollte. Das hier war neu für mich, die spezielle Art der Kommunikation, die Jungen an Mädchen fesselte.

Der Bus ächzte heran, und die Kinder kletterten nacheinander die Stufen hinauf, aber ich blieb zurück, weil ich darauf wartete, dass Seth mir zeigte, wie die Dinge standen. Unsere Blicke trafen sich. Seth nickte kaum merklich.

Diesen Augenblick hatte ich stundenlang geprobt, und ich hatte hundert verschiedene Szenarien entworfen. Mr Jensen hatte einmal versucht, uns zu erklären, dass es irgendwo Paralleluniversen gäbe, unerreichbar, aber real, in denen jede Möglichkeit wahr wurde; alles, was hier nicht geschah, geschah woanders, jede Option nahm in einem separaten Universum Gestalt an. Aber in dieser Welt jedenfalls beschränkte sich das Ergebnis an jenem Morgen auf lediglich eine Version:

Seth stand eine Weile auf dem Bürgersteig, den Blick von mir abgewandt. Er lächelte nicht. Er sprach nicht. Dann ging er einfach an mir vorbei, als wären wir beide Fremde, nur zwei Kinder, die einander überhaupt nicht kannten. Er stieg in den Bus, ohne sich umzudrehen.

Ich weiß nicht, wie viel Zeit danach verging – dreißig Sekunden, vielleicht mehr –, aber irgendwann wurde mir bewusst, dass der Busfahrer mich von seinem Sitz aus anbrüllte.

»Hey, du«, übertönte er das Brummen des Motors. »Fährst du mit?« Alle anderen Kinder waren mittlerweile im Bus. Ein paar starrten durch die verschmierten Scheiben auf mich herab, ein Kichern bildete sich auf ihrem Gesicht. Ich war ein Mädchen, das allein in einem cremefarbenen Mohairpulli und einem blöden Jeansrock auf der Straße stand. Das Atmen fiel schwer.

Zu spät kam mir in die Sinn, nachdem ich endlich in den Bus gestiegen war und mich vorne hingesetzt hatte, fünfzehn Reihen von Seth entfernt, dass ich in den Canyon hätte verschwinden können, und niemand hätte es bemerkt.

Die Pause zwischen den Stunden verbrachte ich auf dem Klo. Ich versteckte mich eine weitere Mittagspause in der Bücherei. Diane war wie üblich da, das goldene Kreuz um ihren Hals funkelte unter den Neonlampen. Trevor klapperte auf der Computertastatur, mit dem Spiel beschäftigt, das er immer spielte; er hielt sämtliche Highscores. Mrs Marshall räumte Bücher in die Regale zurück, wir hörten das Jaulen ihres Wägelchens, wenn sie es über den Teppich rollte, das Knistern der Zellophaneinbände, wenn sie ein Buch an seinen Platz stellte. Jedes Mal, wenn sich die Tür quietschend öffnete, hoffte ich, Seth Moreno wäre gekommen – um sich zu entschuldigen oder zu erklären.

Ein düsterer Gedanke brodelte in meinem Kopf: Vielleicht wollte er in der Schule nicht mit mir gesehen werden.

Durch die Scheibe blubberte das gedämpfte Kreischen der anderen Kinder herein, die auf dem Schulhof herumrannten. Diese Kinder gingen nie irgendwohin allein.

Christy Casteneda schlenderte am Fenster der Bücherei vorbei – sie hatte ebenfalls Geburtstag, und nicht einer, sondern *zwei* Ballons wiegten sich an ihrem zarten Handgelenk, jeder auf der unbedruckten silbernen Seite mit schnörkeliger, liebevoller Handschrift signiert.

In der ersten Stunde des Algebra-Grundkurses für Begabte in jenem Jahr hatte Mrs Pinsky eine sich verjüngende Säule an die Tafel gezeichnet, um zu veranschaulichen, dass ein Prozess des Aussiebens begonnen hatte. »Ihr alle wurdet fürs Erste in die Begabtenklasse aufgenommen«, sagte sie. »Aber die Anzahl der Kinder, die Mathe verstehen können, wird von jetzt an mit jedem Jahr schrumpfen.« Es war diese Zeit im Leben: Talente stiegen an die Oberfläche, Schwächen zeichneten sich allmählich ab, wir fanden heraus, welche Art von Mensch wir einmal sein würden. Manche würden schön, manche witzig, manche schüchtern werden. Manche wären schlau, andere schlauer. Die Pummeligen würden wahrscheinlich immer pummelig bleiben. Die Geliebten, ahnte ich, würden ihr Leben lang geliebt werden. Und ich hatte Angst, dass das auch für meine Einsamkeit gälte. Vielleicht war die Einsamkeit in meine Gene eingeprägt, sie hatte jahrelang geschlummert, blühte aber jetzt voll auf.

Ich tat, als läse ich. Die Uhr tickte. Seth tauchte nicht auf.

An dunklen Tagen wie diesen wirkten die Fenster der Bibliothek wie ein beleuchtetes Aquarium, und die darin Sitzenden wurden für all die anderen Kinder gut sichtbar zur Schau gestellt: hier die exotischsten Fische, die Einsamen, die Ungeliebten, die Seltsamen.

Bis zum Abend war Sylvias Eukalyptus zersägt, und die Stücke lagen aufgestapelt wie blanke Knochen. Eine weiße Plastikplane überdeckte nun das Loch im Dach und raschelte immer, wenn der Wind wehte. Die Sonne war noch nicht aufgegangen.

Mein Vater untersuchte an jenem Abend sehr ausführlich den letzten Eukalyptusbaum in unserem eigenen Garten. Eine Hälfte davon produzierte weiterhin Blätter, aber die andere Hälfte war tot, und der Tod schien sich auszubreiten. Ehe wir zu meinem Geburtstagsessen losfuhren, rief mein Vater eine Baumfällfirma an.

Meine Mutter kam mit einem Geschenk für mich nach Hause: ein Paar goldene Ballerinas in Knitteroptik. Die anderen Mädchen in der Schule trugen sie seit Monaten. Ich zog sie an. Sie quietschten auf dem Fliesenboden.

Von meinem Vater bekam ich ein Buch.

»Das war mein Lieblingsbuch, als ich ungefähr in deinem Alter war«, sagte er. Auf dem Umschlag war ein Gebirge, ein Tal, ein Mond. Die Seiten rochen nach Staub und Schimmel. »Es geht um einen Jungen, der ganz allein auf der Welt ist. Lange Zeit ist er sehr einsam. Aber dann, na ja, du wirst es ja sehen.«

Ich erinnerte mich daran, dass dieses Buch zwei oder drei Jahre vorher durch unser Klassenzimmer gereicht wurde. Ich hatte es nicht gelesen, aber jetzt war ich zu alt dafür.

»Danke.« Ich presste es auf meinen Schoß.

Er drückte meine Schulter. Wir brachen auf.

»Was für ein Glück, dass ich an deinem Geburtstag nicht krank bin«, sagte meine Mutter, während wir Richtung Osten zu meinem Großvater fuhren. Wir holten ihn auf dem Weg zu meinem Lieblingsrestaurant ab. Ich freute mich darauf, ihn zu sehen. Seine Stimme hatte so eine Art, alles andere zu durchdringen.

»Ich finde immer noch, wir hätten eine Party machen sollen«, sagte meine Mutter. »Wir sollten die schönen Dinge feiern.«

»Das tun wir doch«, sagte mein Vater. Er warf im Rückspiegel einen Blick auf mich. »Das ist das, was sie sich gewünscht hat.«

Die Landschaft sah jedes Mal, wenn wir diese Fahrt unternahmen, weniger lebendig aus. Es waren nicht nur das Gras und die Eukalyptusbäume. Es gab auch weniger ausgeprägte Anzeichen. Ich war mir sicher, dass das Ufer der Lagune brauner als früher war, dass die Rohrkolben und das Schilf nicht mehr so dicht wuchsen. Wir vermieden es, das laut auszusprechen – vorerst hatten wir die Gewächshäuser und die Wachstumslampen, um uns zu ernähren –, aber es war schwer darüber hinwegzusehen, dass die Pflanzen still und leise dahinschwanden, eine schleichende Verödung. Gott weiß, was auf den weniger begünstigten Kontinenten passierte. Aber der Golfplatz, an dem wir vorbeikamen, sah besser denn je aus, üppiger und makelloser als jemals zuvor im Leben. Das gesamte Grün war durch einen hochmodernen Kunstrasen ersetzt worden, und nun zuckelten Golfwagen langsam über die Hügel: der Golfplatz im Jenseits.

»Ich verstehe nicht, warum wir Hanna nicht einladen konnten«, sagte meine Mutter. Sie drehte sich im Sitz zu mir um, der Gurt schnitt ihr in den Hals ein. »Ihr beiden wart mal so gut befreundet.«

»Sind wir aber nicht mehr«, sagte ich.

Das Grundstück meines Großvaters sah schlimmer aus als sonst. Er hatte sich geweigert, auch nur einen seiner Eukalyptusbäume zu fällen. Manche ragten kahl und trostlos vor dem

Himmel auf. Andere waren umgestürzt. Wenigstens die Kiefern standen noch und verbargen sein Haus weiterhin vor der Straße und der umliegenden Siedlung.

Wir bogen in seine Einfahrt. Ich sprang auf den Kies hinaus, rannte zur Tür. Meine Eltern warteten bei laufendem Motor im Auto.

Er machte nicht auf, also klingelte ich erneut. Ich klopfte. Ein paar Mücken schwirrten um das Verandalicht herum. Hinter mir wurde der schwarze Himmel endlich blasser und hellte sich ganz schwach auf. Ein langsamer Sonnenaufgang begann. Ich drehte am Türknauf: Es war abgeschlossen.

Ich lief zurück zum Wagen, meine Ballerinas knirschten laut auf dem Kies.

»Er macht nicht auf.«

»Vielleicht hat er vergessen, sein Hörgerät anzuziehen«, sagte mein Vater.

Er stellte den Motor ab und folgte mir zurück zum Haus. Meine Mutter machte die Tür einen Spalt auf, um Luft hereinzulassen.

Mein Vater hatte einen Schlüssel. Er sperrte auf, und wir traten ein.

»Papa?«, rief mein Vater. Im Haus war es heiß und still. Das einzige Geräusch war das Ticken der Uhren. Das einzige Licht die Deckenlampe in der Küche. »Wir sind da.«

Die Fenster waren geschlossen und die Regale so leer wie bei meinem letzten Besuch.

»Wo ist denn alles?«, fragte mein Vater. Er strich mit dem Finger über ein kahles Regalbrett. Dann spähte er durch die Tür einer Mahagonivitrine, deren Eingeweide aus Porzellan und Kristall verschwunden waren.

»An Silvester«, sagte ich. »Da hat er sein Zeug irgendwie sortiert.«

»Wie meinst du das?«

An den meisten Sonntagen gingen wir mit meinem Großvater essen. Normalerweise wartete er schon abfahrbereit auf der Veranda auf uns und behauptete, wir seien zu spät.

»Er hat auch ein paar von seinen Sachen in Kartons verpackt«, sagte ich.

»Was?« Besorgnis flackerte über die Miene meines Vaters. »Aber ich habe doch gestern Abend erst mit ihm gesprochen.«

Die Kartons waren weg. Der Tisch leer. Alles von Wert war verschwunden. Wir sahen in seinem Schlafzimmer nach und fanden das Bett leer und ungemacht. Wir öffneten den Schrank: Mindestens die Hälfte seiner Kleidung fehlte, vielleicht einige Paar Schuhe.

In der Küche entdeckten wir einen Stapel obskure Infoblätter und Prospekte. Eine kleine Zeitung wurde von dieser Überschrift beherrscht: *Was vor Ihnen verheimlicht werden soll: die Wahrheit über die »Uhrenzeit«*. An den Kühlschrank war eine politische Karikatur geklebt, auf der Menschen mit glasigem Blick durch die Straßen wanderten. Die Unterschrift lautete: *Die Uhren-Zombies*.

Hinter uns kam meine Mutter herein.

»Wo ist er denn?«, fragte sie.

»Weiß ich nicht«, sagte mein Vater.

»Oh mein Gott«, sagte meine Mutter. »Das Haus sieht aus, als wäre es ausgeraubt worden.«

»Julia sagt, sie hat ihn packen sehen.«

Etwas brodelte in meinem Vater, eine schnelle Strömung unter Eis.

»Nicht unbedingt packen«, sagte ich.

Meine Mutter drehte sich panisch zu mir um.

»Du musst mal mit der Geheimniskrämerei aufhören, mein Fräulein.«

Draußen rief mein Vater den Namen meines Großvaters, rief ins Morgengrauen: »Papa, bist du da?« Durch das Fenster sah ich ihn den alten Stall absuchen, den Garten, den sterbenden Wald am Rand des Grundstücks.

Mein Großvater konnte nicht mehr Auto fahren. Er besaß nicht mal einen Wagen. Allein wäre er nicht weggekommen. Er war auf uns und auf Chip, den Teenager, der in seiner Straße wohnte, angewiesen, um seine Einkäufe und Besorgungen zu erledigen.

»Er ist zu alt, um allein zu leben«, sagte meine Mutter. »Wir hätten es wissen müssen.«

Ich spürte Tränen in den Augen.

Mein Vater lief zu Chips Elternhaus, das eines der neuen in der normalen Siedlung war.

Gleichzeitig fing meine Mutter an, die Telefonnummern anzurufen, die am Kühlschrank meines Großvaters hingen. Großteils waren es Mitglieder seiner Kirche, der Telefonkette, der Fahrgemeinschaft. Das Haus roch noch nach meinem Großvater, nach Mundspülung und altem Papier. Eine antike Uhr im Wohnzimmer schlug sieben Mal. Die Stimme meiner Mutter brach, als sie ihre Handynummer hinterließ, für den Fall, dass er auftauchte.

Bald kehrte mein Vater mit Neuigkeiten zurück: Chip hatte die Schule abgebrochen und war weggezogen.

»Und wohin?«, fragte meine Mutter.

Mein Vater rieb sich die Stirn und blinzelte ein langsames Blinzeln. Ein Streifen Sonne hatte sich über den Horizont geschoben und schien durch die Fenster herein, beleuchtete den Staub, der überall in diesem Haus schwebte. Damals wurde die Ankunft des Sonnenscheins normalerweise von einer gewissen Euphorie begleitet – nach so vielen Stunden in der Dunkelheit –, doch an jenem Abend bemerkten wir sie kaum. Wir blinzelten nur alle wegen der Helligkeit.

»Seine Mutter sagt, Chip wollte zu diesem Ort in der Wüste«, sagte mein Vater. »Circadia. Gestern Abend ist er losgefahren.«

26

Circadia existierte auf keiner Karte. Im Straßenatlas entdeckten wir an der Stelle, wo es sich laut unseren Informationen befinden sollte, nur einen leeren Fleck, eine schwache Falte in der Seite, ein blasses Beige, das Wüste darstellen sollte. Und so war es, als steuerten wir einen fiktiven Ort an, ein Fantasieland, erträumt oder erfunden. Und in einem gewissen Sinne stimmte das auch. Sobald wir in der Wüste wären, würden wir von der zweispurigen Schnellstraße auf eine schmale Landstraße abfahren, die auf der Karte in einer Sackgasse endete, uns aber nach einer Weile auf eine zweite, ungepflasterte und noch nicht verzeichnete Straße führen würde. So würden wir Circadia erreichen.

»Glaubst du, er ist wirklich dort?«, fragte meine Mutter. Sonnenlicht strömte durch die Windschutzscheibe herein. Sie klappte die Blende herunter.

»Vielleicht«, sagte mein Vater. Er kniff die Augen gegen die aufgehende Sonne zusammen. Es war neun Uhr abends. »Vielleicht auch nicht.«

Vom Haus meines Großvaters aus hatten wir die Polizei angerufen, aber er galt nicht als vermisst. Er war alt und exzentrisch, aber nicht senil, er hatte seine Sachen selbst gepackt, bevor er ging.

Wir fuhren sofort Richtung Wüste und ließen das Abendessen ausfallen. Die Schnellstraße schlängelte sich durch die Hügel, von denen einige nach den jüngsten Bränden schwarz waren. Die Temperatur stieg mit jedem Kilometer. Dort draußen hatte die Pflanzenwelt schon immer Mühe gehabt, zu überleben, und daher sah das Land weniger verwüstet aus als die Küstenregionen. Einige wenige struppige Sträucher hielten sich hartnäckig auf den felsigen Hängen, sie sahen nicht dürrer aus als zuvor.

»Es ist einfach so schwer, sich vorzustellen, dass dein Vater sich irgendeiner Sache anschließt«, sagte meine Mutter.

»Er ist in einer Kirche«, sagte ich vom Rücksitz.

Stromleitungen flogen am Straßenrand vorbei, verliefen wellenförmig von Mast zu Mast.

»Findest du nicht, dass es schwer vorstellbar ist?«, fragte meine Mutter.

»Helen«, sagte mein Vater. Er saß steif in seinem Sitz, beide Hände auf dem Lenkrad, die Augen starr geradeaus gerichtet. »Ich weiß es einfach nicht.«

Am Rande des letzten Vorortes verlor das Radio den Empfang. Der Verkehr ließ nach. Das Gelände wurde flacher. Um uns herum öffnete sich die Wüste, und der blaue Himmel hing tief über dem Boden. Die Sonne schwebte stundenlang am Horizont.

Der Straßenbelag flimmerte in der Hitze, und ich roch das Leder der Autositze, die in der Sonne bratenden Oberflächen. Meine Mutter drehte die Klimaanlage höher.

Mit den Stunden, die vergingen, fingen wir alle zu gähnen an. Mein Vater rieb sich das Kinn, auf dem sich seit dem Morgen eine Schicht Stoppeln gebildet hatte.

Wir fuhren an den Ruinen einer uralten Tankstelle vorbei, an der noch eine rot verrostete Pumpe stand. Daneben ragte ein bescheidenes sonnengebleichtes Gebäude auf, das sich stark zur Seite neigte, ohne Dach. Der Anblick hatte etwas Herzzerreißendes. Jemand hatte diese Mauern erbaut. Jemand hatte einmal gehofft, dieser Ort besäße eine Zukunft. Aber jetzt konnte man durch die Risse in den Wänden direkt in den Himmel auf der anderen Seite blicken.

Schließlich schlief ich mit dem Kopf am Fenster ein. Ich träumte, dass wir nach Circadia zogen, aber unser Haus mitnahmen – nur die Aussicht und die Nachbarn veränderten sich.

Irgendwann nach zehn Uhr wachte ich davon auf, dass der Wagen über einen Feldweg holperte.

»Fahr langsamer«, sagte meine Mutter. Sie klammerte sich an dem Haltegriff an der Decke fest. Wir fuhren genau in die Sonne.

Durch den Dunst konnte ich in der Ferne den Umriss von Dächern erkennen, ordentliche weiße Hausreihen, umsäumt von einem Meer von Sanddünen, die sich über die Wüste wellten.

Das ursprüngliche Schild des Bauunternehmers stand noch am Eingang, eine schwere Granitplatte hinter einem trockenen Springbrunnen und einem toten Rasen. In breiter Schreibschrift waren die Worte eingraviert: *Rancho Domingo del Sol.* Über dem Schild flatterte ein selbstgebasteltes Transparent zwischen zwei Pfosten: *Willkommen in Circadia.* Und darunter hatte jemand geschrieben: *Land of the Free.*

Insgeheim war ich begeistert. Von Gabby hatte ich die Vorstellung übernommen, dass dies hier möglicherweise ein Ort war, an dem das Leben gerechter war.

Die Straßen trugen Namen wie Desert Rose Lane oder Dune Way. Manche waren gepflastert. Andere nicht. Der Clear Sky Drive verlief gute hundert Meter gepflastert und brach dann stotternd ab, wie um den exakten Zeitpunkt festzuhalten, als dem Bauunternehmer das Geld ausgegangen war.

»Könnt ihr euch vorstellen, hier draußen zu wohnen?«, fragte meine Mutter.

Die Häuser befanden sich in unterschiedlichen Stadien der Fertigstellung. Manchen fehlte die Garage. Anderen das Dach. Einige bestanden nur aus Holzgerüsten ohne Gips und Putz, deren Balken in der heißen trockenen Luft bereits verwitterten. Aber man konnte sehen, was der Bauunternehmer vorgehabt hatte: zwölf Straßen mit der Bestrebung, eine Ortschaft zu werden. Der nächste Lebensmittelladen war eine Stunde entfernt.

Obwohl es halb elf Uhr abends war, wachte Circadia gerade erst auf. Fünfundzwanzig Stunden Tageslicht erstreckten sich vor uns. In der Ferne hallte Gehämmer. Irgendwo surrte eine Säge.

Ein Mann in einem verblassten blauen T-Shirt und einem breitkrempigen Hut hockte auf einer Kieseinfahrt und goss weiße Farbe in eine Wanne. Neben ihm lehnte eine Leiter am Haus.

Mein Vater hielt an und ließ das Fenster herunter. Es war schwer, in der Wüstenluft zu atmen.

»Entschuldigung«, rief mein Vater aus dem Auto.

Der Mann wandte sich um und blinzelte.

»Ich suche meinen Vater. Er ist Mitte achtzig und heißt Gene. Haben Sie ihn vielleicht gesehen?«

Der Mann kam zu unserem Wagen. Sein Gesicht war stark von der Sonne verbrannt, und auf Wangen und Kinn zeigte sich der Schatten eines schwarzen Bartes.

»Hat er Ihnen gesagt, er wollte hierher?«, fragte er, als er am Fenster meines Vaters ankam.

In meiner Vorstellung waren die Bewohner von Circadia nicht nur den Uhren entflohen, sondern hatten irgendwie auch die Zeit selbst abgeschüttelt. Ich forschte im Gesicht des Mannes nach Anzeichen dafür, dass er anders war als wir, irgendwie verändert. Aber ich dachte mir, die Verwandlung könnte tiefer sein, molekular, als kreiste jedes Atom in seinem Körper gerade etwas langsamer als die Atome in unseren. Schweiß tropfte ihm vom Haaransatz. Schweiß zeichnete sich durch sein T-Shirt ab.

»Er wäre gestern Abend angekommen«, sagte mein Vater, der immer noch sein weißes Hemd trug. Seine Armbanduhr blitzte in der Sonne. Die Klimaanlage kämpfte gegen die flirrende Hitze an.

Der Mann sah mich durch die Scheibe an. Er kaute auf seiner Unterlippe. Ich nahm das Ticken der Uhr in unserem Armaturenbrett wahr, die das Verstreichen einer weiteren Minute in Leuchtziffern anzeigte; unser Volvo war ein eigenes Universum, in dem die Zeit mit hoher Geschwindigkeit vorbeiraste.

»Er könnte mit einem 17-jährigen Jungen gekommen sein.« Meine Mutter beugte sich zur Fahrerseite hinüber. »Er heißt Chip.«

Der Mann rieb sich mit dem Handgelenk die Stirn. Er fasste an seine Hutkrempe.

»Wenn er Ihnen nicht gesagt hat, dass er herkommt«, sagte er, »wollte er vielleicht nicht, dass Sie es wissen.«

Wir gaben auf und fuhren weiter. Aber der Mann stand noch eine Zeitlang in seiner Einfahrt, die Hände in den Hüften, und sah unserem Auto nach.

An einer Weggabelung bogen wir rechts ab und stießen auf eine Frau, die mit einem hellen Labrador spazieren ging.

»Tut mir leid«, sagte sie. »Die hab ich nicht gesehen.«

Sie lief weiter.

»Nicht gerade ein freundlicher Haufen«, sagte meine Mutter.

Wir kamen an einer Reihe von Gewächshäusern vorbei. Überall flatterten Bettlaken an Wäscheleinen.

Am Ende einer Sackgasse lag etwas, das offensichtlich ursprünglich als Gemeinschaftspool gedacht und bestimmt in den anfänglichen Broschüren für das Projekt angepriesen worden war. Aber es war nur ein trockenes Loch im Boden, tief am einen Ende, flach am anderen und noch nicht mit Beton ausgekleidet.

Neben dem Becken befand sich ein kleiner Spielplatz, wo ein Mädchen im grünen Sommerkleid auf einer der Schaukeln saß, das braune Haar im Wind wehend. Ich kannte sie vom Fußballtraining: Molly Kopachek.

»Halt mal an.« Ich machte das Fenster auf.

»Molly?«

Sie blickte auf, strich sich die Haare aus dem Gesicht und drehte sie zu einem Knoten fest. Wir waren ein Jahr lang zusammen Verteidiger gewesen, aber sie war nicht der leistungsorientierte Typ. Während der Spiele pflückte sie immer Löwenzahn im Strafraum.

Jetzt hüpfte sie von der Schaukel und kam an mein Fenster, ihre Sandalen knirschten auf der Erde.

»Zieht ihr auch hierher?«, fragte sie.

Hinter ihr stand ein Gerüst, eine Holzkonstruktion, die entfernt an ein Haus erinnerte.

»Wir suchen nur meinen Opa«, sagte ich.

Sie hatte ihn nicht gesehen, aber als ich Chips Namen nannte, deutete sie über die Straße.

»Ich glaube, in dem Haus da drüben wohnt vielleicht ein Chip.«

Mein Vater zog die Handbremse an.

Von außen war das Haus mit grauem Grobputz verkleidet. Farbeimer lagen herum.

Ein sehr dünnes Mädchen in einem weißen Top rauchte vor der Tür eine Zigarette. Sie war schmächtig und blass, ihr Kopf geschoren, und sie betrachtete uns durch eine riesige Sonnenbrille, als wir auf das Haus zugingen. Ich konnte den Himmel in den Gläsern sehen. Er war allgegenwärtig, dieser Himmel, irgendwie weiter in der Wüste, sichtbarer als überall sonst auf der Erde.

»Sind Sie seine Eltern?«, meinte sie, als mein Vater nach Chip fragte. Aus dem Haus wehten Gitarrenakkorde in Wellen zu uns heraus. Jemand sang. Es war so heiß, dass ich kaum Luft bekam.

»Wir möchten nur mit ihm sprechen«, sagte meine Mutter.

Das Mädchen nahm einen langen Zug und atmete aus. Sie hielt die Zigarette mit zwei Fingern auf Hüfthöhe. Der Rauch roch anders als normaler: nach Nelken.

»Ich glaube, er ist hinten auf der Terrasse.« Sie deutete mit dem Kopf Richtung Haustür, rührte sich aber nicht. »Es ist offen.«

Innen fanden wir ein Wohnzimmer ohne Möbel, aber mit Schlafsäcken ausgelegt, von denen mindestens einer gerade besetzt war. Ein Deckenventilator drehte sich träge und wälzte heiße Luft um.

»Hallo?«, sagte mein Vater. Er sah sich um. Er schien nicht zu wissen, wo er stehen sollte. Im Flur war ein Mülleimer übergequollen. Leere Weinflaschen lagen wie Bowlingkegel auf dem Holzfußboden.

Die Musik kam aus der Küche, wo zwei Mädchen – beide so schlank wie das vor dem Haus – auf nicht zusammenpassenden Stühlen saßen, während ein Junge mit freiem Oberkörper Gitarre spielte.

Der Junge bemerkte uns zuerst. Die Musik brach ab.

»Ja?«, sagte er.

Träge drehten sich die Mädchen zu uns um. Ihre Augen waren wässrig und rot. Sie lachten, sobald sie uns sahen. Meine kleine Familie stand in der Küche von Fremden.

»Wir sind auf der Suche nach Chip«, sagte mein Vater. Seine Worte – knapp und schnell – zerschnitten peinlich die Luft. In dem Moment glaubte ich, sie zu spüren, die Langsamkeit des Hauses um uns herum, das schleppende Tempo, in dem die Zeit sich an diesem Ort entfaltete.

Die Mädchen warfen einen Blick zum hinteren Teil des Hauses.

»Hey, Chip«, rief der Junge. »Dein Papa ist da.«

Die Mädchen lachten, und der Junge fing wieder zu spielen an.

Sie waren Collegestudenten, oder waren es früher gewesen – ich hatte gehört, sie brachen zu tausenden ab, stahlen Uhren aus den Unterrichtsräumen und zerschlugen sie auf der Straße.

Chip sah aus wie immer: schwarzes T-Shirt und abgeschnittene schwarze Shorts, schwarze Turnschuhe, schwarz gefärbte Haare. Im Schatten eines ausgefransten Schirms las er auf einem ausgeblichenen Liegestuhl ein Buch.

Er war erschrocken, uns zu sehen.

»Was machen Sie denn hier?«, fragte er.

»Ist mein Vater mit Ihnen hergekommen?«

Doch inzwischen klang die Frage lächerlich. Mein Großvater war nicht in diesem Haus.

»Nein«, sagte Chip. Er legte das Buch flach auf seinen Schoß. »Warum?«

Ein paar Schritte entfernt lag ein junges Pärchen ineinander verschlungen auf einer Gartenliege. Sie bemerkten uns nicht, oder es war ihnen egal. Sie küssten sich lange, und meine Mutter hielt sich demonstrativ die Hand seitlich vors Gesicht, um sie nicht ansehen zu müssen.

Mein Vater zeigte Chip eines der Flugblätter, die wir im Haus meines Großvaters gefunden hatten.

»Ich weiß, dass er die Uhrenzeit auch für totalen Quatsch hält«, sagte Chip. »Aber wenn er nicht zu Hause ist, weiß ich auch nicht, wo er sein könnte.«

Die Terrasse war nicht umzäunt. Es gab keinen Garten. Sie öffnete sich einfach zur Wüste hin, wo ein ausgedehntes Feld von Solarzellen in der Sonne funkelte.

»Da kriegen wir unseren Strom her«, sagte Chip, als er merkte, dass ich es betrachtete.

Das öffentliche Verteilernetz reichte nicht bis hierher. Auch Wasser musste per LKW herangeschafft werden.

»Sie sollten sich überlegen, sich uns hier draußen anzuschließen«, sagte Chip. »Sie wissen schon, *tune out, drop in.*«

»Es heißt *tune* in, *drop* out«, sagte meine Mutter. Sie fächelte sich theatralisch mit einer Zeitschrift, die sie aus ihrer Handtasche geholt hatte, Luft zu. »Kommt, wir fahren.«

Mein Vater schrieb seine Handynummer auf einen Zettel und gab ihn Chip.

»Wenn Sie ihn sehen oder von ihm hören sollten, rufen Sie bitte an.«

Chip brachte uns durchs Haus und vor die Tür. Die Mädchen lachten immer noch, als wir an ihnen vorbeigingen. Sie konnten anscheinend nicht aufhören.

»Wahrscheinlich halten Sie uns hier für einen Haufen Träumer«, sagte Chip. Das Mädchen neben ihm zündete sich eine weitere Zigarette an. »Aber es ist genau umgekehrt. Nicht wir verschließen die Augen vor der Wirklichkeit.«

Der Wind wurde stärker und blies Staub und Müll in kleinen Wirbeln über die Straße. Bald würden wir diesen Ort verlassen, und ich würde auf meinen Herzschlag horchen, versuchen zu spüren, wie er sich beschleunigte.

»Wir sind die Realisten«, fügte Chip hinzu. »Ihr seid die Träumer.«

27

Mein Großvater hatte einmal einen Onkel gehabt, der in Alaska verschwand. Es war 1970, Frühsommer in der Nähe des Polarkreises, zweiundzwanzig Stunden Helligkeit am Tag. Er war ein Fischer, der dreißig Jahre vorher aus Norwegen nach Alaska gekommen und in einem bestimmten Küstenabschnitt eine Legende geworden war, weil er die Begabung hatte, vorauszusehen, wo sich die meisten Lachse auf ihrer Laichwanderung versammeln würden. Ganz allein lebte er auf einer winzigen Insel ein paar Kilometer vor der Küste. Er war genügsam. Er schlief in einer einfachen Holzhütte ohne Strom oder fließend Wasser, und das Geld, das er verdiente, vergrub er an einem geheimen Platz auf der Insel. Mein Großvater arbeitete zwei Lachssaisons für diesen Onkel, und noch jahrzehntelang bewahrte er ein kleines Foto auf, auf dem sein Onkel Watstiefel und eine schwarze Strickmütze trug und ein verknotetes Netz über die dicken Fingerknöchel gelegt hatte.

Eines Tages brach dieser Onkel allein mit seinem Fischerboot auf. Es war eine kurze Fahrt, vom Hafen zur Insel. Der Himmel war klar. Das Meer war ruhig. Er wurde nie wieder gesehen.

»Es war Juni«, sagte mein Großvater oft, als wäre er an jenem Tag dabei gewesen. 1970 lebte mein Großvater schon wieder in Kalifornien, aber wann immer er diese Geschichte erzählte, machte er eine ausladende Geste mit der flachen Hand, um zu verdeutlichen, wie glatt der Ozean an dem Tag, an dem sein Onkel verschwand, gewesen war.

»Das Wetter war ideal«, fuhr er dann fort. »Kein Hauch von Wind.«

Man nahm an, sein Onkel wäre der See zum Opfer gefallen. Doch mein Großvater glaubte das nie. Mehrere Suchaktionen auf seinem Land hatten das vergrabene Vermögen nicht zutage gefördert.

»Rolf hatte auf dem Wasser alles im Griff«, sagte er häufig. »Völlig ausgeschlossen, dass das Boot gesunken ist.«

Fünfzehn Jahre vergingen. Niemand hörte von dem Onkel.

Und dann machten meine Großeltern eine Reise nach Norwegen – das war Jahre vor meiner Geburt. Im nördlichen Teil des Landes, wo die Verwandten meines Großvaters lebten, fuhren sie mit einem Bus. Als der Bus in einem kleinen Fischerdorf hielt, stieg ein alter Mann ein.

»Ich wusste sofort, dass er es war«, erzählte mein Großvater mir immer.

An dieser Stelle der Geschichte schüttelte er langsam den Kopf, schloss die Augen und pfiff leise, zufrieden mit dem leibhaftigen Beweis einer lang geahnten Wahrheit.

»Ich wusste immer, dass er am Leben ist«, sagte er dann. »Immer wusste ich es.«

Einmal verlor mein Großvater seinen Ehering – er rutschte ihm vom Finger und fiel in eine alaskische Schneewehe –, fand ihn aber Monate später, im Frühling, wieder. Der Schnee war geschmolzen. Der Goldring lag auf der Erde. Finger wurde wieder mit Ring vereint. Mein Großvater mochte Geschichten, in denen das Unwahrscheinliche sich als wahr herausstellte.

»Aber warum ist Rolf überhaupt verschwunden?«, fragte ich immer. Doch für meinen Großvater war das kein Schlüsselelement der Geschichte. Oder vielleicht waren in seinen Augen die Gründe für einen Mann, sein altes Leben hinter sich zu lassen, zu offensichtlich, um sie zu nennen.

»Ich weiß, dass er mich in dem Bus erkannt hat«, erzählte mein Großvater. »Aber er hat nichts gesagt. Bei der nächsten Haltestelle ist er einfach aufgestanden und ausgestiegen. Hat sich nicht mal umgedreht.«

Mein Großvater sah diesen Onkel nie wieder. Er verschwand einfach in den Wald am Straßenrand.

»Das war typisch Rolf.« Eine gewisse Bewunderung knisterte dann in der Stimme meines Großvaters. »Typisch Rolf.«

Es war schon nach Mitternacht, als wir aus Circadia zurückkamen. Unsere Straße war hell und still, fast jeder schlief. Es war die leblose Mitte einer strahlend weißen Nacht. Die Sackgasse wirkte wie evakuiert. Nicht einmal Sylvia war draußen. Das Zuschlagen unserer Autotüren wurde von der Fassade zurückgeworfen. Zwei Wolken jagten auf der Brise westwärts. Das einzige Lebenszeichen war eine im Sonnenlicht blinzelnde dünne Siamkatze, die quer über den Kunstrasen der Petersons spazierte.

Meine Eltern blieben die ganze Nacht auf und telefonierten die Krankenhäuser ab.

Ich zog meine Vorhänge zu und versuchte zu schlafen. Feine Sonnenlichtstreifen liefen über den Teppich. Mein Wecker tickte auf der Kommode, und mir wurde seine Schnelligkeit neu bewusst: das Ticken, Ticken, Ticken. Minuten sausten. Stunden flogen. Ich schlief nur wenig. Ich träumte verstörende Träume. Tage, Monate, Jahre, ganze Leben – alles raste auf sein Ende zu. Zur eingestellten Uhrzeit lärmte mein Wecker: Ich musste aufstehen und zur Schule gehen. Mit pochendem Herzen, atemlos und unter meiner Decke verschwitzt, wachte ich auf.

Später an diesem Morgen rief die Polizei an und teilte uns

mit, man habe einen älteren Mann gefunden, der orientierungslos durch einen Supermarkt in der Nähe wanderte. Mein Vater fuhr auf die Wache, um zu bestätigen, was wir bereits wussten: Er war es nicht.

28

Drei Tage vergingen. Es kam keine Nachricht von meinem Großvater.

Und es fühlte sich an, als wäre auch Seth Moreno aus meinem Leben verschwunden. Jeden Morgen kam er noch später zur Bushaltestelle. In der Schule sprach er nicht mit mir. Seit dem Tag mit den Walen hatten wir kein einziges Wort miteinander gewechselt. Ich verbrachte viel Zeit im Unterricht damit, zu überlegen, was ich falsch gemacht hatte.

Unterdessen wucherten unsere Tage weiter, dehnten sich die Nächte aus. Man sprach von Wendepunkten, Rückkopplungen, unumkehrbaren Prozessen.

Später in derselben Woche verkündete die NASA, die Astronauten würden zurückkehren – trotz des Risikos. Niemand wusste genau, wie die Verlangsamung sich auf den Wiedereintritt auswirken würde, aber oben in der Raumstation waren ihnen die Lebensmittel ausgegangen. Tausend Berechnungen wurden angestellt und notgedrungen einige Mutmaßungen. Man hatte bekannt gegeben, die Orion werde um drei Minuten nach vier auf ihrem Weg zur Edwards Air Force Base über den südlichen Himmel Kaliforniens rasen.

Ich nahm mir vor, sie durch mein Teleskop zu beobachten, allein.

Es war hell und heiß, als ich an jenem Nachmittag aus dem Bus stieg. Die Sonne schien seit über zwanzig Stunden. Der Asphalt glitzerte. Eine warme Brise wehte Laub und Abfall durch die Siedlung.

Auf meinem Heimweg dachte ich an die Astronauten: Sie waren acht Monate fort gewesen, die letzten Menschen, die noch keinen Tag erlebt hatten, der länger als vierundzwanzig Stunden dauerte.

Als ich schräg über das leere Grundstück lief, entdeckte ich zu meiner Überraschung Seth auf seinem Skateboard. Er war sofort von der Bushaltestelle verschwunden, hatte aber hier angehalten und benutzte den Bordstein, um neben einem Hydranten Sprünge zu üben.

Ich widerstand dem Drang, in seine Richtung zu sehen. Wieder und wieder schlug sein Brett klappernd auf den Bordstein. Ich ging weiter.

Doch als ich den Weg zu meiner Straße einschlug, verstummte das Geräusch. An seiner Stelle hörte ich etwas absolut Unglaubliches: die drei Silben meines Namens in den Wind gerufen.

»Ja?«, sagte ich.

Ein Kloß bildete sich plötzlich in meiner Kehle.

Die anderen Kinder waren mittlerweile weg. Nur noch wir beide waren da und die Erde des unbepflanzten Grundstücks, die über die Straße wirbelte.

»Schaust du dir die Rakete an?«, fragte er. Mit einer Hand schirmte er seine Augen vor der Sonne ab. Unsere Schatten vermischten sich auf dem Bürgersteig.

»Kann sein.« Ich war misstrauisch und scheu.

»Ich sehe es mir von unserem Dach aus an«, sagte er. Ein Windstoß wehte. Sekunden vergingen. »Komm mit.«

Vielleicht hätte ich wütend über sein vorheriges Verhalten

sein sollen, aber ich erinnere mich nur noch an das Winken seiner Hand, als er mir bedeutete, ihm zu folgen, und dass er genau die Worte aussprach, die meine Ohren am liebsten hören wollten.

Aus der unaufgeräumten Garage schleiften wir zwei rostige Liegestühle ins Haus und dann die Dachbodenleiter hinauf und nach draußen. Wir stellten sie nebeneinander auf einer flachen Stelle auf, wo schwarze Teerpappe und Kabel und Berge von uraltem Vogelmist lagen. Seth holte uns zwei Colas und ein paar Salzstangen, und dann lehnten wir uns zurück und warteten darauf, dass die Orion über unseren Kopf hinwegraste. Der Himmel war klar. Die Luft war warm. Die Stühle rochen nach Sonnenmilch und Salz. Ich spürte Seth neben mir sitzen. Ich hörte ihn in meiner Nähe atmen. Lange sprachen wir nicht.

Seth brach das Schweigen.

»Warum warst du letztens so?«, fragte er.

Ich empfand einen Anflug von Panik.

»Wie denn?«

Er sah mich nicht an. Er nippte an seiner Cola und stellte sie auf der Teerpappe ab. In der Ferne hörten wir Autos auf der Schnellstraße vorbeizischen.

»Ich weiß auch nicht«, sagte er. »An der Bushaltestelle warst du letzte Woche irgendwie komisch.«

Mein Magen zog sich zusammen. Ich umklammerte die Metalllehne meines Stuhls.

»Ich war gar nicht komisch«, sagte ich. »Du warst komisch.«

Sorgfältig achtete er darauf, nicht in meine Richtung zu blicken. Ich war mir seiner Nase im Profil bewusst, der linken Kante seines Kiefers, eines Ohrs, eines Auges, während er geradeaus auf die Berge starrte, die sich östlich von uns erhoben. Er sah besser aus denn je.

Nun räusperte er sich und ergänzte: »Du hast den Eindruck gemacht, als wolltest du nicht, dass jemand mit dir spricht.«

»Das stimmt nicht«, sagte ich. »Das stimmt überhaupt nicht.«

Es heißt, Menschen könnten einander auf hundert subtile Arten deuten, wir nähmen in der unmerklichsten Regung eines Körpers, im flüchtigsten Ausdruck eines Gesichts Botschaften wahr, aber irgendwie hatte ich an jenem Tag mit verblüffender Effizienz das genaue Gegenteil dessen kommuniziert, was ich mir am meisten auf der Welt wünschte.

»Und du warst so fein gemacht und so«, fuhr er fort. »Warum hast du dich so angezogen?«

Ich bekam kaum Luft, spürte aber ein winziges Prickeln. Das war ein Beweis, dass er über mich nachgedacht hatte.

»Du warst selber komisch«, sagte ich. »Du hast nicht mal Hallo gesagt.«

Er drehte den Kopf und sah mich zum ersten Mal seit mehreren Minuten an. Er hatte dunkelbraune Augen, dichte Wimpern, keine Sommersprossen.

»Du hast ja auch nichts gesagt«, gab er zurück.

Und dann öffnete sich sein Mund zu einem breiten und unvermittelten Lächeln: Ich bemerkte, dass seine Schneidezähne etwas schief standen.

»Ich hatte an dem Tag Geburtstag«, sagte ich.

»Ach so. Dann alles Gute zum Geburtstag.«

Wer wusste, was als Nächstes passieren würde, aber jetzt waren wir erst mal zusammen, tranken unsere Cola und betrachteten den Himmel. Ich war froh.

»Moment mal.« Seth setzte sich in seinem Liegestuhl auf. »Wie spät ist es?«

Seth fiel es zuerst auf: Die Orion war überfällig.

»Da stimmt was nicht«, sagte er.

Er kniff die dunklen Augen zusammen und suchte die Luft über uns ab.

Wir warteten noch weitere lange Minuten, aber der Himmel blieb vollkommen blau und unheilvoll leer, weder ein Raumschiff noch Kondensstreifen in Sicht.

Es war, als wüssten wir schon in dem Moment, was passiert war.

Aus Seths Fernseher erfuhren wir später die Einzelheiten des Schicksals der Orion. Dreihundert Kilometer vor der kalifornischen Küste brach sie auseinander, die Ursache war noch unbekannt. Alle sechs Astronauten an Bord kamen ums Leben.

Steif saßen Seth und ich an den beiden äußeren Enden der Couch und betrachteten den Nachrichtenstrom, der in sein Wohnzimmer floss.

Schon zeigten die Sender Fotos der Astronauten vom Tag ihrer Abreise von der Erde zehn Monate vorher, die Gesichter frisch und fröhlich, die weißen Anzüge so adrett und strahlend im Sonnenschein, die riesigen Helme unter ihren Armen funkelnd, als sie winkten – ganz anders, als sie in neueren Videoübertragungen aussahen, nachdem sie im All so dünn und schwach geworden waren, dass es beinahe natürlich wirkte, wenn sie schwerelos herumschwebten, während sie via Satellitenverbindung mit Houston sprachen.

Eine Zeitlang sagten wir nichts. Ich rutschte auf meinem Platz herum. Das Sofa quietschte unter mir. Im Leder waren Löcher.

Seth sprach zuerst.

»Willst du lieber bei einer Explosion sterben?«, fragte er. »Oder an einer Krankheit?«

Ich ließ die Frage im Raum stehen. Seine Mutter war hier gestorben. Ich wollte nicht die falschen Worte sagen.

»Das Gute an einer Explosion ist«, sagte er, »sie dauert nur eine Sekunde.«

29

Danach waren Seth und ich oft zusammen.

Unsere Bindung war eine plötzliche, wie sie nur für junge oder in Gefahr schwebende Menschen möglich ist. Die Zeit verging in jenem Frühling anders für uns: eine Abfolge langer Nachmittage war so gut wie ein Jahr.

Wir verbrachten die Mittagspause nicht länger in der Bücherei, sondern legten uns unter zwei abgestorbene Kiefern am Rand des Schulhofs, wo wir die über den Himmel ziehenden Wolken betrachteten. Seth hielt mir jeden Morgen und jeden Nachmittag einen Platz im Bus frei.

Anfangs war mir bewusst, dass die anderen Kinder uns beobachteten. Ich konnte spüren, wie sie uns die ganze Zeit anstarrten. Ich ahnte ihr Getuschel. Aber schon bald bemerkte ich es nicht mehr. Es kümmerte mich nicht mehr, was sie dachten.

»Er macht einen netten Eindruck«, sagte meine Mutter. »Laden wir ihn doch mal zum Essen ein.«

Aber ich wollte einfach nur allein mit Seth sein. Ich wollte niemand anderen dabeihaben.

An dem Tag, als wir den Weizenpunkt überschritten, war ich auch mit Seth zusammen. Jetzt war es offiziell: Weizen konnte auf diesem Planeten nicht länger ohne die Hilfe von künstlichem Licht wachsen. Von einem Hügel aus sahen wir zu, wie Einkaufswagen im Zickzack über den Supermarktparkplatz flitzten, vollgeladen mit Konserven. Die Panik war zurück. Man konnte sie in der Luft spüren, ein Kribbeln, wie ein Geschmack hinten in der Kehle.

»Würdest du lieber verhungern?«, fragte Seth. »Oder verdursten?«

Das hatte sich für uns zu einem Spiel entwickelt. Wir waren ernsthafte Kinder, und die Zeiten hatten diese Eigenschaft gefördert.

»Verhungern«, sagte ich. »Und du?«

»Verdursten.« Er trat einen Stein den Abhang hinunter. Staub sprühte hinterher. Der Stein verschwand in einem Nest vertrockneten Eiskrauts. Seth wählte immer den schnellsten Tod.

Als das Gewächshaus meiner Mutter geliefert wurde, war Seth gerade bei uns. Wir sahen den Handwerkern zu, während sie es im Garten aufbauten. Das Glas glitzerte, als sie die Pflanzenlampen montierten und die Erde hineinschütteten. Wir verfolgten, wie sie ein orangefarbenes Stromkabel entrollten und den dicken Stecker in eine Außensteckdose einstöpselten. Wir gehörten zu den letzten Familien in unserer Straße, die eins bekamen. Meine Mutter hatte es bestellt, ohne es mit meinem Vater zu besprechen, und während sie kleine Pflanzen in die Erde setzte, sah er ihr aus dem Haus zu, die Arme am Esstisch verschränkt. Dann ging er nach oben. Am Ende dieses Tages wuchsen zwei Reihen grüne Bohnen und drei Reihen Erdbeeren in unserem Gewächshaus.

»Erdbeeren sind Verschwendung«, sagte mein Vater. »Wenn wir schon was anpflanzen, dann besser Pilze. Die sind nicht so auf Licht angewiesen.«

Auch unsere Stadt wurde von einer Verbrechensserie in den

weißen Nächten erschüttert. Beschuldigt wurden die Echtzeiter. Wer sonst wäre zu so später Stunde unterwegs? Die Scheiben von Sylvias Auto wurden in ihrer Einfahrt eingeschlagen. Bald sprühte jemand mit dicken, tropfenden Worten an ihre Garage: *Verpiss dich.*

Ich machte mir Gedanken, was mein Vater dabei wohl empfand, aber ich fragte nicht, und er sagte nichts.

Mir kam es vor, als verginge die Zeit in jenem Frühling mit Hochgeschwindigkeit. Seths Haare wurden wieder lang und fielen ihm in die Augen. Ich ließ mir den Pony wachsen, und Seth sagte, es gefiele ihm. Ich fing an, mir die Beine zu rasieren, und kaufte mir einen richtigen BH – einen, der passte, dieses Mal. Eines dunklen Nachmittags brachte Seth mir das Skateboardfahren bei, und ich weiß noch genau, wie sich seine Hand auf meinem Rücken anfühlte, als er im Schein der Straßenlaternen neben mir hertrabte, während ich zufrieden über die Risse im Bürgersteig wackelte.

Nach der Schule gingen wir in den Canyons auf die Suche nach Vogelskeletten – sie waren überall, eine Fülle von Knochen und Federn, so reichlich vorhanden wie Muscheln. Wir forschten nach dem letzten lebenden Eukalyptus, den wir, da waren wir ganz sicher, verkümmernd auf der Kante eines Sandsteinsteilhangs am Meer fanden. Wir sammelten die verbliebenen Grashalme der Nachbarschaft. Wir bewahrten die letzten Blüten von Gänseblümchen, von Ringelblumen, von Jelängerjelieber auf. Wir pressten Blätter zwischen den Seiten von Wörterbüchern. Wir füllten unsere Regale mit Relikten unserer Zeit – *sieh mal*, malten wir uns aus, eines Tages zu erzählen, *den hier nannten wir Ahorn, den hier Magnolie, den Espe, den Eiche.* An dunklen Tagen zeichnete Seth Karten der Sternbilder, als könnten auch diese Körper bald schon verschwinden.

Seths Vater war häufig in seinem Labor. Er verließ das Haus

früh. Er kehrte spät zurück. Er war der Kaffeebecher in der Küchenspüle, die Zigaretten im Aschenbecher draußen im Garten, der über das Geländer geworfene Laborkittel. Er war der Name auf den Briefumschlägen, die sich ungeöffnet hoch neben der Tür stapelten, eine Stimme am Telefon, die Seth aufforderte, eine Pizza zu bestellen und ohne ihn zu essen. Meine Eltern ahnten nicht, wie selten Seths Vater zu Hause war, wenn ich dort war.

An dem Tag, als der Strom ausfiel, saßen wir allein bei Seth zu Hause.

Der Fernseher ging abrupt aus, das Licht auch, ich ergriff in der Schwärze Seths Hand. Es war vier Uhr nachmittags. Eine Stille überflutete das Haus, als wäre Geräuschlosigkeit eine Bedingung der Dunkelheit. Sechzehn Stunden, vielleicht auch mehr, würde es dauern, bis die Sonne wieder aufginge. Zusammen tasteten wir uns zur Haustür, stießen sie auf: Dort draußen war es ebenfalls dunkel, ein prähistorisches Dunkel, das lautlose Funkeln von Sternen.

Meine Mutter rief mich von der Arbeit aus auf dem Handy an. »Bleibt, wo ihr seid«, sagte sie. »Bleibt einfach, wo ihr seid. Schließt die Türen ab und lasst keinen rein.« Wir durchwühlten das Haus nach einer Taschenlampe. In unserer Blindheit stießen wir zusammen und liefen gegen Wände. Wir machten eine Lampe kaputt und lachten lange. Seth zündete mit einem der Feuerzeuge seines Vaters Kerzen an. Die trugen wir herum wie Fackeln, im Licht der Flammen erschienen unsere Gesichter schattenhaft. Wir fragten uns, ob es vielleicht ewig dauern würde, das Zeitalter nach der Elektrizität.

Schließlich setzten wir uns auf den Holzfußboden im Wohnzimmer, unsere Kerzen flackerten um uns herum. Seth holte ein Kartenspiel hervor.

»Pass auf«, sagte er.

Er baute einen Turm, immer drei Karten auf einmal.

Das Haus war so still in der Dunkelheit, dass ich die Karten einander streifen hören konnte. Seth sah im Kerzenlicht älter aus. Ich beobachtete ihn lange.

»Versuch mal.« Er streckte mir zwei Karten hin. Seine Augen glänzten.

Aber meine Hände wurden zittrig. Ich hatte Angst, ich würde das ganze Ding umwerfen.

»Ist schon okay«, sagte er. »Die zweite Ebene ist viel schwerer als die erste.«

Seit Wochen wollte ich Seth von meinem Vater und Sylvia erzählen – und in diesem schwachen Licht schien es mir endlich möglich, die Worte laut auszusprechen.

Ich holte Luft und schluckte.

»Ich erzähle dir ein Geheimnis«, sagte ich.

Seth hielt inne und sah mich an.

»Ich habe meinen Vater in Sylvias Haus gesehen.«

Deutlich nahm ich die Stille wahr, den nicht brummenden Kühlschrank, den nicht leuchtenden Receiver, das ausbleibende Ticken der Digitaluhren.

»Was meinst du damit?«, fragte er.

»Ich habe sie gesehen, du weißt schon.« Ich zögerte. »Zusammen.«

Jetzt, da ich es ausgesprochen hatte, erschien es wahrer als je zuvor.

Zuerst sagte Seth nichts. Ich wartete. Dann nickte er nur, als hätte er gelernt, solche Dinge vom Leben zu erwarten. Er sprach nie über seine Mutter – und ich fragte ihn nie mehr nach ihr –, aber manchmal spürte ich ihre Abwesenheit in seinen Reaktionen auf gewisse Ereignisse, als wüsste er damals schon, dass unter allem eine universelle Traurigkeit existierte.

»Weiß deine Mutter das?«, fragte er schließlich.

»Ich glaube nicht. Ich bin mir nicht sicher.«

Er stellte zwei neue Karten auf den Turm. Das ganze Gebilde schwankte daraufhin leicht, und Seth hielt die Hände mehrere Sekunden in der Luft, als geböte er über eine unsichtbare Kraft, die die Karten aufrecht halten konnte. Offenbar funktionierte es: Der Turm blieb stehen.

»Das ist deiner Mutter gegenüber nicht fair«, sagte er. »Ich hasse Sachen, die unfair sind.«

Ich nickte. »Ich auch.«

Mehr sagten wir nicht, aber das Geheimnis schwirrte zwischen uns. Es tat gut, es erzählt zu haben. Es tat gut, von diesem Jungen gekannt zu werden. Später, nachdem der Kartenturm eingestürzt war und die Kerzen heruntergebrannt, zogen wir unsere Badesachen an und stiegen in das pechschwarze Wasser von Seths Whirlpool. Wir konnten nichts außer den Sternen sehen. Unsere Beine streiften sich unter der Oberfläche. Seth beugte sich zu mir und küsste mich. Ich küsste ihn zurück. Ich war glücklicher als seit langer Zeit.

Zwei Stunden später war der Strom wieder da.

Die Behörden machten die Pflanzenleuchten und die Gewächshäuser für den Ausfall verantwortlich – sie überlasteten das Leitungsnetz. Damals begann die Energierationierung.

Kein Licht nach zweiundzwanzig Uhr. Keine Klimaanlagen, wenn die Temperatur unter einunddreißig Grad lag. Aber die industriellen Gewächshäuser verschlangen Unmengen von Strom. Die gesamte Lebensmittelversorgung wurde von Natriumdampflampen aufrechterhalten. Alle Bauernhöfe des Landes waren inzwischen auf künstliche Sonnenphasen angewiesen.

Eines Tages mitten in diesem Frühling tauchte in jedem unserer Briefkästen ein dicker rosa Umschlag auf, der in Glitzerschrift Michaelas Party anlässlich ihres zwölften Geburtstags im

Roosevelt Hotel ankündigte. Es war das erste Mal, dass ich je zu einer der großen Tanzpartys eingeladen worden war, und ich fragte mich, ob es wohl an Seth lag. Hätte ich diesen Umschlag nur wenige Monate vorher aufgerissen, wäre ich froh und dankbar gewesen.

Aber Seth und ich beschlossen sofort, nicht hinzugehen.

»Ich hasse diese Sachen«, sagte er. »Und Michaela geht mir auf die Nerven. Sehen wir uns lieber bei mir zu Hause Filme an.«

»Du kommst nicht?«, sagte Michaela am nächsten Tag in der Schule zu mir. »Soll das ein Witz sein?«

Sie hatte hundert andere Kinder eingeladen: Es würden mehr als genug Leute kommen.

»Das ist einfach nicht mein Ding«, sagte ich.

Ihr Mund wurde verkniffen.

»Heißt das, Seth kommt auch nicht?«

Ich war irrsinnig stolz, dass sie uns beide als zusammengehörig betrachtete.

»Ich glaube nicht«, sagte ich.

»Na schön«, sagte sie. »Von mir aus. Mir doch egal, ob ihr zwei Loser kommt.«

Aber mich kümmerte nicht, was sie dachte, als sie in ihrem Minirock mit auf dem Beton klappernden Glitzerflipflops abrauschte.

Die Hitze an manchen Tagen wurde gefährlich. Es war erst April, aber man riet uns dringend, nicht ins Freie zu gehen, wenn die Dauer des Sonnenlichts fünfundzwanzig Stunden überschritt. In diesen Zeiten entstanden oft Rekordtemperaturen.

Aber genauso wild konnte das Wetter auch in die andere Richtung schwanken. Eines dunklen Morgens erwartete mich beim Aufwachen ein unfassbarer Anblick.

»Ach du Scheiße«, sagte meine Mutter in ihrem grünen Bademantel.

Ich sah aus dem Fenster: Schnee.

In Kalifornien, auf Meereshöhe, im Frühling.

Über zwölf Zentimeter waren schon gefallen, während wir schliefen, und es schneite weiter. Die Temperaturen waren immer tiefer gefallen, als jede Dunkelheit sich länger ausdehnte. Nun schimmerte unser Viertel bläulich im Mondlicht: überzuckerte Autos, weiß bereifte Zäune, verschneite Terrakottadächer. Die Bürgersteige sahen aus wie neu gepflastert. Die Kunstrasen waren über Nacht gänzlich von einer einzigen glatten, sauberen, cremeweißen Decke verschluckt worden. Unsere Straße funkelte.

Seth tauchte in einem roten Skianorak, den ich noch nie gesehen hatte, und einer ausgefransten Strickmütze, die schief auf seinem Kopf saß, auf unserer Veranda auf. Schneeflocken schmolzen auf seinen Schultern.

»Wir müssen Schlittenfahren gehen«, sagte er. Er hielt das blaue Bodyboard hoch, das er von sich zu Hause mitgebracht hatte.

Ich schnappte mir eine Jacke und folgte ihm hinaus auf die weiße Straße.

»Warte«, rief meine Mutter aus der Tür. »Ich weiß nicht, ob ich will, dass du da rausgehst.«

»Helen«, sagte mein Vater. »Es ist doch nur Schnee.«

Wir waren Strandkids, Sonnenscheinkids. Wir kannten die Beschaffenheit von Schnee nicht. Ich hatte ihn noch nie fallen sehen, hatte nicht gewusst, wie weich er sich zuerst anfühlte, wie leicht er unter den Füßen zerfiel, hatte dieses besondere Knirschen nie gehört. Bis dahin hatte ich keine Ahnung gehabt, dass Schnee alles dämpfte, irgendwie den gesamten Lärm der Welt zum Verstummen brachte.

In unseren Garagen gab es keine Schneeschaufeln oder Schneefräsen. Unsere Autos hatten keine Winterreifen. Der nächste Schneepflug parkte hundertfünfzig Kilometer entfernt in den Bergen. Und deshalb bestand kein Zweifel: Wir waren eingeschneit. Die Schule fiel aus, und mein Vater hatte den Tag frei. Es gab nichts zu tun, als sich auf den Boden zu werfen und Schneeengel zu machen oder Schneemänner zu bauen oder auf allem, was wir gerade finden konnten, den nächsten Hügel hinabzurodeln. Sämtliche Kinder aus der Nachbarschaft waren auf der Straße. Wir fingen Flocken mit der Zunge und mit den Wimpern auf, ließen sie in unserer Handfläche schmelzen. Wir beobachteten Tony, unseren südkalifornischen Kater, bei seiner ersten Begegnung mit Schnee – er fand ihn furchtbar, schüttelte die Pfote und zog sich ins Haus zurück.

Mein Vater lachte, als er das sah, es war vielleicht sein erstes Lachen, seit mein Großvater verschwunden war. All seine Wochenenden hatte er damit verbracht, auf der Suche nach seinem Vater in etliche Echtzeitkolonien zu fahren. Ein Besuch in einer Kolonie führte häufig zu einer anderen weiter draußen in der Wüste oder auch irgendwo hoch in den Bergen. Es gab dutzende von diesen Orten über den Staat verteilt. Überall verteilte mein Vater Vermissten-Flugblätter. Sechs Wochen waren ohne eine Nachricht verstrichen. Es war schwer vorstellbar, dass mein Großvater so lange nicht schreiben würde – allmählich hatte ich Angst, ihm wäre etwas zugestoßen, aber diese Angst behielt ich für mich.

»Ich hoffe, er sieht das hier«, sagte mein Vater und bückte sich, um den Schnee anzufassen. »Wo auch immer er ist.«

Er nahm eine Handvoll und warf einen Schneeball in meine Richtung. Später half er uns, im Garten einen Schneemann zu bauen.

Der Schnee würde vollständig wegschmelzen, sobald die

Sonne nach der langen Nacht zurückkehrte. Aber zunächst einmal, an diesem Tag, wurde unserer Welt die Schönheit vorübergehend wiedergeschenkt.

Meine Mutter nahm ich an jenem Morgen nur schemenhaft wahr, eine Sorgengestalt am Rande.

»Das ist nicht richtig«, sagte sie immer wieder, ihre Stimme war über dem Kreischen der spielenden Kinder kaum zu hören. Sie weigerte sich, auch nur in die Nähe des Schnees zu kommen. »Wir sind hier in Kalifornien«, sagte sie. »Das ist nicht richtig.«

30

Eines Tages hörten wir ein seltsames Geräusch am Himmel: ein Knistern, ein Reißen, wie Zellophan, das im Wind raschelt.

Es kam aus allen Richtungen. Das Geräusch dauerte drei Minuten. Es wurde gehört – manche sagen *gefühlt* – von Mexiko bis Seattle. Nichts wurde gesehen. Was auch immer an jenem Tag in der Atmosphäre herumwirbelte, war für das menschliche Auge unsichtbar.

Während der folgenden Dunkelheit entdeckte man einen breiten Strom von Grün, der am Horizont waberte. Tausende von Kameras zeichneten seine flammenartigen Bewegungen auf. Zur selben Zeit versagten Navigationssysteme. Bestimmte Satelliten fielen aus. Und meine Mutter erlitt einen ihrer bis dahin schlimmsten Anfälle, rutschte auf den Küchenboden, weil sie das Gleichgewicht nicht halten konnte, als befände sie sich auf dem Deck eines stampfenden Schiffes. Sie konnte kurzzeitig nicht stehen.

Als die Sonne das nächste Mal aufging, war die Meldung offiziell: Etwas geschah mit dem Magnetfeld der Erde.

Zur Zeit der Verlangsamung war nur wenig über den Dynamoeffekt bekannt. Er war eher Theorie als Tatsache, lediglich eine elegante mathematische Annahme, die ähnlich der Stringtheorie an der Wegkreuzung von Wissenschaft und Glauben schwebte. Ungeprüft und unprüfbar war die Dynamotheorie, eine versonnene Mutmaßung, dass das Erdmagnetfeld irgendwie von der stetigen Drehung des Planeten abhängen könnte.

Millionen von Jahren hatte das Magnetfeld die Erde vor der Sonnenstrahlung abgeschirmt, aber in den acht Monaten nach dem Beginn der Verlangsamung fing es an zu verkümmern. Eine riesige Lücke, die Nordamerikanische Anomalie, tat sich über der westlichen Hälfte des Kontinents auf.

Das Wort Strahlung hörte ich nicht zum ersten Mal, aber hätte man mich an irgendeinem Tag vor jenem aufgefordert, das Wort zu definieren, hätte ich es in einen historischen Zusammenhang gebracht, mit der Atombombe und den Kriegen eines vergangenen Jahrhunderts.

Jetzt, erklärte man uns, drang Strahlung in unsere obere Atmosphäre ein.

Luftverkehr und Satelliten wurden in der gesamten Region umgeleitet. Die Regierung behauptete hartnäckig, die Bedrohung für Menschen sei minimal, doch man riet uns, jeglichen direkten Kontakt mit dem Sonnenlicht zu vermeiden – nur für alle Fälle. Man würde etwas Zeit brauchen, das tatsächliche Risiko zu ermitteln.

Und so wurden, als die Tage auf sechzig Stunden anwuchsen, Freizeitparks und Freilufteinkaufszentren während der hellen Stunden geschlossen. Einige Sportereignisse wurden abgesagt oder in überdachte Stadien verlegt. Die industriellen Gewächshäuser wurden mit Planen abgedeckt – Strahlung konnte die Zellen der Pflanzen genauso leicht zerstören wie unsere. Ab da lebten Getreide und Gemüse ausschließlich von künstlichem Licht.

Die ganze Zeit über hofften wir natürlich, diese Maßnahmen wären vorübergehend. Sämtliche Amtsträger wiederholten dieselbe glatte Formulierung: *aus größtmöglicher Vorsicht*, sagten sie. Erst später sollte ich diese Veränderung als nicht nur ein weiteres seltsames Phänomen begreifen, sondern als etwas anderes, eine letzte Wende.

Meine Mutter nahm die Warnungen bezüglich der Strahlung ernst, genau wie mein Vater. Die Schulen ebenfalls. Ab sofort wurde unsere Bewegungsfreiheit bei Tageslicht auf die Strecke des Schulbusses beschränkt, der wiederum mit Verdunkelungsjalousien ausgestattet worden war. Unsere Vorhänge blieben ununterbrochen geschlossen. Besorgungen verschoben wir in die Dunkelheit. Jedes Mal, wenn der Himmel sich aufhellte, hasteten wir nach Hause und machten unsere Türen zum Schutz vor der Strahlung zu.

Wir schluckten Vitamin-D-Tabletten, um den Mangel an Sonnenlicht auszugleichen. Wir zogen den Kopf ein und warteten auf die Entwarnung.

Jene Tageslichttage waren trostlos. Jene Tageslichttage schleppten sich dahin. Meine Mutter ließ mich nur für die Schule aus dem Haus, und daher sah ich Seth an diesen hellen Tagen viel seltener. Ich verbrachte meine Zeit allein in meinem Zimmer und sehnte mich nach der Freiheit der Dunkelheit.

Der Sonnenuntergang bekam eine neue Bedeutung für mich, egal, wann er eintraf. Wenn die Sonne hinter den Horizont rutschte, klopfte es ein paar Minuten später bei uns an der Tür: Und da stand Seth im Dämmerlicht auf unserer Veranda.

»Hallo«, sagte er dann.

»Hallo«, gab ich zurück und winkte ihn ins Haus.

An dunklen Tagen verbrachten wir fast all unsere Zeit zusammen.

Ich hatte Sylvia seit Wochen nicht gesehen. Ihre Vorhänge waren in diesen Tagen immer vorgezogen. Mein Teleskop war nutzlos. Ich könnte nicht sagen, was in ihrem Haus vor sich ging. Ihre Rosen waren, wie alle anderen, tot, aber sie machte sich nicht die Mühe, die Überreste zu beseitigen. Stattdessen standen die Stöcke wie Skelette um ihre Einfahrt. Wegen des Grases hatte sie ebenfalls nichts unternommen, wie es mittlerweile alle übrigen Nachbarn getan hatten. Ihr Haus war nicht von Kunstrasen umgeben. Unentwegt wehte feine Erde über den Gartenweg. Sie schien nie nach draußen zu kommen. Das Graffiti war eilig mit einem Klecks brauner Farbe überdeckt worden, der sich stark von der weißen Garage abhob. Das Loch klaffte immer noch in ihrem Dach, die weiße Plastikplane verfärbte sich an der Luft langsam braun.

Abergläubische Gerüchte über sie rumorten unter den kleineren Kindern, die jetzt die Straßenseite wechselten, um nicht an Sylvias Haus vorbeigehen zu müssen – oder einander herausforderten, bei ihr zu klingeln, wozu aber keines den Mut hatte. Einmal beobachtete ich zwei Zeugen Jehovas, die Sylvias Haus vom Bürgersteig aus inspizierten: Sie zogen weiter, ohne zu klopfen, behielten ihre Botschaft für sich. Falls mein Vater je wieder zu ihr gegangen war, hatte ich ihn nicht gesehen. Soweit ich wusste, betrat niemand Sylvias Haus. Und dem Anschein nach verließ es auch niemand.

»Vielleicht geht sie nur in weißen Nächten raus«, sagte Seth. »Wenn alle anderen schlafen.«

Wir lagen jeder auf einem eigenen Sofa in seinem Wohnzimmer, aßen Eis aus Metallschüsseln und genossen die letzten Stunden Dunkelheit. Durch die Fenster beobachteten wir das Flackern des Himmels – die Nordlichter waren fast bis zum Äquator hinabgestoßen, eine weitere Folge der Veränderungen im Erdmagnetfeld. Es gab einen neuen Namen für diesen neuen Effekt: *Aurora Media*.

»Vielleicht«, sagte ich.

»Das würde ich an ihrer Stelle machen.«

»Oder sie ist weggezogen.«

Seth erwog diese Möglichkeit. Sein Eislöffel klapperte gegen einen Schneidezahn.

»Ohne ihr Auto?«, fragte er.

Wir hatten bemerkt, dass Sylvias Zeitungen sich nie besonders hoch stapelten, bevor sie von der Veranda verschwanden. Der Briefkasten quoll nie über.

»Ich glaube, sie ist noch da drin«, sagte er.

Die Lampe in Seths Wohnzimmer flackerte. Das geschah immer häufiger. Wir verbrauchten immer mehr Brennstoff.

»Ich weiß, was wir tun sollten.« Seth setzte sich schnell auf und stellte seine leere Schüssel auf den Couchtisch. Ein Streifen brauner Bauch blitzte auf, als er sich bewegte. Mir gefiel, wie sein Hüftknochen über dem Gürtel herausstand. »Wir schleichen uns mitten in einer weißen Nacht raus und sehen nach, ob sie mal vor die Tür kommt.«

Sobald er das sagte, wusste ich, dass wir es noch am gleichen Abend tun würden. Die Idee war unwiderstehlich. Sylvia war ein weiteres seltenes Exemplar, das wir beide beobachten konnten: die letzte Echtzeiterin unserer Gegend.

Ich rief meine Mutter an und erzählte ihr, ich wolle bei Hanna übernachten. Das Lügen wurde einfacher.

»Ach, gut«, sagte meine Mutter. Sie klang am Telefon schläfrig. »Ich wusste, ihr zwei würdet euch letzten Endes wieder vertragen.«

An den Sekunden, die sich zwischen ihren Worten aufreihten, merkte ich, dass sie sich gerade von einem weiteren Schwindelanfall erholte. Sie hätte mir nie geglaubt, wenn es ihr gutgegangen wäre. Ich war seit Monaten nicht bei Hanna gewesen.

»Aber Julia«, sagte sie. »Bleib bitte aus der Sonne.«

»Mach ich. Versprochen.«

Doch in dieser Nacht ignorierten wir die Warnungen.

Seth und ich verbrachten den Abend allein am Pool und sahen zu, wie die Sonne über die Hügel kletterte – Wochen waren vergangen, seit ich die Sonne direkt gesehen hatte. Die alten Sonnenaufgänge hatten nie ein solches Hochgefühl hervorgerufen, aber diese neuen, selteneren – und jetzt verbotenen – waren wie eine Gnade, die uns gewährt wurde, und lösten etwas Chemisches aus: eine Tageslichteuphorie. Seths Vater kam gegen neun.

»Julia sollte jetzt wohl besser nach Hause gehen«, sagte er, als er nach oben ins Bett ging.

»Sie geht gleich«, sagte Seth.

Ich nickte. Seths Vater rieb sich im Türrahmen den Bart. Er wirkte erschöpft.

»Dann gute Nacht.« Er verschwand in sein Schlafzimmer.

Aber ich ging nicht.

Stattdessen legten wir uns draußen auf Gartenliegen, Seth und ich, warteten im Dämmerlicht, warteten, warteten, warteten darauf, dass die Sonne unsere Haut berührte. Und als es schließlich so weit war, ließen wir uns bis kurz vor der Ohnmacht aufheizen und taumelten dann benommen in den Schatten.

Später erfuhr ich, dass die Strahlung für Kinder gefährlicher war als für Erwachsene. Unsere Körper waren kleiner, unfertig. Bei uns hatten die Zellschäden noch mehr Zeit, sich zu Krebs zu entwickeln. Unsere Gehirne waren noch im Wachstum. Ganze Regionen waren noch nicht voll ausgebildet, vor allen Dingen, wie wir später begriffen, der Frontalkortex, das Reich der Entscheidungsfindung und der Voraussicht, des Abwägens von Kosten und Konsequenzen.

In anderen Häusern wurden die Kranken kränker. Neue Fälle des Schwerkraftsyndroms traten überall in der Gegend auf. Die Prognosen für die Zukunft fielen immer düsterer aus. Doch Seth und mir ging es gut. Uns ging es mehr als gut. Manchmal ist der Tod ein Beweis für das Leben. Manchmal weist der Verfall auf einen gewissen Elan hin. Wir waren jung und wir waren hungrig. Wir waren stark und wurden stärker, wir strotzten vor Gesundheit.

Um Mitternacht verließen wir Seths Haus. Es war eine strahlende Nacht. In meiner Erinnerung war sie heller als normalerweise, aber das kann nicht stimmen – die Strahlung war für das menschliche Auge unsichtbar.

Fünfhundert Kilometer weiter nördlich brannte Yosemite. Tote Bäume brennen gut. Der Rauch war nach Süden zu uns getrieben und hatte sich zu einem weißlichen Schleier gelichtet, der an unserem Himmel einen ungewohnten Sonnenschein erzeugte: immer noch gleißend, aber diffus.

Die Straßen waren still. Nichts bewegte sich. Alle Fenster in allen Häusern waren gegen die Sonne verdunkelt, und wir waren die Einzigen, die um diese späte Stunde unterwegs waren. In jener Nacht gaben wir uns nicht mit Bürgersteigen ab – wir liefen mitten auf der Straße. Es war, als wäre die Zeit der Autos vorbei.

»Wir können jetzt machen, was wir wollen«, sagte Seth. Er kniete sich auf die Straße und legte sich dann flach auf den Rücken, das Gesicht der Mitternachtssonne zugewandt. Ich legte mich neben ihn, meine Haare umrahmten meinen Kopf, der Asphalt war heiß unter meiner Haut.

»Mach die Augen zu«, flüsterte er, und ich tat es.

Viele Minuten lagen wir auf der Straße, blind und verletzlich. Es lag eine Romantik in dem beißenden Geruch des Teers, ein angenehmer Rausch der Gefahr. Schließlich schreckte uns ein Geräusch auf. Meine Lider schnellten hoch – es war nur eine Katze, die über den Bürgersteig rannte.

Wir gingen an der staubigen und verlassenen Bushaltestelle vorbei und am Einkaufszentrum, dessen Geschäfte für die Nacht vergittert waren. Wir spazierten über den Supermarktparkplatz, den stillsten Parkplatz der Erde – es stand kein einziges Auto darauf –, und stellten uns vor, wir wären Besucher in dieser merkwürdigen Welt: Wozu dieser riesige freie Platz, diese Reihen von schraffierten Linien?

Dann rannten wir den Hügel hinunter zu meiner Straße, unsere Schatten lang im frühen Licht.

Bald erreichten wir Sylvias Haus. Mein Vater war die ganze Nacht in der Arbeit, aber meine Mutter war zu Hause, sie schlief – oder schlief nicht, genau gegenüber. Ich hatte Angst, erwischt zu werden, deshalb kauerten wir uns tief hinter ein geparktes Auto.

Von nahem konnte ich noch das Graffiti unter der Farbe auf Sylvias Garagentor lesen, die immer noch brüllenden schlampigen Buchstaben: *Verpiss dich.* Ich überlegte, wie das Haus nun innen aussah und ob sie das Klavier hatte abholen lassen oder ob es immer noch zerbrochen im Zimmer stand. Ich malte mir alles in Trümmern aus: die Fußböden eingesunken, Regale umgestürzt, das Makramee schon lange völlig ausgefranst. Das einzige Geräusch war das schwache Summen der Stromleitungen, die über dem Dach hingen.

Sylvias seitliches Gartentor, bemerkten wir, stand offen und gab den Blick auf ein dorniges Gestrüpp von toten Büschen in ihrem Garten frei.

»Komm, wir gehen da rein«, flüsterte Seth.

Ehe ich etwas einwenden konnte, flitzte er durch das Tor. Mir gefiel, wie er in diesem hellen Licht aussah, als er am Mauerputz vorbeirannte und dann blinzelnd den Kopf wandte und mir bedeutete, ihm zu folgen, was ich natürlich tat. Wir lehnten uns an die Seite von Sylvias Haus und lachten, so leise wir konnten, mit bebenden Schultern, ohne Luft zu bekommen. Wir waren Kinder, und es war Sommer. Wir taten Verbotenes und waren halb verliebt.

Verstohlen versuchten wir, durch ein Fenster zu spähen, doch die Vorhänge waren geschlossen. Von Sylvia war nichts zu sehen.

Die natürlichen Tage hatten sich auf sechzig Stunden ausgedehnt: fast zwei Tage Dunkelheit, gefolgt von zwei Tagen Licht. Falls Sylvia noch dort wohnte, konnte sie unmöglich jede Dunkelphase durchschlafen oder immer die gesamte Tageslichtspanne wach bleiben, aber wir wussten es nicht genau. Und das wollten wir – wir wollten alles wissen, was es zu wissen gab.

Wir hätten stundenlang in diesem Garten warten und sie nie entdecken können, doch plötzlich schwang die Seitentür auf, und sie stand im Garten, dünn wie eh und je in einem orangefarbenen Leinenkleid, ohne Schuhe. Wir versteckten uns hinter ein paar Mülltonnen und sahen sie auf ihre Einfahrt zugehen. Sie blickte die Straße auf und ab, dann noch einmal auf und ab. Sie schlich sich hinaus wie ein Dieb. In den Händen trug sie zwei zugeklebte Pappkartons. Sie stellte sie in ihrer Einfahrt ab und ging zurück ins Haus.

»Du hattest Recht«, flüsterte ich. »Wahrscheinlich war sie die ganze Zeit hier.«

Seth nickte. Er hielt sich einen Finger an die Lippen.

Sylvia kehrte mit zwei weiteren Kartons zurück und lief erneut zur Einfahrt. Sie verschwand außer Sicht, aber wir hörten das Rasseln von Schlüsseln, das Öffnen und Schließen ihres Kofferraums.

Seth hustete ein leises Husten. Er legte sich die Hand auf den Mund, um ein weiteres zu ersticken, aber es brach genau in dem Moment hervor, als Sylvia zurück in den Garten kam. Sie sah in unsere Richtung.

»Großer Gott«, sagte sie, die Hand auf der Brust. »Ihr habt mich erschreckt. Was macht ihr denn dahinten?«

Wir standen auf, als sie uns entdeckte, sagten aber nichts. Wir waren ertappt.

Sylvia schielte nach der Seitentür. Der Schwung ihrer Gesten, früher so anmutig, war einem festen Verschränken der Arme gewichen, dem nervösen Kauen auf der Unterlippe.

»Also?«, sagte sie.

Wir schwiegen.

»Ihr geht besser beide nach Hause«, sagte sie. »Sofort.«

Noch nie hatte ich sie so reden gehört. Als Lehrerin war sie unendlich geduldig und ruhig.

»Ihr solltet nicht hier sein.« Ihre Stimme wurde lauter.

Hinter ihr hörten wir die Seitentür quietschen. Sylvia schloss die Augen.

Und da war er: mein Vater, mit zwei braunen Koffern, einen auf jeder Seite.

Vielleicht hätte ich nicht überrascht sein sollen, meinen Vater so aus ihrem Haus kommen zu sehen, aber das war ich. Er blieb stehen, als er uns entdeckte. Ich hörte ihn kurz, scharf einatmen. Er stellte die Koffer ab.

»Was macht ihr hier?« Er blickte von mir zu Seth und wieder zurück. Eine Sonnenbrille hing an seinem T-Shirt.

Ich war zu entgeistert, um zu antworten.

»Ich dachte, du wärst bei Hanna«, sagte mein Vater. Er wollte noch etwas hinzufügen, aber Seth fiel ihm ins Wort.

»Sie dachte, *Sie* wären in der Arbeit.«

Seth wirkte erregt, streitlustig.

»Sprich nicht so mit mir«, sagte mein Vater. »Ich rede mit Julia.«

Plötzlich fiel meinem Vater das offene Gartentor auf, und er machte ein besorgtes Gesicht: Wenn meine Mutter aufwachen und aus dem Fenster sehen würde, könnte sie uns leicht im Garten entdecken.

»Mist«, sagte er.

Das war das erste Mal, dass ich sie bemerkte, die unausweichliche Kluft zwischen Vater und Mann. Ein frustrierter Mann stand dort auf dem Weg. Ein Fremder hätte die Anzeichen von weitem erkannt, als mein Vater hastig das Tor schloss, die schroffen Bewegungen eines wutentbrannten Menschen.

»Wo willst du hin?«, fragte ich.

»Nirgendwo«, sagte mein Vater. Aber die Koffer leuchteten wie handfeste Beweise gegen ihn.

»Sag mir die Wahrheit«, forderte ich.

Sylvia entfernte sich allmählich aus der Szene. Fast unmerklich glitt sie Richtung Seitentür.

»Ich möchte, dass du sofort nach Hause gehst«, sagte mein Vater zu mir. Er deutete auf unser gerade eben über das Gartentor sichtbare Haus, und es sah so traurig und schön aus, dort auf der anderen Straßenseite, der schlichte weiße Putz strahlte beinahe in der Sonne: unser Heim.

»Nein«, erwiderte ich.

Sylvia war jetzt wieder drinnen. Leise fiel die Tür hinter ihr ins Schloss.

»Sofort«, sagte mein Vater.

Aber ich rührte mich nicht. Vielleicht lag es daran, dass Seth neben mir stand, oder vielleicht auch am Sonnenschein – man sagt ja, das Tageslicht mache uns impulsiver als die Dunkelheit.

»Ich gehe nicht nach Hause«, sagte ich.

Seth griff nach meiner Hand.

»Er kann dich nicht zwingen«, sagte Seth. »Du könntest auf der Stelle deiner Mutter davon erzählen.«

Wut blitzte in der Miene meines Vaters auf – Wut und Ungläubigkeit.

»Deine Mutter und ich haben schon darüber gesprochen.«

»Das glaube ich dir nicht.« Ich fing an, wütende Tränen zu weinen. Ich spürte Seths Hand auf meinem Rücken.

»Wenn du nicht nach Hause willst, dann geh wenigstens zurück zu Seth.« Er bettelte jetzt. So etwas hatte ich bei ihm noch nie erlebt. »Bitte. Es ist gefährlich, so spät draußen herumzulaufen, und du solltest nicht in der Sonne sein.«

Nach einiger Diskussion willigten wir ein, aber wir ließen uns nicht von ihm fahren. Er folgte uns im Auto, rollte im langsamen Tempo unserer Schritte hinter uns her. Den ganzen Weg über hielt Seth meine Hand. Beim Gehen hatte ich das Gefühl, einen Blick auf eine Szene der Welt einer Älteren zu erhaschen, auf die merkwürdigen Dramen, die sich nur mitten in der Nacht abspielten.

Als wir Seths Einfahrt erreichten, rief mein Vater meinen Namen. »Julia«, sagte er. »Ich werde deiner Mutter nicht erzählen, dass das mit Hanna gelogen war.« Er machte eine Pause. Der Motorlüfter begann zu surren. »In Ordnung?«

»Du bist derjenige, der lügt«, sagte ich.

»Julia«, wiederholte er, aber ich antwortete nicht. Ich wusste nicht, wann ich meinen Vater das nächste Mal sehen würde.

Seth und ich liefen Hand in Hand über die Erde, wo früher der Rasen gewachsen war. Wir stiegen die Stufen hoch und schlichen ins Haus, um seinen Vater nicht zu wecken.

Drinnen saßen wir eine Weile auf den Wohnzimmersofas. Das Licht war durch die Vorhänge gedämpft. Es war spät, fast zwei.

»Du solltest es deiner Mutter erzählen«, sagte Seth. Er gähnte und streckte sich auf dem Teppich aus.

Ich legte mich auf der Couch zurück und starrte an die Decke. Einige Minuten vergingen. Irgendwo tropfte ein Wasserhahn. Der Kühlschrank brummte. Draußen brannte die Sonne auf das Land.

»Sie wird es sowieso rauskriegen«, sagte ich.

Als ich mich zu Seth umdrehte, stellte ich fest, dass er schlief. Er lag zusammengerollt in T-Shirt und Shorts auf dem Fußboden. Eine Zeit lang lauschte ich dem tröstlichen Geräusch dieses neben mir atmenden Jungen. Ich betrachtete das sanfte Flattern seiner Augenlider, als er träumte. Es reichte nicht aus, einfach nur in seiner Nähe zu sein. Ich wünschte mir, sehen zu können, was er gerade träumte. Selbst dorthin hätte ich ihn begleitet.

31

Erst, als wir am nächsten Morgen aufwachten, bemerkten wir die Verbrennungen. Sonnenbrand: der schlimmste unseres Lebens.

Wir waren fiebrig und durstig, unser gesamter Körper leuchtend rot. Es tat weh, die Knie zu beugen. Es tat weh, den Kopf zu drehen. Seth rannte ins Bad und übergab sich. Ich weiß noch, wie er hinterher aussah, er hustete immer noch, als er sich aufs Sofa legte. In seinen Augen entdeckte ich erste Tränen und noch etwas anderes: Angst.

Meine Mutter war entsetzt, als ich nach Hause kam. Es schälten sich bereits weiße Hautstücke von meinen Wangen.

»Um Himmels willen«, sagte sie. »Ich hab dir doch gesagt, du sollst nicht in die Sonne gehen.«

An jenem Tag wurde sie lebendig, als wäre mein Sonnenbrand ihr Heilmittel. Sie strich mir sehr lange Aloe aufs Gesicht. Die Berührung ihrer Finger – das therapeutische Brennen – gab mir das Gefühl, ein kleineres Mädchen zu sein.

»War das deine Idee?«, fragte sie. »Oder Hannas? Und wo zum Teufel waren ihre Eltern?«

Ich konnte ihr nicht in die Augen sehen.

»Dein Vater muss sich das ansehen, sobald er nach Hause kommt.« Winzige Hautfetzen lösten sich unter ihren Händen.

Ich konnte das Gestöber im Lampenschein sehen. »Er kommt in einer Stunde aus der Arbeit.«

Ich hoffte, sie hätte Recht, aber ich wusste, dass in der Nacht etwas umgeschlagen war, eine endgültige Veränderung, die schließlich zum Packen zweier Koffer und dem Beladen von Sylvias Kofferraum geführt hatte. Mein Vater und Sylvia konnten mittlerweile in Nevada sein oder die halbe kalifornische Küste hinauf. Aber ich sagte meiner Mutter nichts. Ich wartete einfach darauf, dass die Wahrheit auftauchte.

Meine Mutter beugte sich zu mir vor und begutachtete meine Wangen. Von nahem sah sie älter aus, die Falten um ihre Augen herum tiefer, ihr ganzes Gesicht wie die getrockneten Blütenblätter, die Seth und ich in jenem Frühling gesammelt hatten.

Sie drehte mich um, hob die Rückseite meines T-Shirts hoch. Ich trug den einfachen weißen BH, den ich heimlich bei meinem zweiten, erfolgreicheren Ausflug ins Geschäft gekauft hatte. Ich schloss die Augen und wartete auf einen Kommentar über den BH. Doch sie erwähnte ihn nicht. Stattdessen hörte ich nur ihr entsetztes Keuchen beim Anblick meiner Haut:

»Mein Gott. Hattest du kein T-Shirt an?«

Doch die Sonne hatte einen beunruhigenden neuen Trick entwickelt – sie hatte uns einfach durch die Kleidung verbrannt.

Am selben Morgen erschien ein Umzugswagen vor Sylvias Haus. Durch meine Vorhänge sah ich Kiste auf Kiste in den Armen von zwei Möbelpackern durch den Garten wippen. Sie trugen Stehlampen, dicke Teppiche, zwei Körbe Wolle, meterweise Makramee. Möbel folgten: der rustikale Esstisch, das braune Samtsofa, zwei Polstersessel, ein Bettgestell, der leere Vogelkäfig. Das Beladen des LKW zog sich den gesamten Vormittag hin, aber Sylvia tauchte nicht auf. Ihr Auto war bereits weg. Ein Ölfleck trocknete in der Einfahrt.

Nach einer Weile fuhr der Möbelwagen ab.

Es wurde zwölf Uhr, und von meinem Vater keine Spur. Meine Mutter versuchte es auf seinem Handy. Er hob nicht ab.

»Seine Schicht müsste doch jetzt vorbei sein«, sagte sie.

Ich sagte nichts, aber das Wissen braute sich zusammen wie ein Gewitter – ich konnte die Zukunft sehen: Mein Vater käme nicht zurück. Und diese Tatsache schien auf andere zu deuten: Liebe verschleißt, und Menschen versagen, Zeit vergeht, Epochen enden.

Gegen halb eins an jenem Tag flackerten die Lampen. Einige Minuten später gingen sie ganz aus.

»Mist«, sagte meine Mutter. »Nicht schon wieder.«

Vor jedem Fenster in unserem Haus hing ein schwarzer Vorhang, aber ein wenig Sonnenlicht sickerte trotzdem durch, und daher war es nicht völlig dunkel in unserer Küche, wo wir beide saßen und uns Sorgen machten, wie Frauen einer früheren Zeit. Meine Mutter zündete in der Düsternis Kerzen an.

Ich rieb mir das Gesicht mit den Handflächen. Kleine Fetzen sonnenverbrannter Haut rieselten auf den Boden.

»Lass das«, sagte meine Mutter. »Du machst es nur noch schlimmer.«

Nicht lange, nachdem der Strom ausgefallen war, fingen die Katzen an zu heulen. Diesen Laut hatte ich noch nie bei ihnen gehört. Chloe stöhnte in die leere Luft. Ein Fellkamm ragte senkrecht von ihrer Wirbelsäule auf. Tony tigerte mit kreisenden Ohren in der Küche auf und ab. Er stieß ein leises Knurren aus. Als ich die Hand nach ihm ausstreckte, fauchte er.

Bald begannen die Nachbarshunde zu bellen. Sie jaulten und jaulten, ihre Stimmen schwollen an wie eine Flut. Eine Dogge raste mit peitschendem Schwanz unsere Straße hinunter. In den nahe gelegenen ländlichen Gegenden gingen die Rinder durch; Pferde durchbrachen Zäune.

Wir Menschen spürten überhaupt nichts. Der Himmel sah blau und schlicht aus.

Als wir das Radio einschalteten, strömte Rauschen aus dem Lautsprecher. Auf keiner Frequenz trieb eine Stimme. Erst später würden wir erkennen, was im Nachhinein so offensichtlich erscheint: Es war der erste der solaren Superstürme, ausgelöst von der Verkümmerung des Magnetfelds.

Wieder rief meine Mutter meinen Vater an. Nichts.

Chloes Geheul wurde klagend, ein unablässiger, bebender Ton. Meine Mutter sperrte sie ins Gästezimmer und machte wegen des Lärms alle Fenster zu.

Sie wählte noch einmal die Nummer meines Vaters. Dieses Mal sprang sofort die Mailbox an.

»Wo ist er?«, fragte sie.

Ich glaube, ihr war klar, dass er sich nicht bloß verspäten würde. Etwas hatte sich verändert, und das wusste sie.

»Vielleicht solltest du lieber Batterie sparen«, sagte ich.

Sie sah aus, als würde sie gleich weinen.

Eine Stunde verging, dann zwei. Keine Nachricht von meinem Vater. Meine Mutter rief in seiner Klinik an. Dort war er nicht.

Erneut probierte sie es auf seinem Handy. Ich erinnere mich an das schnelle Piepsen der gewählten Nummern, wieder und wieder, jedes Mal drängender, die leisen Töne eines aussichtslosen Falls.

Vor der Verlangsamung hätte niemand vorausgesagt, dass mein Vater der Typ Mann wäre, der Frau und Kind verlässt. Er war ein Mann, der kam, wenn er erwartet wurde, ein Mann, der seine Arbeit tat und jeden Abend nach Hause fuhr. Er war ein Mann, der Krisen bewältigte und seine Rechnungen pünktlich bezahlte. Die Forschung hat sich ausgiebig den physischen Auswirkungen der Schwerkraftkrankheit gewidmet, aber mehr Lebensläufe, als die Geschichte jemals aufzeichnen wird, wurden von den subtileren psychologischen Verschiebungen umgeformt, die die Verlangsamung ebenfalls begleiteten. Aus Gründen, die wir nie vollständig verstanden haben, veränderte die Verlangsamung – oder ihre Auswirkungen – die chemischen Vorgänge im Gehirn mancher Menschen, störte insbesondere das fragile Gleichgewicht zwischen Impuls und Kontrolle.

32

Fünfzig Kilometer entfernt vollzog sich ein anderes Drama. Es begann mit einem Golden Retriever – oder man könnte auch sagen, dass die Geschichte früher beginnt, viel früher, vor sechzig Jahren, 1961, als Amerikaner erstmalig Instruktionen erhielten, wie man einen Bunker im Garten baute, zu einer Zeit, als jeder wusste, wie viele Zentimeter Beton nötig waren, um einen Menschen vor radioaktivem Niederschlag zu schützen.

Doch die Ereignisse jenes Tages beginnen mit einem Golden Retriever. Wie den Tieren in unserer Nachbarschaft machte auch diesem Hund der Sonnensturm Angst, diesem Hund ganz besonders. Er sprang über seinen Gartenzaun und suchte das Weite.

Er rannte zehn Straßen weit, an Garagen, Baumstümpfen, den Plastiknachahmungen von Rasen vorbei. Dies war eine am Reißbrett entworfene Siedlung, noch neu zum Zeitpunkt der Verlangsamung und sehr bemüht, möglichst unverändert zu erscheinen. Die Hänge waren natürlich baumlos, aber dafür boten die Häuser jetzt Meerblick in der Ferne, kilometerweit unversperrt. Schließlich jagte dieser Retriever einen Hügel hinauf und stürmte auf ein Grundstück, das unmittelbar hinter der Siedlung lag, ein ausgedörrtes Fleckchen Land, das zufällig meinem Großvater gehörte. Als seine Besitzer ihn endlich einholten, buddelte der Hund an einem Metallstück, das hinter dem Holzstapel meines Großvaters halb im Boden vergraben war. Es war eine in die Erde eingelassene rostige Falltür.

Bald riefen die Hundebesitzer die Polizei.

Manche sagen, Liebe sei das süßeste Gefühl, die reinste Form der Freude, aber das stimmt nicht: Es ist nicht Liebe – es ist Erleichterung.

Ich erinnere mich noch an die genaue Tonlage meiner Mutter, als sie von unten zu mir nach oben rief. »Da ist er«, sagte sie. »Da ist er.«

Unsere gesamte Zukunft wurde von dem kurzen Geräusch des in der Einfahrt verstummenden Automotors meines Vaters umgeschrieben.

»Entschuldige«, sagte mein Vater und schüttelte sein Handy in der Luft. »Ich hab versucht anzurufen.«

Erst später erfuhren wir, dass der Sonnensturm die Mobilfunksatelliten aus dem Verkehr gezogen hatte. Eine Million verzweifelter Anrufe flatterten an jenem Tag in den Weltraum, landeten aber nirgendwo.

»Wo warst du?«, fragte meine Mutter.

Aber mir war das inzwischen ganz egal. Er war zu Hause. Er war hier. Ich verzieh ihm auf der Stelle.

Ich bemerkte den bekümmerten Ausdruck auf dem Gesicht meines Vaters nicht sofort. Mittlerweile hätte ich wissen müssen, dass letztlich nie die Katastrophen eintreten, mit denen man rechnet – es sind jene, die man überhaupt nicht erwartet. Es gab einen Grund, warum mein Vater an dem Tag so spät kam. Er war beim Haus meines Großvaters gewesen.

Hinter dem Holzstapel meines Großvaters, wo einst Wildblumen wuchsen, befand sich eine uralte Falltür, flach und verrostet. Sie war der Eingang zu einem unterirdischen Schutzraum, den mein Großvater sechs Jahrzehnte vorher für den Fall eines Atomkriegs gebaut hatte.

Ich hatte von dem Bunker nichts gewusst. Mein Vater erinnerte sich noch aus seiner Kindheit daran, wusste aber kaum noch die genaue Lage im Garten. Ja, er würde hinterher sagen, er habe angenommen, der Schutzraum sei vor Jahren eingestürzt. Doch in den Monaten vor seinem Verschwinden, entdeckten wir jetzt, hatte mein Großvater den Raum heimlich auf die Ängste dieses neuen Zeitalters umgerüstet.

Er maß drei mal vier Meter, die Wände waren mit dreiunddreißig Zentimeter dickem Beton ausgekleidet. In dem Bunker standen Kisten mit Flaschenwasser, Reihen von Konservendosen, zwei Schrotflinten und ein Kurbelradio. Es gab vier Schlafsäcke, vier Feldbetten – für jeden von uns eins. Da waren mehrere Kartons meines Lieblingsmüsliriegels. Ein Großteil dessen, was in seinem Haus fehlte, fand sich ebenfalls im Bunker. In einer Ecke standen mehrere Kisten mit Fotos und Wertsachen, Schuhschachteln mit den Goldbarren, die ich ihn im Wohnzimmer hatte packen sehen. Ein zweijähriger Kalender hing an einer Wand. Es war eine Höhle, die dafür vorgesehen war, das Zerbröckeln der Gesellschaft und was auch immer danach käme abzuwarten. Sie war nicht nur für ihn gedacht, sondern auch für uns, für meine Eltern und für mich. Offenbar war er doch nicht so erpicht darauf gewesen, den Fesseln seines Lebens zu entfliehen.

Auf dem Boden lagen Habseligkeiten meines Großvaters: ein Kartenspiel, ein altes Monopoly, ein Damebrett mit Spielsteinen. Alle Einzelteile waren über den Beton verstreut. Eine Holzleiter lag in einem unnatürlichen Winkel auf dem Fußboden des Schutzraums. Laut dem Polizeibericht war das die Stelle, an der die Leiche meines Großvaters gefunden wurde.

Er war einmal ein robuster Mann gewesen, aber mein erster

Gedanke, als ich davon erfuhr, war, wie zart seine Haut geworden war, wie leicht und häufig sie sein Blut freigab.

Später sollte ich sehr viel Zeit damit verbringen, über die Gesetze von Ursache und Wirkung zu grübeln, darüber, dass das Kippen dieser Leiter eines in einer langen Kette von Ereignissen war. Was wenn der Fußboden mit Teppich ausgelegt gewesen wäre? Was wenn der Hersteller der Leiter die Füße zum besseren Halt mit Gummi beschichtet hätte? Vielleicht wäre eine solche Leiter nicht so leicht über den Boden gerutscht. Hätten die Sowjets nicht 1962 beschlossen, Atomraketen nach Kuba zu schaffen, hätte mein Großvater den Bunker nie gebaut. Wäre die Erdrotation konstant geblieben, hätte er ihn nicht wieder in Benutzung genommen. Oft lag ich nachts wach und ging den tausend anderen Dingen nach, die den Tod meines Großvaters hätten verhindern können, aber von dem Moment an, als die Leiter wackelte, verringerten sich die Möglichkeiten: Sein Kopf schlug auf dem Beton auf, das Blut aus seinen Adern strömte in sein Gehirn, sein Herz hörte zu schlagen auf, und er verließ diese Erde für immer.

Hinterher wurde angenommen, dass er schon am Tag seines Verschwindens starb, zwei Monate vorher, an meinem Geburtstag. Bei seinem Sturz trug er eine graue Stoffhose, Lederschuhe und ein Cordsakko. Er war für unser Abendessen gekleidet. Die Polizei mutmaßte, dass er weniger als eine Stunde vor unserem Eintreffen an jenem Abend in den Bunker gestiegen war und wahrscheinlich nur vorhatte, eine letzte Ladung in den Schutzraum zu bringen, ehe er mit uns zum Essen fuhr. In seiner Jackentasche fand man einen hellblauen Umschlag mit meinem Namen in den zittrigen Buchstaben meines Großvaters. Darin steckte eine Karte. Ein Zwanzigdollarschein lag in der Mitte, und auf die Karte hatte er einen kurzen Gruß geschrieben: »Alles Gute zum Geburtstag, Julia. Gott segne dich.«

Dieses eine Detail treibt mir heute noch die Tränen in die Augen: Die Spiele, die sich auf den Armen meines Großvaters türmten, als er an jenem Abend auf den Fußboden stürzte, waren all die, von denen er wusste, dass ich sie am liebsten mochte.

33

Früher regnete es bei uns nie, aber es regnete an dem Tag, als wir meinen Großvater beerdigten. Wir hielten die Trauerfeier im kühlen Schutz der Dunkelheit ab. Mein Vater war auf dem Friedhof stiller, als ich ihn je erlebt hatte. Meine Mutter weinte leise hinter mir. Der schwarze Sarg glänzte unter den Flutlichtern, als Regentropfen an den Seiten hinabrannen, und ich konnte nicht glauben, dass er dort drin lag, mein Großvater, tot. Immer noch hörte ich den Klang seiner Stimme im Ohr. Immer noch sah ich sein Gesicht. Ich war noch nie bei einer Beerdigung gewesen.

Bald verwandelte sich die Erde in Matsch und der Regen in Graupel. Irgendwo auf der anderen Seite des Planeten schien die Sonne, und die Menschen dort versteckten sich vor dem Licht. Ich weiß noch, dass ich an jenem Tag in meinem Anorak fröstelte und über den Unterschied zwischen Zufall und Schicksal rätselte.

Ich erholte mich schnell von meinem Sonnenbrand, aber Seth war wochenlang krank. Die Haut auf seinen Armen bildete Blasen und löste sich ab. Eine Reihe von Fieberanfällen suchte ihn heim. Es war nicht klar, ob das vom Sonnenbrand oder etwas anderem kam. Er ging nicht zur Schule. An den Nachmittagen saß ich bei ihm, aber er sprach wenig und schlief viel. Die alten Stunden brachen wie Narben wieder auf – ich verbrachte meine Mittagspausen erneut in der Bücherei, ängstlich und allein. Immer weniger Kinder kamen zum Unterricht.

Nach einiger Zeit lebte Seth zwar wieder auf, aber ich machte mir damals schon Sorgen, dass er einen Schaden davongetragen haben könnte. Manches, was in der Kindheit passiert, nimmt man mit ins spätere Leben, und einige Experten prophezeiten eine Flutwelle von Krebserkrankungen.

Der April ging rasch in den Mai über, und Mai war der Monat, in dem die Erdbeben begannen – damals waren sie schwach, aber häufig, ein fast tägliches Rütteln. Im selben Monat stellten wir ein zweites Gewächshaus im Garten auf und machten unsere Fenster sonnendicht. Meine Mutter kaufte Vorhängeschlösser für alle Türen im Haus. Mein Vater kaufte eine Pistole.

Sieben Sonnenuntergänge später war es Juni.

Der letzte Schultag war der stillste letzte Tag, an den ich mich erinnern kann. Wir brachten nicht die übliche Freude auf. Zum Teil lag es an der Dunkelheit, die uns dämpfte, die dünne Mondsichel, aber da war auch noch etwas anderes: ein neuer Sinn für Zeit, denke ich – wie schnell sie entgleitet. Später versuchte ich, Seth zu erklären, wie ich mich an dem Tag gefühlt hatte – er war immer noch krank zu Hause –, aber es war schwer, die Stimmung in Worte zu fassen. An diesem letzten Schultag, als wir unsere Rucksäcke packten und die Bücher im Bücherzimmer aufstapelten, herrschte das Gefühl, wir würden möglicherweise nie in diese Räume zurückkehren. Bis September waren es nur drei Monate, doch wir hatten aufgehört, die Zukunft vorherzusagen. Das gegenseitige Signieren der Schuljahrbücher wurde in jenem Jahr ernster genommen. Nostalgie floss aus jedem Stift. Ich hatte seit Monaten nicht mit Hanna gesprochen, trotzdem bestand sie darauf, in meinem Buch neben ihrem Foto zu unterschreiben, das aus einer Zeit stammte, als wir noch Freundinnen waren. Ich sah Hanna nie wieder. Sie und ihre Familie fuhren in jenem Sommer zurück nach Utah, um abzuwarten, was käme.

Der Nachmittag ging zur Neige. Der Mond rutschte außer Sicht. Die Englischlehrer teilten die Sommerleselisten aus: *Farm der Tiere*, *Tom Sawyer*, *Das Tagebuch der Anne Frank*. Nie zuvor hatten wir das Schaben unserer Stühle auf dem Linoleum, das Quietschen eines Filzstifts auf einer Weißwandtafel als so tröstlich empfunden. Aber die Uhren tickten in der üblichen Geschwindigkeit, und so kam das Ende des Tages pünktlich. Die Schulbusse ächzten am Bordstein, Scheinwerfer leuchteten im Dunst. Der Gong ertönte. Manche umarmten sich. Manche weinten. Wir alle zerstreuten uns. Wir freuten uns weniger auf den Sommer als je zuvor.

Die Sonnenstürme tobten den ganzen Sommer. Seth und ich verfolgten sie genau. Wir spürten nie, wenn sie stattfanden, aber sie beschädigten Stromleitungen auf der ganzen Welt und lösten damit häufig Brände aus. Immer mehr Strahlung sickerte in die Atmosphäre. Wir konnten ihre Auswirkungen in den wilden Bögen der Polarlichter beobachten, die über den Himmel schossen, sobald es dunkel wurde. Wir wussten nie, wann der Strom ausfallen würde. Ein plötzlicher Anstieg von Magnetpartikeln konnte jederzeit das Elektrizitätsnetz lahmlegen, deshalb hatten wir immer Taschenlampen bei der Hand, Kerzen greifbar.

Wir hielten uns weiterhin von der Sonne fern.

Mittlerweile war das meiste, was aus dem Mund von Wissenschaftlern kam, für uns andere unverständlich. Aber einige nackte Tatsachen begriffen wir. Derselbe Sonnenwind, der jetzt auf unseren Himmel eintrommelte, hatte einst, vor langer Zeit, die Meere und die Atmosphäre des Mars weggeleckt.

»Wir haben schon Effekte wie diesen im Magnetfeld gesehen«, sagte ein Wissenschaftler, »aber niemals in einem so riesigen Umfang. Eigentlich müsste sich eine solche Verschlechterung über tausende von Jahren hinziehen.«

Ihre Aussagen grenzten gelegentlich an Dichtung. Die Fantasie ging mit ihnen durch. Manche spekulierten, dass eine dritte, bislang unbekannte Kraft beteiligt sei.

»Wir erleben hier etwas«, sagte ein Forscher, »was unser gesamtes Verständnis der Physik erschüttert.«

Die Krankheit meiner Mutter kam und ging, aber sie lernte, einen drohenden Schwindelanfall frühzeitig an dem schwachen Metallgeschmack im Mund zu erkennen, ein weiteres Symptom, das ihr Arzt nicht erklären konnte.

Ich bemerkte, dass mein Vater sich mit einer neuen Zärtlichkeit um sie kümmerte. Zwar deutete ich ihren Umgang miteinander aus einigem Abstand, aber ich spürte eine neue Nähe zwischen ihnen. Etwas hatte sich verändert, wenn mir auch die Ursache rätselhaft war. In jenem Sommer studierte ich sie von weitem, so wie, das hatten wir in der Schule gelernt, Astronomen manchmal einen fernen Planeten entdecken konnten – nicht, indem sie ihn sahen, sondern indem sie maßen, wie seine Masse das Sternenlicht krümmte. Die Anhaltspunkte ergaben sich aus dem Arm meines Vaters um die Schulter meiner Mutter, aus dem sanfteren Tonfall ihrer Stimme. Manchmal war sie nach einer ihrer Übelkeiten beinahe fröhlich, und wir spielten eine Weile Monopoly oder Halma, während meine Eltern ein Bier tranken. Einmal ging es ihr eine ganze Woche am Stück gut, und die beiden blieben jeden Abend lange zusammen auf, unterhielten sich leise, lachten ab und zu. »Siehst du?«, erinnere ich mich an die Stimme meines Vaters. »Du wirst wieder gesund.« Je mehr Zeit verging, desto weniger verstand ich, was die beiden miteinander verband, doch ich hatte den Verdacht, dass das Umkippen der Leiter im Bunker meines Großvaters den Verlauf der Ehe meiner Eltern verändert hatte. Die genaue Abfolge der Ereignisse oder welche Entscheidungen wann getroffen wurden, werde ich nie erfahren. Ich werde nie erfahren, ob mein Vater wirklich vorhatte, an jenem Tag mit Silvia wegzugehen. Ich weiß nur, dass mein Vater nicht ging. Ich weiß nur, dass er blieb.

Sylvia sah ich nie wieder. Ich weiß nicht, ob mein Vater sie je wiedersah. Es gab Momente in jenem Sommer und hinterher, in denen ich ihn spät abends am Telefon hörte, aber mit wem er sprach oder was gesagt wurde, werde ich nie erfahren.

Wenn er nicht arbeitete, verbrachte mein Vater Stunden damit, die Besitztümer meines Großvaters zu katalogisieren. Seine alte Eichenstanduhr tickte jetzt in unserem Wohnzimmer. Die Miniaturlöffel meiner Großmutter schaukelten an der zitronengelben Wand unserer Küche. Die Kinderschuhe meines Großvaters, acht Jahrzehnte vorher in Silber konserviert, hatten nun einen Platz in unserem Wohnzimmerregal.

Mein Vater erwähnte Sylvia nie direkt. Gemeinsam strengten wir uns in diesem Sommer sehr an, uns vorzustellen, dass gewisse Ereignisse nie stattgefunden hatten. Der Geist ist eine starke Kraft, zwei Geister vor allem.

Irgendwann im Juni lag der Polizeibericht vom Unfall meiner Mutter in unserem Briefkasten. Er muss das Schicksal des Fußgängers – verstorben – enthalten haben, aber ich erhaschte nur einen kurzen Blick auf das Dokument, als mein Vater es zerknüllte und auf die Zeitungen im Kamin warf, mit denen er gerade ein Feuer anzündete. Es war, als hätten wir beide gelernt, in die Vergangenheit zu reisen, an einen einfacheren Ort, wo die Regeln von Chronologie und Konsequenz, von Aktion und Reaktion, anders waren, diffuser, weniger eindeutig. Er brachte Sylvia nur ein Mal zur Sprache.

Es war eine klare schwarze Nacht, der Mond zu drei Vierteln voll. Wir liefen zur Grundschule – seine Idee –, um auf dem Platz ein bisschen Fußball zu spielen.

»Ich weiß, dass für dich nicht alles nachvollziehbar ist«, sagte er auf dem Weg. Einige Straßenlaternen leuchteten uns. Ich hatte Angst vor dem, was er als Nächstes sagen könnte.

»Weißt du, was ein Paradox ist?«, fragte er.

Er blieb stehen und rieb sich die Stirn. Eine Häuserkette in der Nähe hob sich als Silhouette vor dem dunklen Himmel ab.

»Nicht so genau«, sagte ich.

Ich weiß noch, wie meine Hände sich an diesem Abend anfühlten, sie waren tief in die Ärmel meines Anoraks gezogen. Ich hatte mich noch nicht daran gewöhnt, wie kalt die langen Dunkelheiten sein konnten.

»Ein Paradox«, fuhr er fort, »ist, wenn zwei widersprüchliche Dinge beide stimmen.«

Er wandte den Kopf zum Himmel. Eine winzige kahle Stelle hatte sich an seinem Hinterkopf gebildet; er war überall, stellte ich fest – der scharfe Nachweis der Zeit.

»Vergiss das bitte nicht, ja?«, ergänzte er. »Nicht alles ist eindeutig.«

Wir erreichten den Parkplatz und fanden eine Öffnung im Maschendrahtzaun. Ich erinnere mich noch an das Knirschen von Kunstrasen unter Stollen. Alle Freiluftpflanzen in unserer Gegend waren inzwischen eingegangen.

Der Fußball glänzte im Schein der Polarlichter. Mein Vater stand im Tor, ich schoss. Im Laufe der Monate war es immer unbefriedigender geworden, einen Ball zu schießen, immer schwerer, ihn über den Platz fliegen zu lassen – es war eigentlich nicht die Schwerkraft, die sich vergrößerte, sondern die

Zentrifugalkraft. Der Ball fühlte sich an meinem Fuß schwer an.

»Hast du schon gehört, dass sie einen Planeten gefunden haben, der möglicherweise der Erde ähnlich ist?«, fragte mein Vater, als wir zurück zur Straße gingen.

»Ehrlich? Wo?«

»Weit weg von hier. Fünfundzwanzig Lichtjahre.«

Eine Reihe von Autos glitt die Straße hinunter, die Scheinwerfer erhellten einen Moment lang ein paar Baumstümpfe vor der Schule.

»Dann bringt uns das nichts.«

»Nein«, sagte er. »Nein, uns nicht.«

Eine Zeitlang liefen wir schweigend weiter. Ich zog den Reißverschluss meines Anoraks bis zum Hals hoch. Meine Stollen klackerten auf dem Asphalt.

»Ich wette, du schaffst es dieses Jahr in die Auswärtsmannschaft«, sagte mein Vater. Grüne und violette Streifen zuckten über den Himmel.

»Kann sein.«

Aber ich glaube, wir wussten beide, dass es in diesem Jahr keine Auswärtsmannschaft gäbe.

Aus allen Richtungen wehte das Echo von Hämmern durch die Luft, das Zischen von Kreissägen, das Schneiden von Stahl. Hunderte von Strahlungsbunkern blähten sich unter der Erde auf.

Und immer noch dehnten sich die Tage aus, immer weiter. Wir knackten die zweiundsiebzig Stunden am 4. Juli.

An dunklen Tagen in jenem Sommer streiften Seth und ich wie früher unter den Straßenlaternen herum, bleiche Geschöpfe, noch im Wachstum. Seth schien wieder gesund. Es schien ihm gutzugehen. Wir fuhren abwechselnd auf seinem Skateboard die Hügel in unserer Siedlung hinunter. Wir kauften Süßigkeiten im Schnapsladen, tranken Limo auf den Felsen über dem Strand. Wir wachten über das Sterben der Wale.

Eines Nachmittags fing Seths Nase zu bluten an. Ein paar Tropfen fielen auf sein T-Shirt.

»Das macht nichts.« Er wischte sich mit dem Handrücken die Nase und zog ein Taschentuch aus der Hose. Wir gingen in der Nähe des Meeres spazieren, das dunkel und laut unter uns lag. Seth legte den Kopf in den Nacken und kniff sich in den Nasenrücken. Schnell sickerte das Blut durch das Taschentuch.

»Das kommt manchmal vor«, sagte er.

»Wirklich? Vielleicht sollte mein Vater sich das mal ansehen.«

»Es ist nichts Schlimmes«, sagte er.

Nach ein paar Minuten hörte die Blutung auf. Sonst bemerkte ich nichts. Er versteckte seine Symptome gut.

Sylvias Haus blieb leer. Ein »Zu Verkaufen«-Schild stand im Garten, aber das Dach war immer noch teilweise eingestürzt und mit Plastik verklebt. Kein Käufer kam sich das Haus jemals ansehen. Einmal, auf einem unserer Streifzüge, spähten Seth und ich durch ein Fenster. Wo früher das Klavier gestanden hatte, war der Holzfußboden etwas dunkler, und das Windspiel aus Muscheln trillerte sanft in der Brise. Das waren die einzigen Spuren, dass Sylvia je dort gewohnt hatte.

Manchmal fragte ich mich, wohin sie gezogen war. Einer der Fernsehsender strahlte in dem Jahr einen Sonderbeitrag über die Echtzeitkolonien und ihre Bewohner aus, und ich suchte ihn, Szene für Szene, nach einem Auftauchen Sylvias in einer der Einstellungen ab, entdeckte sie aber nicht.

In Circadia starben in jenem Sommer drei Menschen an einem Tag an Hitzschlag, nachdem einundvierzig Stunden Sonnenlicht das Thermometer in der Wüste auf siebenundfünfzig

Grad getrieben hatten. Die Kolonien würden letzten Endes alle schließen. Als die Tage immer länger wurden, stellte es sich zunehmend als unmöglich für den menschlichen Körper heraus, sich anzupassen. Das Versprechen langsamer Zeit blieb weitgehend uneingelöst. Bei den Echtzeitern beeinträchtigten die Folgen langer Phasen ohne Schlaf nach und nach bestimmte kognitive Funktionen. Manche gaben auf und schlossen sich unserem Leben nach der Uhr an. Viele derer, die in den Kolonien ausharrten, versanken allmählich im Wahnsinn. Eine Gruppe in Idaho wurde kurz vor dem Verhungern, delirierend und halluzinierend gefunden – die gesamte Kolonie hatte aufgehört zu essen, obwohl ihre Schränke voller Konserven waren.

Das war auch der Sommer der Nahrungsmittelknappheiten und Selbstmordkulte.

Es schien, als würde jeden Tag eine neue Gruppe von Menschen tot aufgefunden, mit Gift im Blut.

Frische Lebensmittel waren immer schwerer zu bekommen. Im Juli startete die Regierung die Lebensgarten-Kampagne, um Privatmenschen zu ermutigen, ihr eigenes Obst und Gemüse in Gewächshäusern anzupflanzen. Einsteigersets wurden verteilt, dazu Päckchen mit den widerstandsfähigsten Samen. Wir versuchten, Karotten zu ziehen, aber sie blieben mickrig und klein. Das bisschen Licht, das sie bekamen, stammte von unseren Lampen. Pilze waren das Einzige, was es im Überfluss gab.

Wir schluckten handvollweise Vitamine, um den Mangel auszugleichen. Aber bald wurden die Tabletten knapp. Die Konservensammlung meiner Mutter wuchs in jenem Sommer rapide an. Das Arsenal belegte das gesamte Esszimmer.

Seth und ich verbrachten viel Zeit damit uns auszumalen, wie die Welt aussähe, wenn die Menschen weg wären. Wir hörten, dass Plastik am längsten erhalten bleiben würde, also stellten wir uns die Häuser in meiner Straße auf PVC-Rohre und Legosteine, Tupperware und Sandeimer, Computerchips und Handys und Rasierapparate reduziert vor. Behälter jeder Form und Größe würden alles andere überragen, ihre Etiketten verblassen und das Plastik unter der Kraft einer unbarmherzigen und leblosen Sonne bersten.

»Denk an die ganzen Zahnbürsten«, sagte Seth.

Einmal bewunderten wir eine Mücke, die auf einer Verandalampe landete. »Schau mal«, sagte Seth. Seine Augen waren groß und wässrig. Die Mücke flatterte davon. Im Fliegen kam sie uns wie ein zartes, elegantes Wesen vor. »Schau! Schau!« Einen Moment lang waren wir überzeugt, es wäre das letzte wilde Geschöpf auf der Erde.

An einem Abend wanderten wir mit Taschenlampen durch den Canyon. Hin und wieder warfen wir durch unsere Vorhänge einen verstohlenen Blick auf die Sonne. Wir lagen auf dem Rücken in der Dunkelheit und betrachteten die Polarlichter, wie andere Kinder früher Wolken betrachtet hatten.

Abends küssten wir uns manchmal eine Zeit lang in unserer Einfahrt. Ich weiß noch genau, wie seine Lippen sich auf meinen anfühlten, wie zuckrig sein Erdbeerkaugummi schmeckte.

Hin und wieder schien unser Gedächtnis uns im Stich zu lassen. Ich stellte fest, dass ich mich nicht mehr klar an die Gesichtszüge meines Großvaters erinnern konnte oder daran, wie meine Mutter vor ihrer Krankheit ausgesehen hatte – ich war mir sicher, dass ihre Haut etwas welker, rauer geworden war, aber so genau konnte ich es nicht sagen. Der Klang von Sylvias Klavier verschwand vollständig aus meinem Kopf. Ähnlich ging auch das Gefühl von Sonnenschein auf dem Gesicht verloren, der Geschmack von Erdbeeren, das Zerplatzen einer Traube im Mund. Es wurde immer schwerer, sich an diese längst vergangenen Morgen zu erinnern, als die Sonne noch wie ein Uhrwerk aufging, an die sich langsam lichtenden Nebelschichten, das schöne Licht, den Tagesbeginn.

Aber ab und zu rief mir ein bisschen Wind oder ein bestimmter Geruch ins Gedächtnis, wie es früher gewesen war. Der Horizont wirkte vielleicht plötzlich wieder kahl – und ich überlegte einen Moment lang, was mit den Bäumen passiert war. Eine Stille rauschte manchmal unvermittelt in meinen Ohren, und mir fiel ein, was wir verloren hatten: den Gesang all der Vögel.

Auf anderen Kontinenten breiteten sich Hungersnöte aus. Wir versuchten, nicht zu vergessen, dass wir hier mehr Glück hatten als die meisten.

Im August jenes Jahres riss der Stromversorger unsere Straße auf. Es hatte etwas mit den Erdbeben zu tun, irgendwelche damit verbundenen Reparaturen. Arbeiter in orangefarbenen Westen brachen mit dem Presslufthammer ein Stück Bürgersteig auf und legten die Leitungen frei, die sich darunter schlängelten. Ein paar Stunden später, nachdem die Arbeit beendet war, gossen sie zwei neue Zementquadrate in den Bürgersteig, um die von ihnen zerstörten zu ersetzen. Der Zement war noch feucht, als die Arbeiter wegfuhren, bewacht nur von zwei orangefarbenen Kegeln und einem Streifen gelbem Absperrband.

Seth und ich knieten uns davor, begierig, unsere Spuren zu hinterlassen, aber nicht sicher, was wir schreiben sollten. Ich spürte seinen Körper neben meinem, während wir unter der Straßenlaterne kauerten und beratschlagten.

»Was wir schreiben, wird lange halten«, sagte er. Er starrte angestrengt auf den Zement und kaute auf der Lippe – das war eine seiner Angewohnheiten. Ich kannte inzwischen all seine Angewohnheiten. Er hob den Kopf und sah mich an. »Vielleicht unser ganzes Leben lang.«

Da empfand ich eine unbestimmte Traurigkeit, die Vorahnung eines künftigen Gefühls.

Die Oberfläche des feuchten Zements war so glatt wie Neuschnee, und er roch nach Meersalz. Lange überlegten wir, was wir schreiben sollten; wir dachten nur wenig schneller, als nasser Zement an frischer Luft trocknet.

Und immer noch drehte die Erde sich, und die Tage vergingen, und die Sternbilder kreisten über den Himmel. Mit der Zeit lernten wir, die weißen Nächte in den Strahlungsschutzräumen zu verschlafen, die wir unter unseren Gärten gegraben hatten, wo die Luft nach Lehm und Steinen roch, so dass man nie vergaß, dass man sich unter der Erde befand.

Nach und nach – und dann ganz plötzlich – ging der Sommer zu Ende.

Was danach passierte, wurde an anderer Stelle gut dokumentiert. Aber ich bezweifle, dass Seths Name in einem anderen Bericht als meinem aufgetaucht ist.

Er konnte es nicht ewig verbergen. Eines Nachmittags liefen wir vom Strand nach Hause, Scheinwerfer huschten an uns vorbei. Es war der Beginn einer Dunkelheitsphase, und der Mond schien tief am Himmel, gerade eben über den Dächern der Siedlung sichtbar.

Wir teilten uns im Gehen eine Tüte saure Fruchtgummis. Seth betrachtete die Sterne.

»Wenn Menschen wirklich auf den Mars könnten«, sagte er. »Würdest du hinwollen?«

Ich liebte es, wie er über solche Dinge nachdachte.

»Glaube ich nicht«, sagte ich. »Ich hätte zu viel Angst.«

»Ich schon. Ich würde wahnsinnig gern so was machen.«

Nur ein paar Sekunden später hörte ich die Tüte aus Seths Hand rutschen. Ich erinnere mich an das leise Platschen von

Plastik auf dem Asphalt, als die Fruchtgummis auf die Straße rollten.

Als ich mich zu ihm umdrehte, spürte ich seinen Körper schwer gegen meine Schulter gelehnt. Dann fiel er ruckartig mit dem Kopf voran auf den Bürgersteig.

Ich glaube, ich wusste im selben Moment, dass danach nichts mehr so wäre wie vorher.

Ich rief seinen Namen. Ich sah in seine Augen: Sie waren halb offen und leer. Sein Kopf rollte hin und her. Sein ganzer Körper zitterte auf dem Pflaster.

Die Strecke vom Bürgersteig zur Tür des nächsten Hauses kam mir sehr weit vor, ich rannte sie in einem Tempo, das mich jetzt an einen Traum erinnert, den ich in dem Alter manchmal hatte und auch jetzt noch habe, in dem der Boden bei jedem Schritt unter meinen Füßen wegbricht. Bald klopfte ich mit beiden Fäusten an die Tür fremder Leute. Bald schrie ich die Frau an, die dort wohnte. Dann rief sie einen Krankenwagen, ihre Stimme so panisch wie meine.

»Oh mein Gott«, rief sie ins Telefon. »Da hat ein Junge einen Anfall auf der Straße.«

In diesen ersten paar Sekunden war ich der Frau dankbar, aber dann wollte ich, dass sie wegging, statt neben mir zu hocken, während Seth sich mit zuckendem Kopf auf dem Bürgersteig wälzte; meine jungen Arme waren nicht in der Lage, seinen Körper festzuhalten, mein Verstand sogar noch nutzloser, diese Minuten zu intim, um von einer Fremden gesehen zu werden.

Der Anfall ließ schließlich nach, aber Seth musste die Nacht im Krankenhaus bleiben. Als er am nächsten Tag nach Hause kam, rief er mich an, um mir zu erzählen, was ich schon vermutete:

»Sie glauben, es ist das Syndrom.«

Ich spürte die Worte auf meine Brust drücken.

»Ich weiß«, sagte ich.

Eine Weile schwiegen wir. Ich konnte ihn ins Telefon atmen hören.

»Aber so große Sorgen mache ich mir gar nicht«, sagte er. Ich glaubte ihm nicht. »Ich meine, geht es deiner Mutter nicht auch oft ganz gut?«

»Einigermaßen«, sagte ich.

Ich erzählte Seth nicht, dass sein Fall offenbar jetzt schon viel schlimmer war als der meiner Mutter.

Danach wurde er zusehends schwächer. Bald schon verbrachte er den Großteil seiner Zeit im Bett. Nach der Schule lief ich immer sofort zu ihm, und wir sahen uns zusammen Filme an oder spielten Karten, oder wir betrachteten einfach nur die Sterne durch die Fenster in seinem Zimmer.

»Wenn es mir besser geht«, sagte er dann, »bauen wir eine Festung im Garten und stellen dein Teleskop da draußen auf.«

»Okay«, sagte ich und nickte heftig.

Aber es machte mir Angst, wie dünn und fahl sein Gesicht allmählich aussah. Manchmal schloss er wegen eines plötzlichen Schmerzes in seinem Kopf einige Sekunden die Augen. Seine Nase blutete und blutete. Er sprach weniger und weniger. Sein Skateboard stand stumm in der Zimmerecke.

Bald konnte er kaum noch laufen. Ich fühlte ihn von mir wegtreiben, wie Eis auf einem Meer.

Seths Vater entwickelte nie das Getreide, an dem er arbeitete, das, das ohne Licht gedeihen konnte. Er gab auf und machte sein Labor dicht. Eines Tages in jenem Herbst beschloss er, mit Seth wegzuziehen – nach Mexiko, wo die Strahlung angeblich schwächer war.

Ich erinnere mich noch an den Nachmittag, an dem Seth mir erzählte, dass sie fortgingen, daran, wie verzweifelt ich mich an die Worte klammerte, die er im Anschluss sagte: »Aber wir kommen ganz bestimmt zurück.«

Ich erinnere mich an den Tag, als sie den Möbelwagen beluden, daran, wie sein Vater ihn auf dem Arm trug und wie dürr Seths Beine herabbaumelten, wo sie doch einmal stark gewesen waren. Ich hatte Seth geholfen, seine Sachen zu packen, und er hatte mir sein Skateboard geschenkt; er konnte es nicht mehr fahren.

»Heb es für mich auf«, sagte Seth auf dem Beifahrersitz. Diese letzten Minuten weinte ich so heftig, dass ich nicht sprechen konnte. Ich weiß noch, wie Seths Vater den Blick abwandte, während er den Wagen belud. »Es ist nur für ein paar Monate«, sagte Seth und berührte mein Gesicht mit der Hand. Seine Haut hatte ihre Farbe verloren, aber seine dunklen Augen waren so dunkel wie früher. »Du wirst schon sehen: Wir kommen zurück.«

Ich erinnere mich daran, der Möbelwagen von mir wegrollend, Seths Gesicht in der Ferne verschwinden zu sehen. Danach stand ich lange auf der dunklen Straße, presste das Skateboard an die Brust und wartete, als bestünde eine winzige Möglichkeit, dass der Wagen die Richtung ändern und sich in der Zeit rückwärts statt vorwärts bewegen könnte, während um mich herum das Leben weiterhin nur in die eine Richtung schritt.

Am nächsten Tag schickte Seth mir eine kurze E-Mail, ein paar kostbare Worte: *Mexiko ist komisch*, schrieb er, *und heiß! Ich vermisse dich!*

Ich las sie immer wieder an jenem Tag und am nächsten. Ich konnte das Echo seiner Stimme in den Worten hören.

Es war zwei Tage später, dass ganz Nordamerika dunkel wurde, der größte Stromausfall der Geschichte. Zweiundsiebzig Stunden lebten wir bei Kerzenlicht und rationierten unsere Vorräte.

Überall auf dem Kontinent fehlte den Pflanzen die zum Wachstum benötigte künstliche Beleuchtung. Wir hatten Angst, uns würde das Essen ausgehen. Plünderer zogen durch die Städte und die Einkaufszentren. Zum ersten Mal in meiner Erinnerung ging mein Vater nicht zur Arbeit. Wir drei drängten uns zusammen in unseren Strahlenschutzbunker. Mein Vater versperrte die Tür mit einer Kette. Meine Mutter befürchtete, wir hätten nicht genug Wasser, deshalb nippten wir daran, so langsam wir konnten. Wir zählten Stunden, dann Tage. Mitten in der zweiten Nacht hörten wir ferne Schüsse in der Dunkelheit. Wir schliefen überhaupt nicht.

Schließlich, am dritten Tag, ging das Licht wieder an.

Aber nicht alles kehrte zurück. Die gigantischen Server, die unsere Computernetzwerke und unsere E-Mail-Systeme und die meisten unserer wichtigsten Websites betrieben, wurden vorübergehend abgestellt, um Strom zu sparen. Jede nicht unbedingt nötige Nutzung von Energie wurde ausgesetzt.

Und wie wir wissen, wurden diese Server nie wieder hochgefahren.

Ich war nicht die Einzige, die den Kontakt zu jemandem verlor, den sie liebte. Ich erinnere mich noch an die Flugblätter, die in Postämtern und Lebensmittelläden auftauchten; Namen und Fotos von Menschen hingen bald an denselben Schwarzen Brettern, an denen vorher die Meldungen verlorener Haustiere angeschlagen waren. *Wenn Sie diese Frau sehen, sagen Sie ihr bitte, dass Daniel sie sucht. Wenn du da bist, J. T., hier ist meine Nummer.* Dabei hatten die jüngsten Beziehungen die geringsten Überlebenschancen – Millionen neuer Verbindungen wurden mitten im Erblühen unterbrochen. Man stelle sich vor, all diese potenziell geliebten Menschen, wieder verloren auf einem Planeten von Fremden. Seths Telefonnummer kannte ich nicht, aber er hatte mir eine Postadresse in Baja gegeben.

Ich fing an, Briefe zu schicken. Jeden Tag schrieb ich einen – wochenlang.

Vielleicht war es nicht die richtige Adresse. Vielleicht stimmte etwas bei der Post nicht.

Manchmal benötigen die traurigsten Geschichten die wenigsten Worte: Ich hörte nie wieder von Seth Moreno.

34

Es erstaunt mich heute noch, wie wenig wir eigentlich wussten.

Wir hatten Raketen und Satelliten und Nanotechnologie. Wir hatten Roboterarme und Roboterhände, Roboter, um die Oberfläche des Mars zu erkunden. Unsere unbemannten, ferngesteuerten Flugzeuge konnten menschliche Stimmen aus fünf Kilometern Distanz vernehmen. Wir konnten Haut herstellen, Schafe klonen. Wir konnten das Herz eines Toten Blut durch den Körper eines Fremden pumpen lassen. Wir machten große Fortschritte auf dem Gebiet von Liebe und Traurigkeit – es gab Medikamente zur Anregung der Begierde, Medikamente zur Auflösung von Schmerz. Wir vollbrachten alle möglichen Wunder: Die Blinden konnten wir sehen und die Tauben hören lassen, und täglich zauberten Ärzte Kinder aus dem Schoß unfruchtbarer Frauen. Zur Zeit der Verlangsamung standen die Stammzellenforscher kurz davor, Querschnittslähmung zu heilen – mit Sicherheit wären die Lahmen bald wieder gegangen.

Und doch überwog das Unbekannte immer noch das Bekannte. Wir stellten nie die Ursache der Verlangsamung fest. Die Quelle unseres Leidens blieb für immer rätselhaft.

Ich war dreiundzwanzig, als die Pläne für die Explorer verkündet wurden. Die Explorer war eine neuartige Rakete, für

Hochgeschwindigkeitsfahrten konstruiert, und würde keine Menschen neben ihrer Fracht befördern. Sie war eine Flaschenpost, ein Souvenir der Erde, vielleicht unsere letzte Botschaft. Sie nähme einen goldenen Datenträger mit auf ihre Reise, der Informationen über unseren Planeten und seine Bewohner enthielte, für den Fall, dass das Raumschiff in einem fernen Bereich des Universums auf intelligentes Leben trifft.

Ein Spezialistenteam wurde zusammengestellt, um zu entscheiden, was auf dem Datenträger gespeichert werden sollte. Zu den letztendlich ausgewählten Inhalten gehörten der Klang von Wellen, die sich an einem Strand brechen, menschliche Stimmen, die Grüße aus aller Welt sprechen, Bilder ausgestorbener Flora und Fauna, ein Diagramm der exakten Lage der Erde im Universum. Bestimmte grundlegende Fakten waren in Symbolen auf der Außenseite der Disc eingraviert; die Zielsetzung war, die gesamte Historie des einundzwanzigsten Jahrhunderts in Hieroglyphen festzuhalten, mit so wenigen Strichen wie irgend möglich die Geschichte unserer Zeit zu vermitteln.

Nicht aufgenommen wurde der Geruch frisch gemähten Rasens im Hochsommer, der Geschmack von Orangen auf unseren Lippen, das Gefühl von Sand unter unseren nackten Füßen, unsere Begriffe von Liebe und Freundschaft, unsere Sorgen und Träume, unsere Gnaden und unsere Freundlichkeiten und unsere Lügen.

Die Explorer wird so große Entfernungen zurücklegen, dass nur die Zeit sie messen kann. Ein Stückchen Uran in der Mitte des Datenträgers soll als radioaktive Uhr fungieren, so dass eines Tages – vielleicht in 60 000 Jahren, wenn die Explorer zum ersten Mal in die Nähe des nächstgelegenen anderen Sterns schwebt – irgendwelche Wesen möglicherweise in der Lage sind, das Alter des Raumschiffs zu bestimmen.

Was sie ebenfalls von dem Datenträger erfahren würden, wäre, dass zur Zeit des Starts der Explorer unsere Nahrungsmittelversorgung gefährdet war und die Dunkelheiten sich vertieften. Das Tempo der Verlangsamung hatte über die Jahre nachgelassen, sie hörte aber nicht auf. Der Schaden war angerichtet, und wir vermuteten inzwischen, dass wir sterben würden. Aber vielleicht wird der Datenträger auch übermitteln, dass wir weitermachten. Wir resignierten nicht, obwohl die meisten Experten uns nur noch wenige Jahre zu leben gaben. Wir erzählten Geschichten und verliebten uns. Wir stritten und verziehen uns. Kinder wurden geboren. Immer noch hofften wir, die Welt käme von allein wieder ins Lot.

Die Krankheit meiner Mutter schritt nicht fort wie Seths. Sie unterrichtete weiter in Teilzeit an der Highschool, bis die Schule vor ein paar Jahren geschlossen wurde, weil zu viele Kinder nicht mehr hingingen. Mein Vater arbeitet bis heute in der Klinik.

Sie wohnen noch in dem Haus, in dem ich aufgewachsen bin, aber es sieht jetzt völlig anders aus als in meiner Erinnerung. Das Gras und die Bougainvilleen sind natürlich schon lange weg, und eine dicke Stahlverkleidung um die Außenmauern hält die Strahlung ab. Sonnendichte Jalousien versperren den Blick, den ich früher aus meinem alten Kinderzimmerfenster hatte. Sylvias Haus auf der anderen Straßenseite wurde abgerissen. Ein leerer Platz liegt da, wo früher ihre Veranda stand.

Meine Mutter sagt, ich dächte zu viel über die Vergangenheit nach. Wir sollten nach vorn blicken, sagt sie, auf die Zeit, die noch bleibe. Aber die Vergangenheit ist lang und die Zukunft kurz. Während ich diesen Bericht schreibe, ein einzelnes ganz normales Leben, haben unsere Tage sich auf die Dauer von Wochen ausgedehnt, und es ist schwer zu sagen, welche Zeiten heute gefährlicher sind: die Wochen eisiger Dunkelheit oder das Licht. Es ist nur eine Frage der Zeit, bis der Treibstoff ausgeht, der uns am Leben erhält.

Trotzdem versuche ich, voranzugehen und so zu tun, als hätten wir wirklich noch Jahrzehnte zu leben. Ich habe beschlossen, Ärztin zu werden, obwohl einige Universitäten geschlossen sind. Niemand weiß, wie die Welt aussehen wird, wenn ich das Studium beendet habe.

Es ist schwer, stelle ich fest, nicht an bessere Zeiten zu denken. Spät in manchen weißen Nächten während der langen Lichtwochen liege ich wach, weil ich nicht schlafen kann. Meine Gedanken schweifen umher, und ich erinnere mich an Seth. Gelegentlich ertappe ich mich dabei, zu glauben, er könnte eines Tages zurückkommen. Ich bin zur Sammlerin von Geschichten über unwahrscheinliche Rückkehren geworden: das plötzliche Auftauchen des lang verlorenen Sohns, der gefundene Vater, das nach vierzig Jahren wieder vereinte Liebespaar. Dann und wann fällt tatsächlich ein Brief beim Sortieren der Post hinter einen Schrank und liegt dort jahrelang, bevor er endlich entdeckt und an die rechtmäßige Adresse zugestellt wird. Die scheinbar Hirntoten wachen auf und fangen an zu sprechen. Ich halte immer Ausschau nach Beweisen, dass das, was geschehen ist, manchmal ungeschehen gemacht werden kann.

Seth und ich malten uns gern aus, wie unsere Welt eines Tages Besuchern erschiene, vielleicht in eintausend Jahren, wenn alle Menschen weg sind und der ganze Asphalt zerbröckelt und abgesplittert ist. Wir fragten uns, was diese Besucher hier finden würden. Besonders gern überlegten wir, was überdauern würde. Hier die Vertiefungen, die auf ein ausgedehntes Netzwerk von Straßen deuteten. Hier die Eisenrückstände, wo einst riesige Stahlgerüste gestanden hatten, Schulter an Schulter aufgereiht, eine Stadt. Hier die Überreste von Kleidung und Geschirr, hier die Begräbnisstätten, hier die Erdhügel, die einmal die Häuser der Menschen gewesen waren.

Aber unter den Artefakten, die wahrscheinlich niemals gefunden werden – unter den Gegenständen, die längst zerfallen sein werden, ehe jemand von irgendwoher eintrifft –, ist ein bestimmtes Stückchen Bürgersteig an einer kalifornischen Straße, wo einst an einem dunklen Sommernachmittag am schwindenden Ende des Jahres der Verlangsamung zwei Kinder nebeneinander auf dem kalten Boden knieten. Wir tauchten unsere Finger in den feuchten Zement, und wir schrieben die wahrsten, einfachsten Dinge, die wir kannten – unsere Namen, das Datum und diese Worte: *Wir waren hier*.

DANK

Bedanken möchte ich mich bei meinen Lehrern, die alle unentbehrlich waren: Aimee Bender, Nathan Englander, Mary Gordon, Sam Lipsyte, Dani Shapiro, Mona Simpson und Mark Slouka.

Zu tiefem Dank verpflichtet bin ich Alena Graedon, Nellie Hermann, Nathan Ihara und Maggie Pouncey, deren Freundschaft, Einsichten und Bereitschaft, meine Sätze im Verlauf von ungefähr zehn Jahren so oft zu lesen, mich genauso stark geprägt haben wie meine Arbeit.

Danke, Colin Harrison, für weise Ratschläge über das Leben und die Literatur.

Dank an Rivka Galchen, Tania James, Susanna Kohn und Karen Russell für euer Lesen und unverzichtbare Empfehlungen.

Danke, Eric Simonoff, für dein Vertrauen, deine Geduld und deinen Weitblick. Danke, Laura Bonner und Cathryn Summerhayes, dass ihr mich dem Rest der Welt so großartig präsentiert habt. Außerdem möchte ich mich bei Tracy Fisher, Alicia Gordon, Britton Schey und Kate Hutchinson von WME bedanken.

Vielen Dank an meine wundervolle Lektorin Kate Medina bei Random House, deren Sachverstand und Sorgfalt mit diesen Seiten mich in jeder Phase verblüfft und gerührt haben.

Dank an das gesamte Team von Random House, besonders Gina Centrello, Susan Kamil, London King, Lindsey Schwoeri und Anna Pitoniak.

Ich bedanke mich bei Suzanne Baboneau, Ian Chapman, Jessica Leeke und allen anderen bei Simon & Schuster für die grenzenlose Begeisterung.

Für ihre unentbehrliche Unterstützung verschiedenster Art zu unterschiedlichsten Zeiten danke ich Jonathan Karp, Alice Mayhew, Carolyn Reidy, Dan Scolnic, Michael Maren, Hannah Tinti, Antonio Sersale und Carla Sersale. Danke, Brittany Banta, Jenny Blackman, Meena Hartenstein, Paul Lucas, Finn Smith, Pitchaya Sudbanthad und Devin McKnight, dass ihr meine Vorstellung von Büchern beständig und amüsant verfeinert habt.

Für ihre Freundschaft und moralische Unterstützung über so viele Jahre hinweg danke ich Kate Ankofski, Shiloh Beckerley, Kelly Haas, Heather Sauceda Hanndon, Sara Irwin, Samantha Martin, Carrie Loewenthal Massey und Heather Jue Northover.

Für ihre Liebe und ihren Enthusiasmus danke ich Liz Chu, Kiel Walker, Cheryl Walker, Steve Walker und Chris Thompson.

Vor allem geht mein Dank an meine Eltern Jim und Martha Thompson, die alles ermöglicht haben. Besonders möchte ich euch dafür danken, mein Interesse am Schreiben bestärkt zu haben – selbst wenn ihr nicht immer davon überzeugt wart.

Und schließlich danke ich Casey Walker, meinem ersten Leser, dessen Intelligenz, Großzügigkeit und Liebe nicht nur diese Seiten, sondern auch meine Tage bereichert haben – viel tiefer, als ich es sagen kann. Danke, Casey.

Katarina Bivald

Ein Buchladen zum Verlieben

Roman

448 Seiten, *btb* Hardcover

Übersetzt von Gabriele Haefs

Wie eine Buchhandlung einen verschlafenen Ort wieder zum Leben erweckt.

Es beginnt mit einer ungewöhnlichen Brieffreundschaft. Die 65-jährige Amy aus Iowa und die 28-jährige Sara aus Schweden verbindet eines: Sie lieben Bücher – mehr noch als Menschen. Begeistert beschließt Sara, ihre Seelenverwandte zu besuchen. Als sie jedoch in Broken Wheel ankommt, ist Amy tot. Und Sara mutterseelenallein. Irgendwo in Iowa. Doch Sara lässt sich nicht unterkriegen und eröffnet mit Amys Sammlung eine Buchhandlung. Ihre Empfehlungen sind so skurril und liebenswert wie die Einwohner selbst …

»Über die Leidenschaft zum Lesen, einen Ort, der langsam zu verfallen droht, und über die Liebe (natürlich!).«

Femina

Stephen Uhly
Glückskind

Roman, Broschur, 288 Seiten
btb 74612

»Dieser Roman ... eröffnet ein ganzes Universum! Ein berührendes, ein grandioses Leseerlebnis!«

Egon Ammann

Deutschland 2012. »Warum war ich überhaupt so, wie ich war?«, fragt sich Hans D. Jahrelang hatte er keine Fragen mehr. Im Gegenteil, er war kurz davor, fraglos aufzugeben. Und dann? Dann bringt er den Müll hinunter, geht zu den Tonnen, findet im Müll ein Kind. Es beginnt ein berührender Prozess über die Entscheidung, was geschehen muss. Das Kind behalten, es verbergen? Und die Mutter? Eine Mordanklage zulassen, wider besseres Wissen? Was ist gerecht? Wie handeln? Am Ende der Geschichte sind die Dinge neu geordnet. Ein Kind wird überlebt haben, und mit Hans D. werden wir wissen, dass Liebe der Schlüssel ist für Erkenntnis, Veränderung, ein gutes Leben.

»Das Buch ist wahrlich ein Glücksfall - auch für den Leser.«

Andrea Steiler, Münchner Merkur